长篇小说

管家

钟儒勇 著

中国出版集团

现代出版社

图书在版编目（CIP）数据

管家 / 钟儒勇著. -- 北京 : 现代出版社，2017.4

ISBN 978-7-5143-5990-9

Ⅰ. ①管… Ⅱ. ①钟… Ⅲ. ①长篇小说－中国－当代 Ⅳ. ①I247.5

中国版本图书馆CIP数据核字（2017）第063772号

管　家

作　　者　钟儒勇
责任编辑　李　鹏
出版发行　现代出版社
地　　址　北京市安定门外安华里504号
邮政编码　100011
电　　话　010-64267325　010-64245264（兼传真）
网　　址　www.1980xd.com
电子邮箱　xiandai@vip.sina.com
印　　刷　北京一鑫印务有限责任公司
开　　本　710×1000　1/16
印　　张　16
版　　次　2017年7月第1版　2022年7月第2次印刷
书　　号　ISBN 978-7-5143-5990-9
定　　价　42.00元

第 一 章

这是一个星期三的上午，九点多钟，太阳张着慈祥、和谐的眼睛端详着大地万物，湛蓝的天空没有任何杂质，仿佛初生的婴儿彰显着无限的纯洁无瑕。此时，江东县城的桃花南路大街上车来人去，就连大街两边的人行道上也满是朝一个方向走去的行人。原来今天是新开张的华强卖场盛大开业。购买欲望强烈的男男女女赶去卖场购买打折商品。仔细看去，太阳的眼神充满了高高在上的怜悯与同情，它在睨见这些匆忙赶去购物的人们。然而，人行道上却有三五个六十来岁的老头儿朝着相反的方向慢步走去。

老头儿们一边走，一边朝大街两边的幢幢楼房大门上挂着的白底黑字牌子望着：江东县审计局、江东县司法局、江东县劳动局……他们看着牌子，继续往前走去。

地面上蔓生一层雾气，那些不高不矮的楼房一半在雾中，好似仙山琼阁。秋风阵阵吹过来，街道两边的法国梧桐树的枝杈间飘落一片片黄叶，随着被风卷起的一阵阵沙尘，漫天飞扬。

老头儿们缩着脖子，迎着秋风，继续往前走去，两只眼睛仍然望着街道的两边。忽然，"江东县财政局"的白底黑字牌子清楚地出现在眼前，他们脸上突然都掠过了一丝笑颜。其中一个剃着平头、满头黑白相间硬发、体魄健朗的老头儿名叫周跃武，他比较激动地指着大门边挂着的牌子，说："就是这里。"

走在周跃武后面的一个老头儿仰起头看了看牌子，说："对，就是这里！"

"那我们进去吧。"

"进去吧。"

老头儿们径直走进了江东县财政局的大门。

办公楼坐北朝南，南面是一块草坪，中央筑了假山水池，小桥流水，坪沿四周数十棵高大的松柏，针叶苍翠欲滴。他们来到了办公楼的三楼。走廊靠北一长溜的办公室，数一数有七八间，第一间办公室的门楣上钉着一块小横牌：办公室。往下数是农税股、预算股、企业股……门楣上都钉着一样大小的红底白字横牌。最后一间办公室是局长室。然而，老头儿们今天没有丝毫心情观赏这里的景色，径直朝局长室走去。

局长室里，衣着考究的吴福正副局长正坐在办公桌前看文件。比吴福正个子高大一些，气质也显得豪放一些的刘锦扬局长正擦抹办公桌椅，完后给自己茶杯里倒了茶，并给吴福正的茶杯里添了水。吴福正彬彬有礼地欠了欠身子，说："谢谢。"刘锦扬一笑。这一切做完，刘锦扬才坐在办公桌前拿上一份县委常委会议纪要边看边喝茶。

走廊上传来"噔噔"的皮鞋声。三十多岁，身材高挑、打扮入时、容颜娇好的财政局办公室主任叶秋，手里拿着几份报告走出办公室，朝局长室走来。

刘锦扬刚看完县委常委会议纪要起身，叶秋就走了进来。

叶秋面带微笑，说："刘局长，吴局长，这是近两天收到的几份报告，都是要钱的，请两位局长过过目。"说完，就将几份报告放在办公桌上。

吴福正放下手里的文件，揉了揉眼睛，说："秋收了，要钱的报告也就一份一份地送来了。他们都很有经验。"

刘锦扬把报告往吴福正面前推一推，说："老吴，你先看看吧。你对情况熟悉。你来对他们解释。"

吴福正拿起报告边看边说："这是教委的，这是公安局的，这是科委的，这是酒厂的，这是水泥厂的，都是些老主顾、老'要家'，不好对付啊！"

叶秋站在两位局长的办公桌边，笑了笑，说："只怕还会不断地送来哩。都来打'秋风'嘛。"边说边走了出去。刚出门，她又回过头来，"两位局长，后天就是中秋节了，传统节日，局里怎么对大家表示呀？"

刘锦扬和吴福正对看了一眼。吴福正询问叶秋说："大家的意思呢？"

叶秋笑着说："大家的意思当然是优厚一点儿好啦。他们说，有的单位发每人两盒月饼，还有梨、苹果。有的单位嫌麻烦干脆发钱，每人三五十的不等。"

刘锦扬摇摇头，叹了一口气，说："每人发一盒月饼吧，表示表示。我们是管钱的单位，也不落后也不跑前。"

叶秋睁大眼睛，有些质疑，说："就一盒月饼？"

刘锦扬点点头，说："我们是财政局，管钱的。别人的眼睛睁得有擂钵大，都对我们看着哩。我们有什么行动，点水可以发篮盘大。要依得我的脾气，什么也不发，自己过自己的节嘛！"

叶秋听着，似笑非笑。

吴福正说："好吧好吧，我们带带头也好，就发一盒月饼吧，免得听些闲话。叶主任你多跟大家解释解释。"

叶秋抿嘴笑着，说："遵命。"就走了出去。她在走廊上正好碰上了前来造访的老头儿们。

周跃武走在最前面，一边走一边对门楣上的牌子看。他问叶秋，说："同志，请问吴局长……"

叶秋侧着身，对走廊最里间办公室指了指，示意那间就是局长室，吴福正就在里面。周跃武点点头，道声"谢谢"后就走向局长室。

老头儿们鱼贯地走向局长室。周跃武最先进门，一眼瞥见了坐在办公桌前正在喝茶的吴福正，急忙上前，笑容可掬地说："吴局长。"马上从衣服里掏出一包"金芙蓉"香烟，拆开，从中抽出一支，毕恭毕敬地送到吴福正面前，"吴局长，您抽烟。"

吴福正急忙阻拦，说："我自己有，我自己有。留下你自己抽吧。"

周跃武把这支香烟放在吴福正的办公桌上，又急忙抽出一支香烟送到刘锦扬面前，正要说"请抽烟"，却不知刘锦扬是哪路神仙，怎么称呼。

吴福正灵机一动，说："刘局长，刘锦扬局长，到财政局来还不到一年。"

刘锦扬微微笑着，说："老师傅，您自己抽吧。你们来了是客，抽我的吧。"随即从桌屉里拿出一包"洞庭牌"香烟，一一敬给室内的老头儿们。他们不知是收下的好还是拒绝的好，但都嘿嘿地笑着接下了。接着，刘锦扬请他们坐下，又要为他们倒茶水。周跃武见状连忙阻止。刘锦扬还是为他们倒了茶水，将茶杯一一送到他们手里。

吴福正喝了一口茶，介绍说："他们都是县酒厂的退休工人。"并指着周跃武对刘锦扬说，"这位是周跃武师傅。"

刘锦扬点点头，心想吴福正已经和他们打交道多次了，成了老熟人了。

周跃武连忙起身，谨慎地说："周跃武，周跃武，多次来麻烦领导了。"

刘锦扬示意周跃武坐下说。周跃武点点头，坐下来继续说："吴局长，刘局长，我们这些老家伙已经两个月没有领到退休工资了，医药费已经一年没有报销了，大家身上都有一大摞医药费条子，几个钱都'捉'进医药费里面去了。我们这些老家伙，病又多，死又不死，给领导尽添麻烦。我们这个杨师傅，"他指着坐在他身边的老头儿，"他得了肠结核，一年四季肚子痛，又屙稀，人都瘦得皮包骨头了，住院证'捅'在身上都有半年了，没有钱，医院里不收。而今实在是没有办法了，请领导无论如何给我们解决一点。"

那个瘦得皮包骨的杨师傅趁机把住院证放到了吴福正的面前。

吴福正笑了笑，没有立即作答。

刘锦扬插了一句，说："这个酒厂……"

吴福正笑对老头儿们，说："师傅们，叫我们也没有办法呀。你们酒厂把县里的流动资金已经亏进去了一百多万，还欠银行的贷款一百多万。县财政也有限得很啊。县里亏损的企业又不只你们酒厂一家呀。县水泥厂、苎麻厂、新建的棉纺厂等等都亏损呀。就是有些乡镇企业也亏损厉害呀，康家桥乡的一个电机配件厂一下子就亏了县里的企业周转金一百二十多万，到现在一分钱也收不回来。县里的钱从哪里来？还不是从农业、企业、商业上的利润上交和税收上来呀。这么多的企业亏损还哪里有多少利润上交？税也就难收上来了。可是县里的开支呢，不是一年年的减少，而是一年年的增加，不说别的，只说人头费这一项吧，我们县里每年从大、中专院校分配来的毕业生以及招工招干，就要增加五百个人，一个人一年要多少钱开支，你们也许不会知道。还有，每个人的工资、福利这么多年也是不断地增加嘛，这又要多少钱？这几年，国家改革开放，进行基本建设，投入也就增多，我们地方财政也就责无旁贷地应该多做点贡献，开支也要增加。你们想想，就是我刚才说的这几项，每年就要增加多少开支，县里的财政又怎么能不吃紧？"

周跃武听不懂吴福正说的这些，就只说："再紧，也不能紧了我们这几个老家伙的退休工资和医药费呀！"

吴福正又解释说："是呀，你们的退休工资和医药费是应该保证的。可是你们厂是企业单位，不属于行政拨款单位，如果给你们做特殊情况解决，全县又不只是你们几位退休工人呀！你看，这是刚才送来的一摞报告，都是要钱的。这是教委的，教育要发展，班主任的津贴费都没有拨，他们要不要钱？这是公安局的，社会秩序要综合治理，公安局要破案，没有出差费，应不应该给钱？这是科委的，科学技术要发展，科技是第一生产力，他们要做实验，该不该给实验费？这是计生委的，计划生育是国策，而今流动人口又多，看了电视小品《超生游击队》以后，都学着当超生游击队，乡镇计育办要调查，要把待在外面去生孩子的孕妇找回来，要不要钱……"

周跃武听着，并不服气，据理力争："他们的钱应该给，我们的退休工资和医药费是活命钱，也应该给呀！"

刘锦扬插了一句话："老师傅们，刚才吴局长已经说了，你们的退休工资和医药费是应该给的，但不应该由财政局直接发呀！"

周跃武听着刘锦扬的话，有点生气了："刘局长，我们的厂子倒闭了，书记、厂长甩手不干了，年轻力壮的都去自谋生路发财去了，我们这些

老家伙辛辛苦苦干了几十年，到头来就该饿死病死不成！你们是县财政局，全县的钱都归你们管。当初我们酒厂红火的时候，利税都是交给县里，而今我们没有活命钱了，不找你们找谁？实话说，今天不解决，我们就不走了！"

吴福正担心这些老头儿心情一激动，出现什么身体毛病，就缓和语气，说："老师傅们，解决也还有个过程嘛，还要研究研究，看能不能解决……"

周跃武仍有些不高兴，也来了倔性子，就说："这样的话我们已经听得多了。总之，今天你们不给我们解决，我们这几个老家伙就不走。"

吴福正摇头，苦笑了笑。

刘锦扬听了周跃武的一番话，也摇了摇头，有些无可奈何。

室内暂时形成了一种尴尬局面。一时间，老头儿们都没有说话，看来他们是在忍耐着自己的性子。

这时候，走廊上又传来了"嗒嗒嗒"的高跟皮鞋走路声，由远到近来到了局长室门口。大家不由地对门口望去。一位干部模样的女同志笑容可掬地出现了。她四十来岁，虽说已是徐娘半老，但风韵犹存，脸模子清秀好看。仔细瞧，无情的岁月在她脸上留下的皱纹虽经刻意修饰，却也不能完全被遮掩过去。她穿着入时，却一点也看不出花俏。她在门口稍稍地停留了一下，随即就笑吟吟地喊道："刘局长，吴局长，二位局长好！"随着娇甜的喊声，她走了进来，斜眼看坐在沙发和办公椅子上的几个老头儿，一个也不认识，便不好打招呼，只给了他们一个微笑，旋即转过身来，继续笑着对刘锦扬和吴福正说道："二位局长，又要麻烦你们了。过了中秋很快就是重阳，一年一度的'老人节'又来了，我们想组织老干部们搞一次钓鱼比赛，请二位局长大力支持。"她说话时，脸上一直不失笑容。

吴福正笑了笑，说："好呀，组织县里的老干部们钓鱼很有意义，以后我们也争取参加。先向你陈大局长报个到好不好呀？"

陈局长依然微笑着，说："你们财神菩萨只怕请都请不到啊。以后，只要我还在这个位置上，一定把你们待为上宾呀。只怕到了那时候，我也是个老婆子了，想钓鱼也钓不动了啊，哈哈哈……"一串银铃般的笑声过后，她顺手拿出一份报告，往刘锦扬的办公桌上一放，"请二位局长大力支持支持吧。"

刘锦扬拿起报告大体看了一下，没有说话，顺手把报告递给对面的吴福正。

吴福正接过报告，仔细看了看，然后说："哎呀，你这个口真是开得不小呀！"笑笑，摇摇头，把报告放在办公桌上。

刘锦扬故作不知地说："好多？"

吴福正伸出大拇指和食指，说："八千。"

刘锦扬摇了摇头，看了陈局长一眼，面现难色。

陈局长继续笑盈盈地说："二位局长噢，我这是紧打紧算了的呢。全县两千名老干部，算女同志一半数，不参加，还有一千名男同志呀，又打一半数的人不参加，还有五百人，都是科级以上的干部。一张钓鱼票算四十块钱，不多吧，就是两千块钱呀！初赛、复赛、决赛，五千块钱还对付不了。再说，人家都是六七十岁的人了，来来去去总不能叫人家走路吧，中饭总得要准备一餐吧，二位局长算算，这要好大的开支，八千块钱根本就做不到，还不是只有我们多去给他们做点解释工作，我们这些办事人员多跑点腿。刘局长，吴局长，高抬贵手，画个字吧！"

吴福正端正坐着，两眼看着桌面上的报告，笑笑，说："这么大一个数，我们做不了主，要请示江县长。"

陈局长很自信地说："江县长那里我会去说。"但转而又说，"江县长还不是要听你们的，你们二位局长说可以，江县长还不说可以。你们要是说财政吃紧，江县长也就说财政吃紧了。真正的财老板还是你们二位局长。"说罢，把报告从吴福正的办公桌上拿过来放在刘锦扬的面前，脸上的笑容显得更加娇好了。

刘锦扬又把报告推给吴福正，说："我不太熟悉，还是给吴局长吧。"

吴福正仍是笑着，说："而今可是不同啊，是江县长一支笔划钱喽。"

陈局长见他们相互推托，就有点不乐意了，但强作笑脸，说："莫要说得那么认真。"笑着学《红灯记》中的李铁梅的唱腔，"这里面的奥妙我也能猜出几分。"又是一个甜甜的笑。

刘锦扬较为严肃地说："陈局长，这个事恐怕有些为难。你看，坐在这里的是县酒厂的几位退休工人，他们的退休工资都有两个月没发了，医药费条子'捅'在身上都有一年了。财政真是为难啊！"

陈局长还是不断地强挤出笑容，说："刘局长，你就莫这样装穷叫苦了，县里的财政上半年有些吃紧我倒是相信。可而今是秋收了，农业税都收上来了，企业的形势也好转了……"

刘锦扬认真地说："上半年借钱发工资，而今要还啊！"

陈局长仍然强作笑脸地说："再紧也不在乎我们这几千块钱。再说我们这是为老干部们办事。他们辛辛苦苦干了几十年，应该老有所乐嘛。"

刘锦扬虽然笑着，但语气坚硬地说："老有所乐的方式多嘛，何必要拿几千块钱的公款去钓鱼哩！"

听此话，陈局长就不高兴了，脸上没了笑容，声音也大了，说："刘局长，组织老干部钓鱼比赛上面是有精神，发了文件的啊！"

刘锦扬也来了情绪，收起笑脸，说："上面有精神的事多哩，还要看实际可能不可能呀！精神再大，总不能比退休工人没有退休工资报不了医药费的事大吧。陈局长，你这个事我们要研究研究，请示江县长以后再答复你。"

陈局长一下变了脸，收敛了笑容，说："刘局长，这可不是我私人的事啊！什么'你这个事''我这个事'的。为我私人的事，我可不会这么低声下气地求人啊！"

刘锦扬缓和语气，退让地说："好好好，这是老干局的事。我们研究请示以后，再答复老干局吧。"

陈局长仍不高兴，不依不饶，说："我们都是四五十岁的人了，过不了多久也就都成了老干部了，他们的今天就是我们的明天哩。关心他们何尝又不是关心我们自己哩。好，我就等二位局长的批示吧。这个事可是不能等得太久了，老年节马上就要到了啊！"说完，连一个告辞语也没有，就转过身，悻悻地走了。

吴福正起身相送，说："陈局长，好走啊！"

陈局长强出笑容，说："谢谢二位局长的好意了。"

吴福正坐回到办公椅上，看着刘锦扬苦笑。刘锦扬无可奈何地摇头。

周跃武见陈局长已走，便开始说话了。他说："刘局长，吴局长，我们这些老家伙的事到底怎么办？！"

刘锦扬喝了一口茶，借此平和一下心情，却不能，仍有些气躁地说："刚才不是跟你们把道理都说清楚了吗？"

吴福正点燃一支香烟，吸了一口，也有些烦躁地说："刚才老干局陈局长的报告不是也搁在这里了吗？"

周跃武看见刚才这一幕，也学到了新的一招——要钱就得硬来。于是，他说："他们那是要的快乐逍遥钱。我们这些老家伙是要的活命钱。刘局长，吴局长，今天明不打假，我们的活命钱不解决，我们就不走了。"

刘锦扬又只得摇摇头。

吴福正又只好苦笑笑。

刘锦扬抬手看看时间，已经上午十点多了。他本来是上班后就去跑几个乡镇了解一下征收农业税的情况，想不到碰上了这几个死缠硬磨的退休工人。今年农业税征收难度大，过半任务难完成，眼下被他们缠着走不了，怎么办？但他今天必须下几个乡镇转转，了解一下实际情况。于是，他对吴福正说："老吴，康家桥那边的几个乡镇反映农业税不好收，我今天到那边去转转怎么样？你就在家里守摊子行不行？"

吴福正说："好。你去转转吧。"

刘锦扬起身走到门口，对着办公室喊道："叶主任，通知小王出车。"转身又回到办公桌前。

叶秋走出办公室的门，回答说："好，马上通知。"

刘锦扬开始收拾办公桌上的用具，然后拿了公文包往门口走去。

室内的几个退休工人互相望望，好像都在说："怎么办？"大家把

眼光都集中到周跃武身上。

经过刚才老干局陈局长在室内和两位局长的一番对话，周跃武已经看出刘锦扬就是财政局的一把手，吴福正虽然在财政局的时间长资格老，但他是二把手，关键的事情还得找一把手解决，而他们这几个老家伙的活命钱在他看来是件大事，必须找财政局的一把手解决。于是，周跃武经过思考之后果断地说："走，他刘局长是正局长，一把手，不找他找谁？"他领头起身往门口走去。几个老头也跟着他后面走。

吴福正见他们起身走，不说话也不挽留，对着他们走去的背影，皱皱眉，摇摇头，继续拿起办公桌上的几份报告浏览……

第 二 章

司机小王已经把桑塔纳开到了大门口停下，等着刘锦扬上车。

刘锦扬走下楼梯，来到小车边，拉开后座车门，正要上车。周跃武等几个老头儿连忙从后面赶了上来，很快站到了桑塔纳前面。这时，刘锦扬已经坐进了桑塔纳里。

周跃武伸开双臂，拦着桑塔纳不让开走。他嘴里不停地说："老家伙们，都站到小车前面来。刘局长不给我们批活命钱，他的车子就开不走。"

周跃武一声召唤，几个老头儿一下子就站到了小车的前面，很有秩序的并排站着，严阵以待。

司机小王发动了桑塔纳的马达，并不停地按响喇叭，示意老头儿们让开。而以周跃武为首的这几个老头儿岿然不动，大有与小车共存亡的壮志豪情。

老头儿们不让小车开走，司机小王心里急躁，不停地按响喇叭，可老头儿们坚持不让丝毫。喇叭不停鸣响，老头儿们视死如归。如此一来，惹恼了司机小王，他推开车门下了车，来到几个老头跟前，边吼边伸手拉开领头的周跃武。周跃武不让他拉，俩人便动起手来。这时，坐在小车里的刘锦扬伸出头来对小王一声喊，叫他立即上车。小王上了车，并将小车熄了火。因小车喇叭不停的鸣响，召来了传达室的人，楼上楼下几间办公室的人都走了过来，有人不停地询问："这是怎么一回事？""怎么不让车子开走？"

司机小王将头从车窗里伸了出来，告诉询问者，说："他们要刘局长批钱，不批钱就不让刘局长下乡。"

围观的人继续议论："这太不像话了。""这影响工作嘛！""这是无理取闹！"有一位年轻气盛的干部大声说："把他们拉开，让小车走。"说着，就真的动手去拉其中的一个老头儿。另外两个青年干部也跟着动手拉人。周跃武等老头儿仍然纹丝不动，那个瘦得皮包骨的杨师傅干脆一屁股坐在了小车前面。眼看会闹起事来，刘锦扬在小车里对拉人的干部断喝了一声："不许动手！"随即推开车门，走下车来，"今天不走了。"正要返身上楼，叶秋匆匆走了过来，急忙问："怎么一回事？"不少人争着回答："这几个老头儿要刘局长批钱，不批钱他们就不让刘局长走。"叶秋说："这事我知道，我知道。"连忙走到刘锦扬跟前，"刘局长，你稍微等一等，我来跟他们做做解释工作。"叶秋转身来到车前面，对周跃武等几个老头儿说："办事总还有个过程嘛。这件事，刘局长、吴局长他们做不了主，现在让刘局长去请示请示江县长好不好呀？"

周跃武丝毫不让步，说："他去请示县长，我们就跟着他去，也好向县长反映反映。"

叶秋心里顿生一计，就说："好吧，好吧，你们就跟着刘局长去找江县长吧。"

叶秋和周跃武的对话刘锦扬听得清清楚楚，他面现难色。叶秋走到刘锦扬跟前，说："刘局长，你就去向县长请示吧。"并小声在刘锦扬耳边说了两句，大家都没有听到。刘锦扬不置可否，就匆匆向大门外走去。

叶秋又走到老头儿们面前，说："老师傅们，刘局长向县长请示去了。"

"好吧，我们也跟着刘局长去。"周跃武手一挥，领着老头儿们尾随刘锦扬而去。

等这几个老头走远了，叶秋对司机小王说：“王师傅，你把小车开到政府家属区通往政府办公楼的后门处，停在那里等刘局长上车。”

司机小王会意地点头，立马发动桑塔纳，向县政府方向驶去……

第 三 章

县政府的大门气势恢宏，左边悬挂一块“江东县人民政府”牌子，白底黑字显得格外醒目，门楣上悬立着中华人民共和国国徽，庄严肃穆。穿着制服的保安笔直地站在大门口值班，就像站岗的哨兵一样一动不动。大门内侧值班室里坐着一位保安，他的工作主要做好来访登记。刘锦扬快步走进县政府大门，与值班室里的保安点头招呼。他经常进县政府向分管县长汇报工作，或参加科局一把手会议，门口的保安对他很熟悉了，所以进大门打声招呼就可以，不必登记找谁办什么事情。保安见刘锦扬走进大门，便笑着点头回应。

周跃武等几个老头儿两眼紧盯着刘锦扬的背影，也紧赶慢赶地来到了县政府的大门前，正要跟进去，值班保安走出值班室，笑着迎上前，便问：“几位老师傅找哪一个？”

老头儿们互相望望，还是周跃武开口回答，说：“我们找财政局的刘局长。”

保安说：“刘局长刚刚进去，你们就在门口等一等好不好？他反正要出来的。你们这么多人进去，影响同志们办公。”

老头儿们还是互相看看，又是周跃武带头说话，他说：“好，我们就在门口等一等。他找县长请示后总要出来的。”

保安笑着点头，转身回到值班室，坐在窗口前。

老头儿们散乱地站在县政府大门边，都把眼睛死盯着政府办公楼的出口，生怕刘锦扬从他们的眼皮底下溜走……

第 四 章

县政府办公楼靠东边有一堵用红砖砌筑的围墙,围墙那边是家属区,政府机关百分之八十的干部都住在这个院子里。办公楼东头对着的围墙开了一扇便门,干部们上下班都从这里经过,既方便又节省时间。

司机小王把桑塔纳慢慢地开到了这扇便门边,停下。他坐在驾驶室里,摇下车窗玻璃,等待着刘锦扬的出现。一会儿,刘锦扬从便门走出来,顺手又把便门关上。小王眼尖,见局长出来,立马发动车,喊道:"刘局长,快上车。"

刘锦扬早就看见了小车,不等司机小王喊他,便迅速拉开车门,坐了进去:"走。我这个财政局长当得真窝囊,像作贼一样。"

小王把桑塔纳一溜烟儿地开走了。

县政府大门边等着刘锦扬出来的老头儿们眼睛都望瞎,却始终没有看见他从办公楼出来。有一个老头儿似乎有点怀疑刘锦扬没有进县政府的大门,就问周跃武:"老哥,我们等这么久了,刘局长还没有出来,莫不是他没进去?"

周跃武肯定地说:"我看见他进去了。刚才这位值班的同志也说他进去了。"

瘦得皮包骨的杨师傅插话,说:"莫急,我们再等,他一定会出来的。"其实,他比任何老头都着急,希望刘锦扬快点出来。

值班室里的保安见这几个老头儿站在大门边等财政局的刘局长都等了快两个小时了,就起身走出值班室,走到他们跟前,说:"几位老师傅,你们在这里等刘局长出来都等了好长时间了,我看你们今天还是不要等了,明天去财政局找他吧!"

周跃武不相信刘锦扬不出来,就倔强地说:"要等。我们很难来一趟,今天一定要他给我们解决问题。"

值班室保安问老头儿们:"你们是哪里的?找刘局长有什么事?"

周跃武说:"我们是县酒厂的退休工人,找刘局长给我们解决活命钱！"

一个老头儿接着周跃武的话，说："我们找刘局长解决我们的退休工资和医药费！"

杨师傅有点激动地说："我们都两个月没领到退休工资了，一堆药费条子'捆'在身上都一年了。不给我们解决，叫我们怎么活哟！"

值班室保安曾经和刘锦扬扯过白话，从白话中得知县财政吃紧的一些情况。于是，他安慰几个老头儿，说："老师傅们，解决问题慢慢来。今天你们恐怕等不到刘局长了。"

周跃武吃惊又疑惑地问："为什么？你看见刘局长走了？"

值班室保安笑眯眯地说："没看见。这么久刘局长没出来，我估计他已经从围墙的便门走了。"

周跃武等人一惊讶，异口同声地说："什么？他走了！"

第 五 章

刘锦扬离开局长室后，又有几个单位的人来到财政局送要钱的报告。沙发上坐满了人，有人没座就站着，室内有些水泄不通。吴福正现在正和几个单位的人交谈……

没有等到刘锦扬，周跃武等几个老头儿气鼓鼓地回到了局长室，也不管里面的人多不多。周跃武对墙上的石英钟看了一眼，已经是十一点半了。

那几个单位的人突然见进来几个老头儿，吵吵嚷嚷的，不便和吴福正说话了，就主动离开了。

周跃武不管眼前是什么环境，他一进门就气恼恼地说："吴局长，刘局长甩开我们下乡去了，而今你就是这里的一把手了，我们今天就找你。你办公，我们就坐在这里，绝对不吵闹你。"说完，他带头坐下来。他在气头上，对吴福正也改了称呼。

几个老头儿也纷纷坐下来。

吴福正听了周跃武气恼恼的话，摇头笑了笑，说："我下班，就接你们到我家里去吃餐便饭。"

周跃武仍在气恼恼，他说："饭我们不吃，你吴局长也不能走。我们不打扰你。我们就坐在这里。"

"对，我们不吃饭，我们只要解决问题。"

"您吴局长什么时候给我们解决了问题，我们就什么时候走。"

"我们不是来吃饭的，我们是来要钱的。"

"要我们的活命钱。"

几个老头儿你一言我一语，把个办公室闹得天翻地覆，任吴福正怎么解释，他们都油盐不进。

吴福正苦笑，说："好，老师傅们，欢迎欢迎。抽烟。"给周跃武等人一一敬香烟。

几个老头儿仍在气头上，都不接吴福正递的香烟。

周跃武仍然带气地说："不敢打扰你吴局长。吴局长你办公吧。"

吴福正笑说："不抽烟，那就喝茶啦。"意欲为他们倒茶。

周跃武说："吴局长，不麻烦你，要喝茶，我们几个老家伙自己倒。你办公吧。"他仍有气。

"是的，我们会自己倒。不麻烦您。"杨师傅也说。

吴福正坐回办公椅上，摇摇头，笑说："好好好。"拿起笔在一份文字材料上修改。

几个老头儿心安理得地坐着。墙上的石英钟时针已经指向十二点。

第 六 章

明园小区坐落在临沂大道以东，南面有购物中心，北去三里路有菜市场。刘锦扬一家就住在这个小区里。小区环境优雅，有流水山石，花草树木，凉亭碎道。一条环形路从小区大门开始环绕大草坪一周又回到大门口。仲秋的清晨，地面上卷起了一层雾，如丝如缕的雾在半空中慢

慢游动，向小区里的玉兰树、水杉树、茶花树、白杨树的枝权上漫去。

今天是中秋节，一大清早，刘锦扬的老婆朱九妹就从菜市场买菜回来。眼下，朱九妹手里提着鸡、鸭、鱼、肉、青菜等风风火火地走进了明园小区的大门。像往年一样，估计儿子和女儿会回家来过中秋节，而且会来吃午饭，就来不及向熟人打招呼，径直朝自家住的那栋楼走去。她来到自家门口，掏出钥匙开了门，换上拖鞋，又关好门，提着东西进了厨房。

朱九妹拿了围裙系在腰上，开始做午饭。她一边择菜，一边炒菜，已经是忙得团团转……突然，楼梯上传来脚步声，紧接着一声甜甜的"妈——"。朱九妹听声音就知道是儿子小兵回来了，应了一声"呃——"急急忙忙去开门。果然是儿子回来了。

刘小兵今年二十五岁，一米七三的个头，壮壮实实的身材，浓眉大眼，就像刘锦扬一个模子印出来的。他高中毕业后就招工进了县商业系统，安排在乡供销社工作。他手里提着包包盒盒进门，见了母亲就一声甜甜地喊："妈，儿子给您拜节来了。"

朱九妹高兴得不得了，说："哎哟，儿子，要你拜什么节啊。你这都是提的一些什么东西啊？"连忙接儿子手里的包包盒盒。

刘小兵进门换鞋，把东西递给母亲，边脱鞋边说："妈，没有什么好东西。姐还没有来呀？"他换上拖鞋进了客厅。

朱九妹把包包盒盒放在客厅一角，说："还没有。"又转身把门关好，"你姐呀，她忙得很！"

"姐也真做得出。过节也不回来帮妈忙，只捞钱。"刘小兵坐在沙发上，拿起茶几上的茶杯和茶壶给自己倒了一杯水喝。

朱九妹高兴地笑着，说："你姐的心越来越大了。"说着进了厨房继续忙着做饭。

刘小兵喝了杯茶，也起身跟着母亲来到了厨房，站在母亲的身边，说："妈，姐只怕有这个数了吧？"他伸出三个指头晃了晃。

朱九妹侧眼一看，边炒菜边说："三万？"

刘小兵说："妈，您是有意帮姐打埋伏呀还是怎么的？三十万。"

朱九妹拿钵盛锅里的鸡肉，不相信地说："哪会，没有那么多吧？"

"妈，您是有意装糊涂啊！几个月前姐就亲口告诉过我，那个时候就有二十多万了。"刘小兵端着鸡钵转身。

"真有那么多呀！"朱九妹洗锅，有些惊异。

"妈，把您吓了一跳吧！不信，等姐回来了您亲口问她。"刘小兵把鸡钵放在餐桌上，又回到母亲的身边。

朱九妹听儿子说女儿做生意赚了好多的钱，就心里高兴，脸露喜色。她把一份肉丝倒进锅里炒起来，说："莫说了，莫说了。来，帮我择青菜，把鱼剖了，我一个人真的忙不过来哩。"往锅里作味精，"儿子，听说你谈对象了？怎么不带回来让妈看看哩？"

刘小兵一边择青菜一边说："妈，人家看得起我爸这个财政局长，可就是看不起我这乡供销社的集体职工。妈，您跟爸说说，把我调到商业局来吧。"

朱九妹边忙边回答儿子的话："你爸的事我从来就不插手的，他也不让我插手。儿子，你就自己跟你爸说吧。"

"我一跟他说，他就训我，尽说些马列主义大道理。不跟他说还看得到他的一点点笑脸。一提这件事呀，他的脸就板下来了，我怕。"刘小兵一边在洗菜盆里洗青菜一边说。

"儿子，你爸他也是为难啊。"朱九妹把做好的鸭和肉端到餐桌上。

"妈，那您这一辈子就莫想看到儿媳妇了。"刘小兵洗好青菜，在剖鱼。他有点不乐。

朱九妹又转身进厨房说："不会的，总会有有志气的姑娘会看上我家小兵的。那就还等些时候了再跟你爸说吧。"

男大当婚，女大当嫁。和刘小兵一起读高中的同学现在有好多都结婚了，有的同学的孩子都上幼儿园了。刘小兵怎么不着急？他心里有些烦："还等，还等，妈，您晓不晓得，我都满二十五吃二十六的饭了。"

朱九妹把油放进锅里，又把洗好的鱼放进锅里煎。她说："妈晓得，

你姐今年都快二十八了。"

"她都成了老姐了。"刘小兵自我解愁,"我也成了老弟了。"

朱九妹嗔怪说:"儿子,不许你这样说你姐。你本来就是她的老弟。"

正好这时,楼梯上又传来脚步声。是高跟鞋的声音。刘小兵听到了,急忙说:"妈,是姐回来了。"

朱九妹也听到了高跟鞋上楼梯的声音,就说:"只怕是她。"

刘小兵急忙疾步出厨房,去开门一看,说:"妈,真的是姐回来了。"

朱九妹连忙熄掉厨房里的液化气,向门口迎去。果然是女儿芸芸回来了。

刘芸芸身材苗条修长,肌肤白皙,眉清目秀。她穿戴非常阔气,除了那一身异常华丽、款式极其新颖的服装外,耳朵上还吊着大大的金耳环,颈上是粗粗的金项链,手指上戴着金戒指,手腕上套一个金手镯一个银手镯。刘小兵见到姐姐如此华贵的模样,简直惊呆了。他说:"哎呀,姐,你这真是瑶池仙女下凡啦!比资本家的阔小姐还阔啦!"

刘芸芸气喘吁吁,好不容易来到家门口,说:"哎呀呀,你要什么贫嘴嘛,快帮我接东西呀。"她两手提着各式各样大包小盒的礼品。

朱九妹来到门口,催促儿子:"小兵,快帮姐接东西。"她边说边接女儿手上的东西。

刘小兵忙接过姐姐递过来的礼品。刘芸芸手上空了,甩甩手,说:"哎呀,把我的两只手腕子都提麻了。"她换上拖鞋,问母亲,"妈,爸还没有下班呀?"

朱九妹把女儿提来的东西放在客厅一角,回答女儿,说:"你爸下乡去了,还没有回来。"

"爸也真是的,一个月就那么两百来块钱,还不够人家一桌起码的酒席钱,值得那么去忙吗?过中秋节都还往下面跑!"刘芸芸财大气粗,说起话来也嗓门大。她要是敢把这些话当面说给刘锦扬听,肯定会被刘锦扬狠狠训一顿。她不敢,只在背后说。这也许是做女儿关心父亲身体的另一种表达方式吧。

朱九妹说："芸妹子，可不许这么说你爸啊！"

"我是关心爸的身体。我可不敢说他。"刘芸芸在整理自己的行李，听母亲还叫她"妹子"，就说，"妈，我都有二十八了，您还喊我的小名。"

刘小兵在一旁插话："妈，姐现在的外号是'抓钱手'。姐，你晓不晓得，'抓钱手'是鸡爪子。今天的鸡爪子就被你包了，好今后多抓钱呀。"

刘芸芸瞪弟弟，说："就你的话多。"

刘小兵继续说："我是实话实说。你不是'抓钱手'，怎么会说话气壮山河？姐，真的我很佩服你的。你真能干。我为有你这样的姐感到自豪、光荣！"

朱九妹在厨房里听他们姐弟对话，就说："快莫说这些没油盐的话了。都来帮我的忙。等会儿你爸回来了，我们吃一餐团圆饭，过个团团圆圆的中秋节。"

刘小兵调侃姐姐，说："姐，你还是把身上的礼服脱下来吧。要不怎么做事啊？"

刘芸芸不在乎地说："这几件衣服值什么呀。人家外国人不管是什么样的华贵衣服，穿了一次就丢。"

刘小兵说："姐，你也丢是不是？你要是丢，我就捡起了。"

刘芸芸整理完行李，直起腰，说："送给我那未来的弟媳妇是不是？那太寒碜了。赶明儿我送你两套崭新的，比这个还要好上十倍。"

刘小兵边收捡餐桌边说："姐，你真是小看人了。"

刘芸芸把行李放进自己卧室，走向厨房去帮母亲做事。朱九妹递一个围裙给女儿，说："姐弟俩到一堆了就打嘴巴官司。芸妹子，把这个围起吧。"

刘芸芸接过围裙，系在腰上，也参加到做饭的行列里去了。

朱九妹边炒菜边问女儿，说："芸妹子，喜顺怎么没同你一起来呀？"

刘芸芸一边洗菜一边回答，说："深圳有点事拖着了，这次不回来。"

朱九妹拿碗盛菜，说："过节也不回来？"在心里，她把黄喜顺当成了正式姑爷了。

刘小兵收捡完餐桌,进厨房拿吃饭的碗筷,插话说:"人家是金钱第一,钞票至上。是我们家'抓钱手'的助理。"

刘芸芸偏着头向弟弟,骄傲地说:"是又怎么样?你眼红了?眼红了就自己去挣。"

"我早就想去挣了,就是爸不同意。"

"那是你的命好,爸爱护你。皇帝的长子,百姓的幺儿嘛!"

朱九妹听姐弟俩你一句我一句的顶扛没完,就制止说:"看看,两姐弟又打起嘴巴官司来了。芸妹子,你和喜顺的事哪天办呀?"

"妈,您急什么嘛!"刘芸芸边洗菜边说。

"还不急!你快满二十八了,喜顺也是三十出头的人了,还要等到什么时候去?"

"办不办还不就是那么一回事。"

"啊呸,你说得轻巧!我们刘家的女儿不许乱来啊!"

"妈,谁乱来了!人家一回来你就说些叫人不高兴的话。"

"好好好,不说了,不说了……"

刘小兵又插上一句,说:"妈,您的思想也要改革开放一点。"

朱九妹知道儿子说的是什么,就说:"妈的思想够改革开放的了。"朱九妹把锅里炒好的菜盛进碗里,"芸妹子,你帮我淘米煮饭。"

"妈,您不要我淘米煮饭我还忘记了呢。"刘芸芸忙将湿手在围裙上擦了擦,小跑进客厅一角提来一袋压缩了的东西,"妈,我给您带来了顶顶好吃的米,又香又甜又软。"

朱九妹见女儿这么一说,连忙凑过来,惊喜地说:"真的呀?快煮一点,过节,尝尝新。哪里弄来的?"

刘芸芸把米袋打开,说:"喜顺从广东那边带回来的。广东那边又是从什么东南亚进口的。"

"那是外国米喽?"朱九妹惊讶。

刘芸芸说:"当然啦!"

刘小兵在餐桌上摆好碗筷后,也好奇地进厨房看米,说:"外国的月亮都比中国的圆嘛。"

刘芸芸抬头看一眼弟弟，"你不服气又有什么用！"

"莫争，莫争！嘴巴是分金炉，吃了就晓得啦。"朱九妹催促女儿，"芸妹子，你快把米淘了。"

刘芸芸用碗从米袋里掏了两碗米，放进高压锅里用水淘洗。

忽听得，有钥匙钻进门锁孔里开门的声音。

朱九妹耳聪，听得真切，也很熟悉这开门的动作，就连忙说："你爸回来了。芸妹子，你快去开门。"

刘芸芸急忙疾步去开门。门却已经被刘锦扬打开了。显然是刚刚才下车，刘锦扬神情疲惫，风尘仆仆。刘芸芸甜甜地喊了一声："爸。"

刘小兵也赶忙迎上前去，喊："爸，您回来了。"

刘锦扬换鞋，脸露微笑，说："都回来了，好！"走进客厅，一屁股坐在沙发上，疲惫得再也不想动了。

朱九妹停下厨房里的活儿，擦擦手，像往常一样赶忙倒了一杯热茶，放到刘锦扬的面前，说："快喝口热茶吧。"

刘锦扬没吱声，可两只眼里却露出了感激的目光。

朱九妹又急急忙忙舀来一盆热水，把毛巾浸泡在水里，又拿上肥皂盒子，递到刘锦扬手里，说："擦个手，洗洗脸，好好歇一会儿，等会儿好吃饭。"

刘锦扬又是感激地点点头。

刘小兵对母亲努努嘴，转而对姐姐说："姐，典型的贤妻良母，学着点。"

刘芸芸鼻子里"哼"了一声，轻声说："学不像。时代不同了，享我的福的人还没有生出来。"

刘小兵诡秘地一笑，小声地说："这也是'代沟'啊，是不是？"

姐弟俩从厨房里一进一去，帮着把菜钵端到餐桌上，但嘴巴里仍不停地打嘴仗。

"有一定的道理。你想当少爷是不是？现在只怕当不成了。"

"我知道，而今是'男儿经'，仔细听……"

"大男子主义就是要整一整。"

刘小兵没还击，只回敬了一个："哼！"

朱九妹在清理锅台，见姐弟俩不住嘴地打嘴仗，就说："你们俩姐弟的嘴巴官司怎么硬打不完啊！"

刘芸芸和刘小兵相视一笑，又各做各的事去。

这时，门口传来敲门声。屋里的人相互望望，好似都在询问：这又是谁呢？稍一迟疑之后，刘小兵前去开门，窈窕身材的叶秋站在门口。

叶秋作为财政局办公室主任多次来过刘锦扬的家，作为刘锦扬的家人当然也就认得她了。刘小兵见了，连忙说："呵，叶主任！请进。"

叶秋笑笑，表示作了回答。但没有准备进门。她看见了刘锦扬坐在沙发上，就说："刘局长，下乡回来了？"

刘锦扬靠在沙发上没有完全睡着，睁开眼来，说："回来了。进来坐吧。"

叶秋说："不进去了。这是中秋节局里发的一盒月饼，顺便给你送来了。"她顺手把月饼递给门口的刘小兵。

刘锦扬没有起身，仍赖在沙发上，说："谢谢你了，进来坐坐吧。"

叶秋意欲转身，说："不坐了，今天过节，家里也还有些事哩。"

朱九妹闻声，急忙从厨房里走了出来，以女主人身份真诚挽留叶秋，说："叶主任，进来坐坐嘛。"

叶秋面带微笑，说："嫂子，不了。下次来，今天家里也还有客哩。"

朱九妹走到门口，诚恳地说："叶主任，谢谢你啦！"

"不谢。"叶秋转身走了。

朱九妹把门关上。

刘小兵打开月饼盒，拿出一个月饼看看，脸上现出一种揶揄的神情，说："爸，你们局里就发一盒月饼呀？还这么小的。"

刘锦扬欠欠身，说："怎么，少了？"

刘小兵翻看着手里的月饼，说："哼，真小气，堂堂财政局还不如我们小小集体单位哩。我们还每人两盒月饼，几斤水果。把你的这个月饼往我的月饼边一摆，可真是相形见绌了。"

刘锦扬对儿子不满地看了一眼，没有说话。

刘芸芸一边做事一边说："小兵，那往我的那些东西旁边一摆呢？"

刘小兵把月饼放进盒子里，说："那更是小巫见大巫了。"他不由自主地对那三堆东西一看，忽然有所发现似地笑了笑，"这可真是巧啦，爸、姐和我这三个人，正好代表了三种不同性质的所有制：机关、集体和个人。而过中秋节的礼物呢，却又恰恰成了反比，行政机关的最少，集体单位的比行政机关的多，而个体经营的呢却是大大地出了风头。这不知是有意为之呢还是偶然巧合，真有意思，真有意思……"

儿子平时就有些怪话连篇，现在刘锦扬有些听不进去了，就拿出家长和领导的派头来，说："你小子的话怎么这么多！还一套一套的？"

刘小兵见爸不高兴了，就伸伸舌头，做个鬼脸，笑了笑，再不说话了。

刘芸芸一边从厨房里往餐桌上放菜，一边说："而今呀，不是我自夸自，个体经营者虽然端的是泥饭碗，可喝的是营养丰富的三鲜汤。"她对弟弟望了一眼，"你们集体单位端的是木饭碗，喝的是不缺油盐的家常便汤。"从小父亲就喜欢她，她不怕父亲，她望父亲一眼，继续说，"可行政机关呢，端的是铁饭碗，还免不了要喝一点清水汤哩！"

听着女儿说的话，刘锦扬不愠不恼，但很不服气地说："你们这么得意，怎么又吵着要往行政机关里调呢？！"

刘芸芸一笑，说："而今把招工表送到我手上我还不填哩！"

刘小兵知道父亲是在说他，就软下话来，笑着说："端铁饭碗到底保险些嘛。而今哪个又不想图个清闲自在嘛。"他明里说给姐听，暗里却是说给父亲听的。

刘锦扬深知儿子话里的意思，他的态度却不像对女儿那样温和，语气强硬地对儿子说："就你这号思想，只要我一天还在财政局长这个位置上，你就莫想进到行政机关里来。"

刘小兵有点不高兴地说："哼，您又不是人事局长。"

刘锦扬有些生气，就说："在家里我就是人事局长，在外面我还有建议权。"

刘小兵不高兴，抬杠地说："就没有看见您这么当爸的。"

刘锦扬一下站起来，很生气地说："对你们这种子女就只有这么办。"

刘小兵不满地噘起了嘴巴。

刘芸芸连忙解围，劝着父亲，说："爸，小兵只是说说而已，您干吗发这么大的火哩。"转而又对弟弟使眼色，暗示他不要说了。

餐桌上的菜都上齐了，朱九妹脱掉围裙，来到餐厅，说："好了，莫争了，莫争了，几爷儿到不得一堆。好不容易凑在一起了，总是对不完的嘴巴皮子。"又责怪刘锦扬，"你这死老头子，儿女一天不在身边，你就念叨个没完，现在都来了，你又是哪里不顺心？都莫说了，现在开饭，开饭。都坐拢来。今天是过团圆节，吃饭的时候哪个也不许对嘴巴皮。一图吉利，二图和气，好不好？"

大家虽没有公开表示赞同，可都听话地坐了拢来。

刘锦扬从食品柜里拿出一瓶高度数的大曲酒，扭开了瓶盖，正准备往酒杯里倒酒。刘芸芸一把将酒瓶拿过来，旋上瓶盖，说："爸，这种高度数的烈性酒您就少喝一点吧。我给您带来了新出品的低度营养酒——猕猴桃酒。您先品尝品尝，如果好，今后就多给您买些。"她把烈性白酒放进食品柜，又从她带来的纸箱里拿出一对包装精致又美观大方的猕猴桃酒，开瓶，给父亲倒了满满一杯。

刘锦扬看看，端杯品了一口酒，口感极好，醇香，柔和。他又拿起包装盒着实地好好看了一番，说："这猕猴桃不就是那山上长的野杨桃吗？"

刘芸芸连连点头，说："对对对，就是那山上长的野杨桃。大概是猴子很喜欢吃吧，就给它起了个好听的名字，叫什么猕猴桃，说是营养丰富得很哩，既软化脑血管又促进消化。"

听女儿认真介绍，刘锦扬又忍不住地喝了一口猕猴桃酒，说："这瓶酒要多少钱买？"

刘芸芸说："二十多块哩！"

刘锦扬听了一惊，说："卖这么贵，从哪里弄来的？"

刘芸芸说："喜顺从深圳那边带来的，说是从什么东南亚国家进口的技术哩，紧俏得很。"

刘锦扬想了想，把桌子一拍，母子三人不由地一惊。刘锦扬自顾自地说："他娘的，我们这里土生土长的野果子，外国人拿了过去又来赚我们的钱。外国佬真精，我们也忒他娘的笨！"

刘芸芸说："我们国家历来就是'士农工商'嘛。'商'字是摆在最后面的。可是，现在没有'商'可是不行啊！"

"姐，你又开始在商言商啦。"刘小兵忍不住要插话了。

"住嘴。少插话。"刘芸芸堵住弟弟说话，看着刘锦扬，"爸，您在想什么呢？"

朱九妹什么都不懂，越听他们父女俩说话心里越糊涂，就催着吃饭，说："吃饭，吃饭。菜都要凉了。"

刘锦扬心不在焉地喝酒。刘芸芸、刘小兵、朱九妹低头吃饭。

刘锦扬的思绪回到了十多年前。那时候，他还戴着右派分子的帽子，在农村里改造。他吃住在根红苗正的农民家，一身农民打扮，完全融入农民们的那种日出而作、日落就息的生活方式。有一次，他和几个农民挑着山货路过一个山区小集镇，大家又饥又渴，可身上没有多少钱，只能对街道两旁的小吃店干咽口水。走着走着，刘锦扬忽然看见街边有一个卖野杨桃的人，顿时非常高兴。他急忙放下肩上的担子，要大家等一会儿，自己就跑过去，问："你这野杨桃好多钱一斤？"

卖野杨桃的人说："一角钱一斤。"

刘锦扬用手拨了拨箩子里的野杨桃，说："这号野东西卖这么贵！一角钱两斤吧。我多买一些。"

卖野杨桃的人稍微犹豫了一下，随即说道："好，卖给你。"

刘锦扬就弯腰开始挑选野杨桃，挑完，说："买八斤吧。"

卖野杨桃的人称好八斤野杨桃交给刘锦扬。刘锦扬付了四角钱，提

着野杨桃向那几个农民走出。他来到大家跟前，拿出野杨桃分给大家。大家吃得高高兴兴……

刘锦扬的思绪又拉回到今天上午酒厂那几位退休工人来财政局讨要退休工资和医药费的事情上。老工人们的那种心情以及过激行为他非常理解，可是县财政这么吃紧，全县有多少像他们这样的退休工人和下岗职工生活在困难中，需要解决，他的压力太大了。当那些退休工人拦住车不让他下乡去，他除了理解，最多的是心酸。当他看到他们站在县政府门口焦急地等待着他出来的面孔，他无地自容。他解决不了他们的困难，无法面对他们，只能悄悄地溜走……

朱九妹见刘锦扬默不作声，就说："老刘，你想什么呢，半天不吃饭？饭菜都凉了。"

这时，刘锦扬才回过神来，端起酒杯，说："唔。吃饭，吃饭。"

一家人在饭桌边吃饭喝酒，有说有笑。刘锦扬桌边的一瓶猕猴桃酒不知什么时候被他喝去了一多半。他拿上酒瓶还要给自己酒杯里倒酒，朱九妹连忙抢过酒瓶，说："一瓶酒快要被你喝完了，还喝！还是喝养身酒好。"她拿走酒瓶，"我给你盛饭去。老刘，今天的饭也好吃得很哩。"她拿着刘锦扬面前的碗走进厨房。

刘锦扬看着妻子的背影，自言自语地说："哼，你不让我喝呀，今后我喝我们自己的猕猴桃酒。"

刘芸芸惊喜地问："爸，我们自己也要酿猕猴桃酒呀？"

刘锦扬充满自信地说："他们东南亚酿得出来，我们大东亚就酿不出来？！"

"爸的勇气还真不减当年哩。"刘芸芸对父亲竖起大拇指，"到时候，我改行当推销员。"

朱九妹端着饭碗急忙忙走来，放到刘锦扬面前，催促说："吃饭吃饭。这米饭真香真好吃，你吃吃看。"

刘锦扬端上饭碗，认真看着米饭——杏白杏白，又闻一闻——喷香喷香。"这饭真香呀！"他扒了一口米饭进嘴，嚼嚼，品品，"嘿，是不错！真甜软。闻起来香，吃起来甜，真的好吃。"他问妻子，"呃，这米是哪里来的？"

朱九妹含笑，看一眼女儿，说："是芸妹子带来的。"

在刘锦扬尝饭的当儿，母子三人都盯着他的样子，尤其坐在刘锦扬对面的刘芸芸更是急迫地想知道父亲对这米的评价。现在，父亲赞扬了这米饭的味道，刘芸芸特别开心。她说："爸，妈没说假话吧？"

刘锦扬点点头，又问女儿，说："你是从哪里弄来的？"

刘芸芸俏皮地说："又是从广东来的。广东又是从东南亚来的。"

刘锦扬有点不高兴，就说："这个东南亚……"

刘芸芸一笑，看着父亲，说："爸，您又不服气是不是？不服气不行呀！我们的米也是应该改进改进了，产是产得多，可吃起来就是没味道，一不香二不甜三不软。爸，前两天的市报上有篇文章您看了没有，标题是《有感于上海不卖湘南米》。"

刘锦扬连忙说："看过看过。"

"人家上海米店门口挂的牌子是'好消息，今天不卖湘南米'。怪不得我们县里的粮库都装得满满的……"刘芸芸见父亲愿意听，就越说越来劲。

刘锦扬干脆放下手上的碗筷，认真地和女儿说起话来，他问："这号米多少钱一斤？"

刘芸芸说："不贵，才两块多。"

一直低头吃饭吃菜的刘小兵发话了，说："两块多还不贵？一斤抵我们这里的米几斤了。"

刘锦扬思考着，然后下决心地说："我们也种！"

刘芸芸惊喜地说："爸，真的呀？我们要是种出了这号香糯米，我可就天天有香糯米吃了！"

刘小兵也喜，说："爸，要是真的种出了香糯米，我可要大大地感谢您了。而且代表江东父老真诚地给您鞠三个躬！"

大家被刘小兵的话逗乐了。刘锦扬高兴地看了儿子一眼，又对老婆

和女儿看看。朱九妹也接上话，说："我也好天天餐餐吃香糯米了。"

刘小兵的思想活跃，开心得像个小孩子，就对母亲说："妈，岂止是天天餐餐吃香糯米，还要把眼光看远些。您想想，要是我们这里都种了香糯米，一斤米价等于我们现在种的米几斤，农民自然就富起来了。农民富起来了，我们乡镇供销社的生意就好做了，发给我的奖金就会大大地增加，到那时候呀，过年过节我也会像姐一样，给爸妈提来多多的大大的礼品盒，也阔气阔气……"

刘锦扬沉思在遐想里，听儿子的一番话，就指正说："你还是鼠目寸光，想到的还是那每月几十块钱的奖金。你就没想到这会给我们的财政增加很多收入……"

刘小兵笑说："爸，民以食为天啊。那是您这财老板想的大事，我这小小的职员哪想得那么远。"

刘芸芸夸奖父亲说："还是爸的眼光远大。"

刘锦扬坚定地说："你们信不过你们的爸是不是？好吧，那就等着看吧。"

刘芸芸、刘小兵似信非信地笑。

朱九妹见他们爷儿三个说得起劲儿，就又催促说："好啦，好啦，吃饭吃饭。你们的想法我都赞成。"

第 七 章

吴福正每天上班比标准钟还要标准，总是提前几分钟到办公室，收收捡捡，抹抹擦擦……

眼下，吴福正正在整理办公桌上的文件报刊等类，叶秋婷婷袅袅地走了进来，手上拿着一份报告，说："吴局长，县水泥厂又打来了报告，产品滞销，大量积压，银行已经不贷款了。没有钱给工人发工资，要请县政财担保……"

吴福正一边整理文件报刊一边说："不是已经明确规定，财政不能担保。"

叶秋说:"他们说是特殊情况。如果发不出工资,工人们就会闹事。"

吴福正一下来气了,把手里的文件报刊之类掷在办公桌上,说:"岂有此理!他们吓唬谁呀。"又对叶秋说,"把报告放在那里吧,等刘局长来了研究研究。"

叶秋把报告放在办公桌上了。

正好这时,刘锦扬一手提着大小不等的四种月饼和一个酒瓶及一小袋香糯米走了进来。

吴福正见了,开始觉得奇怪,继而又笑了,说:"老刘,中秋节都过了,你还来拜节?"

刘锦扬言笑说:"拜节拜节,昨天的中秋节过得可是不一般啦。"说着,他把月饼等东西放在了办公桌上。

吴福正不理解,就问:"怎么个不一般?"

刘锦扬又放下公文包,脱掉外衫套在办公椅背上,说:"嗨,真有意思,我家里四个人,正好代表了四种经济形式。"他把四种大小不等的月饼先后放在办公桌上,"这是我们财政局发给我的月饼,最小最小,可是我呢却偏又是国家单位的干部,就经济形式来说最大最大。这个稍微大一点的是我老婆单位上发的,她是大集体经济单位的,就经济形式来说比我小,发的月饼却又比我的大。这个再大一点的是我儿子小集体单位上发的,就经济形式来说比我老婆的单位小,可是发的月饼却比我老婆单位发的月饼大。这个最大的月饼是我那个干个体经营的女儿提回来的,就经济形式来说她是个体户,最小的,可是提回来的月饼却又是最大。你们看,这四个月饼代表了四种经济形式,经济形式大的月饼小,经济形式小的月饼却又最大,而且是依次上升,循序渐进,一点也不紊乱,这不知是无意的巧合呢,还是有意地嘲弄。你们说有没有意思?"

吴福正笑笑,点点头,说:"有意思,有意思,而且还有很丰富的含义。"

站在刘锦扬身边的叶秋也笑笑,说:"这既是无意的巧合,也恐怕是有意地嘲讽。我们现在有些单位呀,船是做得越来越大,可是效益呀

是越来越小。"

吴福正点燃一支香烟吸着，问刘锦扬："那你拿一个空酒瓶来又是什么意思呢？"

刘锦扬把空酒瓶推给吴福正，说："你瞧瞧。"

吴福正拿起空酒瓶，仔细端详一番。

刘锦扬又说："这是什么好东西？这就是用我们山区角把钱一斤的野杨桃做的，叫什么猕猴桃高级营养酒，二十多块钱一瓶，还是我女儿从广东带来的，据说紧俏得很。可是我们的县酒厂呢，用上等的粮食酿出的白酒两块多钱一斤还卖不掉，厂子办垮了，退休工人没工资，追我们几个人的屁股……"

叶秋听了这句话，笑着，低下了头。刘锦扬知道自己说走了嘴，赶紧把话打住。吴福正笑笑，撇开话题，问道："你提来这袋米又是做什么的？"

刘锦扬把小米袋解开，倒了一些米在办公桌上，说："这米也是我女儿从广东那边弄回来的，叫什么香糯米。昨天吃了一餐，真的又香又甜又软，两块多钱一斤，抢手得很。据说它产量也不低，我女儿说是从东南亚那边引进来的。一斤米价抵我们的米好几斤哩。我们这里要是也种上这种香糯米，那农民的收入该会增加多少呀！农民富了，市场也就活跃了，那我们的农业税、工商税也就跟着增加了，我们县财政也就不是眼前这个样子了。"

吴福正连连点头，说："老刘，昨天你们家的一餐中秋节团圆饭吃得很有意思呀！"

叶秋认真听着，也笑着补充一句，说："这叫作摆在桌面上谈。这餐饭不仅是吃得有意思，而且很有意义！更加重要的是给我们刘局长带来了启示和联想！我这个办公室主任今天有事做了。我要写一篇文章投到市报去。"

吴福正点点头，说："对。叶主任你认真琢磨琢磨，向县委、县政府写一篇《发展经济，振兴财政》的建议性材料……"

刘锦扬接着说："我把这四种月饼还有一比。"

吴福正有点好奇地问他，说："又好比什么？"

刘锦扬把放在办公桌上的四个月饼，按大小顺序从小到大依次摆放好后，说："省厅向我们县一级财政不是提出了一个收入上台阶的要求吗？叫'三五八一'规划是不是？也就是财政收入要创三千万、五千万、八千万、一个亿的逐步增长。我们县的财政收入现在还是这个月饼——"他指着他老婆提回来的那个稍微大一点的月饼，"也就是五千万。我们县能不能通过发展经济，把'月饼'逐步做大些，比方说，两三年后，我们县的财政收入是这么大一个月饼！"他又指着他儿子提回来的那个再大一些的月饼，"或者，再加把劲，又两三年后，把'月饼'做这么大！"他再指着他女儿提回来的最大的月饼，"到那时候，我们的日子就好过多了。"说完，刘锦扬脸上露出欣然的微笑，憧憬着美好的未来。

吴福正不置可否地说："你的想法很好。"

叶秋提着暖水瓶给刘锦扬和吴福正的茶杯里添了水，说："刘局长不仅是个好财政局长，我看还可以当个好县长。"

吴福正端起茶杯喝了一口水，说："对，把'月饼'做大些。不过，我认为，这是书记县长、经委农委的事。我们财政局只管分'月饼'，不管做'月饼'。"

小小的财政局长室，气氛热烈。他们三个人看似在一起闲聊、说笑，其实是不自觉地在认真开一个三人讨论会议，由刘锦扬唱主角，吴福正和叶秋当配角，谋划着财政的未来。这不得不承认是基层财政人如何寻路子聚财理财之先例，叫人感慨万千。

他们的闲谈在继续。

刘锦扬从办公桌抽屉里拿出一把水果刀，边演示边说："我们现在是三个人，分这个小月饼，我们一人就只能分一小块，肯定吃不饱。要是分这个大月饼呢，我们就都吃不完了……"

吴福正知道刘锦扬话里的意思，但他"守摊儿"意识强，信奉"饱

食终日，无所用心"，不想过多劳神操心，什么开拓精神，什么创新意识，他口头上可以说，但要他亲力亲为，他难做。他只知道一个人在哪个位置就说哪些话做哪些事。他现在是财政局副局长，是刘锦扬的副手，那么他就只能做副手的事说副手该说的话，其他的他一概不过问不操心。于是，吴福正带着这样的观念就说这样的话。他说："老刘，人家做了小'月饼'，我们就分小'月饼'；人家做了大'月饼'，我们就分大'月饼'……"

对于吴福正的话，刘锦扬很明白。可是，他却不这样认为，他认为既然组织上把他派到财政局来当领导，他就应该尽职尽责，率先垂范，唱好主角，不应有"做一天和尚，撞一天钟"的想法，尽自己所能把财政收入抓上来。他不想名留青史，也不愿背负骂名。是成是败，他无怨无悔。于是，刘锦扬笑了笑，说："我们又做又分呢？"

吴福正笑说："那可是不容易呀！"

刘锦扬说："知难而进嘛！"

吴福正虽是一个好配角，但又是一个"保守派"，他不想挫伤刘锦扬的积极性，也不会过多参谋，就说："说易做难啊！"

刘锦扬坚定地充满信心地说："先试试看嘛。老吴，我们简单地分一下工好不好？我呢，既管分'月饼'，也管做'月饼'，把主要精力放在做'月饼'上。你呢，就主管分'月饼'怎么样？"

吴福正的态度比较暧昧。他说："我看我们还是先把我们分内的事做好吧。分好'月饼'已经很不容易了，还要做'月饼'，怕的是吃力不讨好啊。"

"那么我们就只有永远坐在被告席上了！"刘锦扬似乎感觉出吴福正对他的想法和提议不太热心。

"这种状态恐怕是先天注定的吧。"吴福正淡淡地说。

刘锦扬见吴福正对他的提议有些漠不关心，想结束这个话题，就强调地说："我们再进一步商量商量，怎么样？这是我们局里的一件大事，必要时还得召开局党组会议讨论讨论。"

吴福正认为刘锦扬说的做"月饼"之事八字还没有一撇，也不必争论下去，就附和刘锦扬的话，说："讨论一下也好。我们还是先把眼前的几件急事处理一下吧。"

叶秋听着他们的对话，已感觉到气氛不对，就打圆场，急忙说："对对对，公安局、教委、科委的报告送来已经有一个星期了，总得要答复一下吧。"

刘锦扬不表态，却先问吴福正，说："老吴，你的意见呢？"

吴福正吸着香烟，表态说："我看多少要给他们解决一点。老刘，你看呢？"

刘锦扬不想明确表态反对吴福正的提议，就想了想，说："我也是这个意思。只是这样一来，又让他们尝到甜头了。县里的钱是海绵里的水，挤得出来的，只要伸了手，多少总有点回手，不要白不要。以后的工作只怕是越来越不好做了啊！"

"这恐怕多多少少也是有点天注定的吧。"吴福正又是淡淡的一笑。

"什么时候能改变一下这样的局面呢？"刘锦扬一笑，无可奈何的样子。此话像问自己又像咨询吴福正。

吴福正望一眼天花板，轻描淡写地说："天老爷保佑吧。"

叶秋突然想起昨晚快下班时，她承诺过酒厂那几个退休工人今天来领钱，此时，就急忙提出来说："刘局，吴局，还有酒厂那几个老工人的退休工资和医药费怎么办？"

刘锦扬轻叹一声，说："难啊！不解决吧，他们是实际问题，真的是活命钱啰。解决吧，又不符合财经原则。我们这真是两手伸进靛缸里——左也蓝（难）来右也蓝（难）啊！"但他还是下决心地说，"还是给他们解决一点吧。不过给他们说清楚，说这是财政借支或者垫付的钱，以后要他们厂里归还的。"转而又对叶秋说，"叶主任，你无论如何把酒厂的高厂长找到，要他到我这里来一下。"

叶秋点头，说："好的。还有老干局的那笔钓鱼经费怎么办？昨天你下乡后，陈局长她又来过。"

刘锦扬看着吴福正，征求他似地说："也解决一点吧，给她两千块

钱怎么样？老吴，你的意见呢？"

吴福正心想县里的老干部们不能得罪，再说每年重阳节都要搞一次老干活动，这已经是成了惯例，给少了恐怕他们会说话，给多了财政上实在是拿不出来。于是，吴福正说："老刘，我看就给老干局四千吧，打个对折。"

刘锦扬略思一下，同意地说："可以，可以。不过要给老干局说清楚，我们现在是吃饭财政。饭不吃不行，鱼不钓可以。像这类活动希望他们今后少搞一点。"刘锦扬一边说一边清理公文包，"就这样解决吧。老吴，叶主任，我今天想下去转转，局里的事就拜托二位了。叶主任，你给我叫车。"说完，就拱拱手。刘锦扬正准备往外走，走廊上忽地传来了嘈杂的脚步声。他伸出头一看，不禁又连忙缩回头来，显得很尴尬，说："他们又来了。"

叶秋连忙问他，说："哪个？"

刘锦扬像做贼似地轻声地说："酒厂的那几个退休工人。"

叶秋连忙说："那你快点走，被他们缠住了又脱不了身。"

刘锦扬把公文包放回办公桌上，说："已经走不掉了，他们已经到了门口。"

果真，周跃武等几个老头儿出现在门口。周跃武还是走在第一个，他在门口稍停一下，笑着说："刘局长，吴局长，叶主任，都在啦。我们几个老家伙又来麻烦你们了。"

刘锦扬笑脸相迎，连忙招呼，说："不麻烦，不麻烦，坐坐坐。我装烟，叶主任倒茶。"说着拿出香烟来装。

叶秋拿了几个纸杯，放进茶叶，提暖瓶倒水。

周跃武进了门，没坐。几个老头儿站在他后面。周跃武连忙摆手，说："烟不吃，茶也不喝，我们几个老家伙的事……"

刘锦扬把香烟缩回，放在办公桌上，笑笑，说："我们已经研究了。吴局长、叶主任先和你们谈，我先去上厕所。你们坐啊！"他走出门，又回过头来打了个手势，急匆匆地走了。

周跃武等几个老头儿仍然站着。周跃武说："吴局长，我们的事……"

吴福正对他们招招手，说："先坐下吧，坐下吧。坐下了我们再细细地谈……"

周跃武等几个老头儿坐了下来。

叶秋倒好了茶水，并将茶杯递到他们的手上。

刘锦扬并没有去上厕所，而是快步走下办公楼来，叫上司机小王一起去乡镇了。

第 八 章

由县城通往芦洲镇的公路上，一辆白色的桑塔纳小车在公路上急速行驶。驾驶室里，司机小王在专注地开着车。坐在小车后边座位上的刘锦扬两眼透过车窗玻璃不停地向外面望去。公路两旁的参天白杨急奔而来，又忽地而去。刘锦扬神情专注地向车窗外望着，在沉思着什么。

桑塔纳小车转过一个弯，驶进了一条乡村公路，眼前的视野开阔了，公路两旁是一望无边的稻田和棉地。晚稻已一片金黄，沉甸甸地，收获在即。棉地也棉白如银，不少男女老少正在棉地里收摘银棉。小车继续向前驶去，前面出现了一片大湖荡，长满了参差不齐的芦苇。苇叶已经枯黄，苇花已经变白，并已开始纷纷扬扬地飘散着……小车急速驶过，还惊起芦苇丛中不少的鸥鹭……

桑塔纳驶过芦苇荡，又是大片大片的稻田和棉地。小车继续往前驶，出现了一座规模不算小的乡村集镇，一条卵石公路直穿集镇，集市两边修了不少新楼房，还有几座不算太高的烟囱冒着滚滚白烟，与蓝天白云渐渐融合在一起……小车驶过了集市的街道，一直往前开到一幢新修的楼房前。楼房的大门两边各挂着一块醒目的实木牌子，右边挂着"江东县芦洲镇人民政府"，左边挂着"中共江东县芦洲镇党委"。小车向右转，进了大门。

司机小王把小车开到了镇政府院内的一棵大榕树下。刘锦扬从小车

里出来，径直走向书记办公室。

秘书小余从镇办公室出来，正好看见刘锦扬过来，就急忙迎上去，说："刘局长，辛苦了，请进请进。"

刘锦扬走近小余，笑着问他："小余，蔡书记在吗？"

"不在，他去省里了。"小余急忙回答，继而把刘锦扬迎进镇办公室。

刘锦扬进了镇办公室，又问小余，说："小余，那你们的胡镇长呢，她也不在？"

"在，在。"小余倒了一杯茶递给刘锦扬，"镇长刚才到纸厂去了。我给她打个电话，要她来。"

刘锦扬将茶杯放在面前的茶几上，说："她有事就不要催她了。"

小余说："没有什么很要紧的事，只是去看看。听说纸厂的原材料不够了。"

刘锦扬有些不理解，就问小余，说："你们这里也存在原材料不够问题？不是还有大片大片的芦苇吗？"

小余一边打电话一边说："今年芦苇减产了。"电话已经接通，"喂，纸厂吗？请叫胡镇长接电话！我是镇办公室小余哩。"

对方接电话之人叫来了胡镇长。一会儿，胡镇长接电话，问："小余，有什么事？"

小余说："财政局的刘局长来了。"

胡镇长一听，惊喜，连忙说："他是财神爷，小余，你给我留住，好好招待，我马上就来。"

小余说："好。"放下电话，对刘锦扬说："刘局长，胡镇长马上就来。您先喝杯茶休息休息。"

司机小王走了进来。小余起身给小王倒了一杯茶，又走出门，来到隔壁办公室。

等小余返身回到办公室不一会儿，一位年轻的女子端着一盆温热的洗脸水进来。小余对刘锦扬说："刘局长，一路辛苦，您先洗把脸吧。"

年轻女子把脸盆递给刘锦扬。刘锦扬起身接过，呵呵笑着，说："谢谢！这待遇很高的啊！"端着脸盆出门，在台阶上洗脸，并拍打身上的灰尘。

刘锦扬洗完脸，司机小王要接着洗脸，年轻女子争着把水泼了，又去打水。

忽地，从院子里传来一句豪放中而又不失娇甜的女子声音："今天是什么风，把财神爷吹到我们这个小镇上来了！"

小余对刘锦扬说："胡镇长回来了。"急忙起身出门。

在此同时，刘锦扬已经听到院子里女子的声音了，就急忙起身走到门口，朝院子里看去，只见一个三十岁的女子笑哈哈地走了过来。她生得结实丰满，脸盘子圆润而好看，却一点也不显得娇气，倒是有几分粗犷。她是女子中的那种属于"女丈夫"类型的人物。然而她毕竟也还是一个女人，粗犷中也时时流露出女性的娇柔。这女人便是芦洲镇镇长胡秀英。她大步地走上前来，很早就伸出右手。刘锦扬也迎了上去，伸出右手，呵呵笑着。

胡秀英主动握住刘锦扬的大手，并摇了几摇，说："好，好，好，财神爷难得来，今天一定不放过你。"边说边领头走向自己的办公室，"财神爷，请里面坐，里面坐。"

刘锦扬跟随胡秀英走向镇长办公室。

到了镇长室门口，胡秀英扭头说："小余，快去到'闻香居'订一桌饭，弄出我们芦洲镇的特色来，以鱼为主，不要多只要精，'春鲢夏鲤秋鲫冬鳊'，而今是秋天，就搞几条野生的大鲫鱼清炖、一钵纯真的土鸡。怎么样，搞得好吧？"

小余急忙走出办公室，听了，高声回答说："没得问题，保证完成任务。"

刘锦扬连忙制止，说："慢慢慢。小余，你慢点去，听我说个想法。我既然来了，饭还是要吃的。今天我们不去餐馆里吃，就到胡镇长家里去，请胡镇长设家宴，怎么样？"

小余笑笑，不好回答。

胡秀英止住脚步，转过身来，面对刘锦扬连连摆手，说："不不不，我弄的菜没水平，弄不出我们芦洲镇的特色来。还是去'闻香居'，那里才是我们这里真正的特色菜。刘局长，你怕我们搞不正之风慷公家之慨大吃大喝是不是？我胡秀英今天自己掏腰包，请你刘局长，怎么样？"说着，从身上掏出几张拾元钞票递给小余。

刘锦扬又连忙制止，说："小余，慢，今天非要胡镇长设家宴不可。我和小王也不白吃。我们出米，你胡镇长出菜。小余，大鲫鱼还是去买几条。既然到芦洲镇来了，就要尝尝芦洲湖大鲫鱼的味道。我们到胡镇长家里去弄。"

胡秀英无奈，只好随了刘锦扬的意愿。她笑着说："你硬要到我家里去弄，我也没得办法。不过，我先把话说在前头，我弄的菜就是那么一个水平，保证弄熟就是的。至于味道不味道，我就不管了。"

刘锦扬笑说："自己动手，丰衣足食嘛。"转身对司机小王说，"小王，快去把米提来。"

小王急忙跑向小车，打开车门，从里面提出一袋米走回来。

胡秀英见小王真的从小车里提来一袋米，就惊讶地问刘锦扬："刘局长，你真是会出洋相，到了芦洲镇还没饭给你吃？还要你从县里带米来？趁早给我把米丢了。"她抢过小王手里的米要丢。

刘锦扬急忙护住，说："这米千万不能丢。这可是不远千里买来的啊！"

胡秀英睁大眼睛，不理解地问："是什么宝米？"

刘锦扬诡秘地一笑，"实话对你说，这可真是宝米。不过，眼前还要对你保密。走，去弄饭吃……"

第 九 章

吴福正和老干局陈局长的讨价还价已经进入白热化程度。叶秋也在场。

陈局长看着吴福正，说："硬只肯给四千块？！"

吴福正欠欠身，笑着说："这还是我的合声哩，开始研究还只肯给两千块哩。不信，你问叶主任，她知道。"

叶秋点点头，表示对吴福正的话语肯定。

陈局长心里有些不愉快，声音变大了说："四千块不够。你们要是这样抠我们老干局，那我们这次的老干部钓鱼竞赛就只好不搞了！"

吴福正仍然笑着，但心里也有点不高兴起来，就说："陈局长，这怎么是抠你们老干局哩，教委、科委、公安局要的钱都是大打折扣了的呀！眼下县财政的确很困难，要理解。我的话你不相信，我们叶主任是女同志，她还不向着你呀。"

叶秋见情势有点不对，担心他们会争论起来，因为她早就听说陈局长是一个不怕硬不欺弱的泼辣女人，就笑对陈局长解释说："陈局长，吴局长说的的确不假，今年的财政是紧得很。公安局、教委、科委的钱都还没有给哩。您陈大局长就凑合着去用吧，就当是支持支持财政局的工作了。"

陈局长一笑，但火气仍未消说："我用不到。你们万一硬不给，我只有去向县委、县政府汇报了。这次市里的老干部钓鱼竞赛我们不参加。"

吴福正觉得跟陈局长这女人很难对话，只好沉默不语，脸上也显出了有些难看的表情。

叶秋观察吴福正，忙打圆场，说："陈局长，这样行不行，您先把这四千块钱领了去，先把活动搞起来。以后万一硬是不够了，再打报告怎么样？"

陈局长听不进去，仍然带着火气口齿伶俐地说："这次没有要到，以后又会要得到？我就不相信县财政就有这么紧？要是真的紧得很的话，那一辆辆崭新的小车是从哪里来的？那一桌桌高级的酒席是谁出的钱？我就不相信会是私人掏的腰包。少买一辆小车够全县的老干部活动好几年哩！我们这次要的八千块钱，只当人家两桌高级的酒席啊！"

吴福正强压住心头火气，晃了晃脑袋，意味深长地叹了一口气，说：

"哎，我们也没有办法呀！"

叶秋提了暖水瓶给陈局长的茶杯里添了水,也强装笑脸说:"陈局长,不怕您不相信,中秋节我们才发给每个干部一盒月饼哩,而且是市面上最普通的小月饼。"

陈局长不信叶秋说的这些话,仍旧带刺地说:"我晓得,财政局是清水衙门,我们老干局倒是财神菩萨了。这四千块钱确实不够,我不要了。我的好话已经说尽了,笑脸也赔完了,除了叶主任,我们都是四十开外的人了,在各自的位置上都干不得好久了!我还怕我这一世不得上岸呀!你们看着办吧!"说着,起身气冲冲地走了,完全失去了她开始来要钱时的那份娴静与温和。

叶秋来不及起身送她,见她的背影很快消失在门口,就摇摇头,说:"又得罪了一个人。"

吴福正轻叹一声,说:"人都快得罪完了哟。"

叶秋突然想到刘锦扬的一席话,就说:"刘局长说把'月饼'做大些也许有些道理。"

吴福正起身,说:"月饼再大也没有人家的胃口大呀。干财政生生是个得罪人的路!"他拿了公文包,"叶主任,我出去办点事,局里你就招呼一下。"

叶秋点点头,说:"好!"

第 十 章

胡秀英领着刘锦扬来到了自己家里。

住房条件比较差,显得拥挤、杂乱。六十多平方米的两间房中间开了一扇门,一堵墙将里面一间隔开,前面半间开着一张宽床,后面半间开着一大一小两张床。外间房算是客厅,一张旧茶几,两把一长一短木制沙发,靠墙摆着一台十四英寸黑白电视机,外间房后面一道门,紧贴墙搭了一偏房,一边是厨房,一边是卫生间。

只一会儿的工夫，饭菜做好了。一张家用小圆桌，围坐着胡秀英、刘锦扬、司机小王。胡秀英的母亲不愿意上桌吃饭，就要七八岁的外孙女陪着自己一起在厨房里吃饭，小女孩便很懂事地陪着老人。

小圆桌上一钵清炖鲫鱼，再就是几样家常小菜。

刘锦扬端着饭碗，问胡秀英，说："胡镇长，你吃这饭，看味道怎么样？"

胡秀英对碗里的饭看看，闻一闻，就扒了几粒饭进嘴里品了品，感觉很香，吃起来很甜很软，就说："很香，很甜很软，比我们这里的米好吃多了。"

刘锦扬说："我们这里的米不受卖你知道不知道？"

胡秀英说："知道。听说上海粮店门口挂的牌子，'好消息，今天不卖湘南米'。"

刘锦扬边吃边说："这可是真的啊，我们市里的报纸上都登了。要是这种米，卖不卖得掉？"

胡秀英肯定地说："那当然受欢迎啦！"边吃边问刘锦扬，"你这米，是哪里来的？好多钱一斤？"

刘锦扬说："是我女儿从广东那边弄来的，广东又是从东南亚进口的。这米两块多钱一斤哩！"

胡秀英惊讶得眼睛睁好大，说："一斤抵我们几斤哩！"

刘锦扬说："那可是。胡镇长，你们镇是我们县产粮食最多的乡镇，明年你试种一点怎么样？"

胡秀英爽快地答应，说："行啦。"又一略思，"那种子从哪里来呢？产量不知怎么样？栽培技术也怕跟不上呀！"

刘锦扬放下碗筷，看着胡秀英，说："这样好不好，你派一两个人到广东那边实地考察一下。路费、吃住我解决。如果你决心试种的话，种子也由我解决。"

胡秀英来了信心，爽快地说："好呀！有你这个财神爷做靠山，我下决心种。你刘局长要从财力上支持支持我。"

刘锦扬早就有心理准备，只要胡秀英决心种，他就敢做她的后盾。刘锦扬说："好！我从农业周转金里划一点给你。"停停，又说，"我把丑话说在前头啊，这钱可是要还的啊！"

胡秀英信心十足，说："还，当然还。只要这种香糯稻试种成功了，农民富裕起来，你这点钱我还还得起！"

刘锦扬端起饭碗，用筷子夹一片青菜放进嘴里嚼吃，说："到那个时候呀，我不仅是要你还借的这点钱，我还要从你这里大捞一把哩！"

胡秀英假装不理会刘锦扬的话意，就笑着，说："哦，你今天来还是为了这个目的啊！这就叫作'无利不起早'呀！"

刘锦扬也笑着，说："这也叫作'无利不下本'呀！"

胡秀英笑说："你真不愧是个财神爷。"

刘锦扬笑说："你也真不愧是个女行家。"

胡秀英笑出声："哈哈哈！"

刘锦扬也"嘿嘿嘿"地笑着，说："我们彼此彼此。"

胡秀英打住笑声，说："光顾了说话，忘记吃鱼了。来，尝尝我们芦洲湖的大鲫鱼。"用筷子把鱼夹到刘锦扬的碗里，并对司机小王说，"小王，来，莫客气。"

小王笑笑，点点头，用筷子往钵子里夹鱼吃。

这时，从外面走进来一个三十多岁的男人，胡子拉碴，显得老成，身着一套深蓝色制服，工人模样。他对室内看看后，走进了厨房。坐在厨房里和外婆吃饭的小女孩见了他，喊了他一声"爸爸"。他点点头，没说话，拿了一双筷子、一个酒杯，提了一瓶白酒，坐到了小圆桌边。

刘锦扬对他看看，猜到了八九分，但又不敢肯定，就问胡秀英，说："这位是……"

胡秀英淡言淡语地说："孩子她爸，叫贺长生，在粮管站工作。"她对贺长生看了一眼，也顺便介绍说，"这位是县财政局刘锦扬局长。"

刘锦扬对贺长生笑笑，点点头。

贺长生也含笑，微微对刘锦扬点点头，随之就自酌自饮地低头喝酒了。

胡秀英好似没有丈夫在吃饭,继续边吃饭边和刘锦扬谈工作。她说:"刘局长,你今天大驾光临,真是难得的好机会,有些事还得请你支持支持。"

刘锦扬说:"说吧,只要是我做得到的。"

胡秀英说:"我们那个纸厂……"

刘锦扬说:"不是效益蛮好吗?"

胡秀英说:"效益还不错,就是原材料吃紧啦。"

刘锦扬问:"你们主要是用什么做原材料?"

胡秀英说:"芦苇嘛。"

刘锦扬吃完了饭,把碗筷放在桌上,拿了纸巾擦了擦嘴,说:"我今天来,在车上看到你们那个芦洲湖没有好好利用起来,应该开发开发。"

提起芦洲湖,胡秀英就有些伤感情绪,她说:"哎,莫讲起,为这个芦洲湖呀,伤透了脑筋。有的人要栽稻,有的人要种莲,有的人又说最好种芦苇,真是莫衷一是,结果什么都没有搞好。"

刘锦扬说:"要我看啦,芦洲湖栽稻种莲都不行,最好种芦苇。"

胡秀英也吃完了饭,起身给刘锦扬倒了一杯茶水,递过,说:"刘局长,你的这个看法和我的就碰上头了。栽稻吧,芦洲湖的水时涨时跌,落得几天雨就是一满湖的水。有个半月二十天不下雨,一部分地方又干了,做埂拦水开田也不行。总之栽稻种莲都不行。已经试种过几次,有些人还是不死心……"

刘锦扬轻饮了一口热茶,认认真真地说:"有些人就是要霸蛮。或者只看到粮食重要呀,湘莲值钱呀,可是得不到还不是空的。种芦苇就对上路了。水深一点,芦苇照常长;水浅一点,甚至完全干涸了,芦苇还是可以长。芦苇种好了,纸厂就不愁没原材料了。我还有一个建议,我们县的几个山区乡镇,还有大量的楠竹,也是造纸的好原材料。你们能不能把纸厂的设备更新更新,用楠竹和芦苇生产一些高质量的纸,这可是抢手货啊!县印刷厂还准备进口日本产的四色胶印机,搞彩色印刷,需要大量的优质纸,我想,你们纸厂的纸不愁没有销路。从芦苇、楠竹

到纸厂到印刷厂，这又是'一条龙'啊！把这条龙舞活了，不怕你们芦洲镇富裕不起来啊！"

胡秀英认认真真地听着，心里豪情万丈，遐想着芦洲镇的明天是多么的美好！听完刘锦扬的建议，胡秀英抑制不住自己激动的心情，就说："好啊好啊，我们芦洲镇起飞了，也就不愁还不起你的农业周转金了。"

刘锦扬笑笑，说："要是真正起飞了，那就不只是要还我的周转金啦，你还敢少我的税收吗？"

胡秀英也一笑，认真地说："我要是真的起飞了，又会少你的税收吗？你啊，想的就是你的税收啊！"

刘锦扬笑说："我是财政局长嘛。"

胡秀英提了暖水瓶给刘锦扬茶杯里添着水，说："你这还是叫作——"

刘锦扬知道她的意思，就连忙接话，说："无利不下本啊！哈哈哈！"

"哈哈哈！"胡秀英放回暖水瓶，也开怀地笑着。

他们两个话语投机，谈兴很浓，早把低头喝酒的贺长生忘在一边了。贺长生见插话不上，很是无趣，一个劲儿地低头喝酒，不知是对眼前的情景有些不满意还是他的性格使然，显得很不愉快……

司机小王早已吃完饭到房屋外面走动去了。

胡秀英偶尔对贺长生看一眼，发现一瓶白酒快被他喝完了，立即抓过酒瓶，带点愠怒和埋怨的语气，说："哎呀，一瓶酒又快被你喝完了。"

贺长生不作声，很不满意地回敬了胡秀英一眼。

见状，刘锦扬随意说："他有酒量，你就让他喝吧。你也不要管得太严了。"

知夫莫妻。胡秀英说："他有酒量？一喝就醉，一屋呕得脏死了，影响也不好。又不知是哪根神经出了问题。"

贺长生对胡秀英更是不满地看了一眼，拿过酒瓶继续倒酒。

胡秀英对他瞟了一眼，有外人在，她也只好由他去了。

刘锦扬和胡秀英的对话在继续。

刘锦扬说："试种香糯稻、芦洲湖主要发展芦苇生产，这是你们芦洲镇的两件大事，你还是向县里汇汇报，争取县委政府领导支持。"

胡秀英点点头，说："这个是自然的。你也帮我造造舆论。在财力上你要大力支持啊。"

"我们手里的周转资金也很有限，一个钱要当作两个钱用。我对你们的纸厂和芦洲湖还要做进一步的可行性考察……"刘锦扬实话实说。

"好，我亲自奉陪。"胡秀英高兴之极。

第 十 一 章

叶秋正在打电话。不一会，电话通了。叶秋对着话筒，说："呃，酒厂吗？"

县酒厂办公室里，几个人坐在一块，不知是在开会还是在闲聊。办公桌上的电话铃声一响，这几个人都一下停住了说话。一位女同志，年龄三十多岁了，短发齐耳，她可能是在这办公室工作，听到电话铃声，就接了电话："喂，哪里？"没有礼貌性的开头语，干巴巴的问话。

叶秋说："我是财政局，是酒厂吗？"

这女同志说："我是县酒厂。你找哪一个？"

叶秋又说："我找高厂长，他在厂里吗？"

这女同志听了，急忙一手捂着话筒，对一位中年半纪的男人说："厂长，找您的。"

中年半纪的男人问这女同志，说："哪里来的？"

这女同志回答高厂长，说："她说是财政局。接吗？"

高厂长略微想了想，说："肯定是催我们还企业周转金的。你就说我不在厂里。"

这女同志点了一下头，对着话筒，说："哎呀，很对不起，高厂长不在厂里。厂里停了产，工人领不到工资，他正在外面跑钱哩。"

叶秋听到对方的电话，想了想，估计对方是玩花招，就说："那好，你跟高厂长说，这次电话不是催他还钱的，是刘局长找他商量如何把酒厂的生产恢复起来。对你们酒厂来说是件大好事，他回来以后，务必请他赶到财政局来，好不好？"

这女同志手握话筒，放心地回答说："好，好，我一定传达到，要高厂长尽快到财政局去。"说完，她放下了话筒。

在场的人安静地听完这女同志接完电话，现又开始说起话来。办公室里又热闹开了。

高厂长大声制止大家，说："都莫闹了。"忽的办公室里又安静下来。他又问那女同志，"小李，财政局说找我什么事？"

小李回答高厂长，说："要你赶快到财政局去，刘局长找你商量恢复生产的事，说是一件我们酒厂的大好事。"

大家张耳细听小李说话，心里都有些猜度是一件什么大好事能轮到他们酒厂。

高厂长听小李的汇报，还是有点七上八下，于是就说："这是真还是假？是不是来一个调虎离山之计，把我哄去，然后找我要钱？"

室内，一个年岁稍微大一点的人说："厂长，听说财政局的刘局长办事比较牢靠，不会轻意表出什么态，也许是真的有好事。"

室内，大家都真的期盼早些发工资，觉得这个年岁大点的人说的话有些对，就纷纷点头。

高厂长思考一会儿，又看看大家一眼，就下决心地说："去。就是刀山火海我也去闯一闯。要是真有好事，那我们酒厂就活了，要是他刘局长找我催讨企业周转金，没有。我死猪不怕开水烫。"

叶秋放下电话筒，对办公室里的人说："这些人真滑头，来要钱比火箭还飙得快。你一找他呀，就说不在，给你一个将军不见面，也许他就坐在电话机旁边哩。他哪里想到，这回找他，真的是有好事。"

办公室里的人笑笑，说："而今的人哪，都变滑了。"

第 十 二 章

刘锦扬和胡秀英说笑着走向纸厂。

纸厂是芦洲镇的镇办企业，第一线工人加厂级领导共有百多号人。虽是小型企业，但每年向县财政上缴利税过万元。来纸厂之前，胡秀英就要镇办秘书小余给纸厂打了通知，要求纸厂领导全体在厂等候。他俩刚走到纸厂大门口，就见纸厂几位领导等候恭迎着，纷纷上前和他俩握手。

胡秀英上前给几位厂领导介绍说："这位是财政局刘局长，我们县里的财神爷。"

几位纸厂领导争先问候。

"刘局长好。"

"刘局长辛苦了。"

"欢迎刘局长前来检查指导工作。"

……

胡秀英又向刘锦扬介绍纸厂几位领导说："这位是厂长，这位是副厂长，这位是党支部书记……"

刘锦扬听着胡秀英介绍，一一点头微笑、握手。接着，他俩在厂长带领下，走进厂区。他们一边看，一边议论、指点。由于机器轰鸣，他们说的什么话一句也听不清，工人们用一种好奇的眼光对他们看，刘锦扬拿起一张张白纸仔细察看，并向身边的厂长询问着什么。

最后，大家来到了堆垛着原材料的场地，只见一摞摞的芦苇已经不多了。这里由于离厂房较远，机器的轰鸣声很小了，大家的说话声可以听到了。

纸厂厂长指着原材料，说："芦苇就只剩这么多了，明年上半年就要'青黄不接'了，纸厂就要被迫停产。"言语之中，能听出厂长焦急的心情。

刘锦扬听完厂长的汇报，侧身对胡秀英说："我看你们开发芦洲湖，

繁殖良种芦苇，已经是迫不及待了。"

胡秀英点头，说："我们决心这么搞。"

刘锦扬看着身边堆垛着的芦苇，更加相信纸厂厂长刚才说的话不假，就说："我回去后就找县印刷厂牵线，希望你们能搞成一条龙，一条腾飞的龙。同时把这里的情况向书记、县长汇报，希望得到他们的重视！"

胡秀英显得有些激动，转脸示意身边的纸厂厂长，说："那我们就要好好地谢谢刘局长了。"

纸厂厂长等人也都鸡啄米似的点头，表示感谢。

刘锦扬一笑，说："不要谢我太早。我还要实地考察考察你们芦洲湖的芦苇生长环境。要不然我没有充分的依据向书记、县长汇报。"

胡秀英说："我亲自陪你去，一定让你满意。"

刘锦扬瞟一眼胡秀英，笑说："你不怕水？不怕血吸虫？"

胡秀英看着刘锦扬，豪气地说："怕水怕血吸虫就不来芦洲镇当镇长了。"

大家边走边说，离开了芦苇堆垛的场地，径直走向厂部。厂部离生产区较远，听不到机器的轰鸣声。大家走到大门口时，恰好胡秀英的丈夫贺长生路过大门前的街道，去粮管站上班。看得出来，离开以后，贺长生又自斟自饮喝了一些酒，走路的样子有几分醉意。走到纸厂大门口时，贺长生忽地听到了妻子胡秀英的声音。这声音豪放而爽朗，无论在哪里在人多声杂中他都能辩听得出她的声音来。他停下脚步，朝声音方向看了一眼，看见了她和刘锦扬正说笑得热火，样子显得非常的和谐与融洽。贺长生带着某种醋意地对他俩又看了一眼，然后控制自己的情绪，一扭头，歪歪扭扭地走了……

第 十 三 章

太阳西斜以后，芦洲湖的水面显得几分黯然无光。水鸟扑扇着翅膀飞向自己的巢窝。芦苇丛丛，在夕阳下昂头挺胸的等待着农人收割。

胡秀英双手驾着"双飞燕",看架势很内行。于是,一只小木船不急不慢地向湖中驶去。刘锦扬站在船头,观望着湖面四周的芦苇。小船向湖中的芦苇滩驶去。几只鸥鹭在湖面翱翔。

胡秀英轻松地驾着"双飞燕",看着前面的芦苇滩向刘锦扬介绍说:"这是一个脱滩,四面都是水,以前有人围垦过,筑过挡水堤,可年年筑年年溃。栽稻全淹了,后来又种莲,也不行。"

刘锦扬把远看的视线收放到眼前的芦苇滩,说:"我认为这种地方生成是种芦苇的。要是早些年就种上优良品种芦苇,你们纸厂也不至于缺原材料了。"

胡秀英说:"事情往往都是后悔的多哟。"

"以前我们确确实实是搞了不少的傻事、蠢事。"刘锦扬坐下来,点燃一支香烟,吸着。

船快靠滩了,刘锦扬将吸了一半的香烟丢进湖水里灭熄。船靠滩了,刘锦扬跳上了滩,顺手就把船桩拉上滩去要将它插进泥土。

胡秀英收了双桨,下了船,见刘锦扬要插船桩,就连忙说:"你放下,我来。"口气自然而亲近。

刘锦扬把船桩给胡秀英,先自走向滩中的芦苇,发现了几只生出来没几天的小鸥鹭,毛茸茸的,很是可爱。它们见了生人,吱吱叽叽地叫着往草丛中逃窜。刘锦扬觉得它们十分有趣,就急忙跟上去想捉到它们,可是,它们特别机灵,一下就钻进了草丛里不知踪影。刘锦扬弓着腰寻找,并回头对胡秀英喊:"胡镇长,快来快来,这里有几只小水鸟,可爱得很,快来捉吧……"

胡秀英正往泥土里插船桩,听到刘锦扬的喊声,也高兴起来,就急忙把船桩往泥土里马马虎虎地一插,起身向刘锦扬跑去。

几只小鸥鹭钻进草丛中,可能是草根缠绕,使它们无路可逃,就发出吱吱叽叽的叫声。刘锦扬循声寻找,扒开草丛,捉到了一只。小鸥鹭在刘锦扬手里挣扎,惊慌乱叫……

几只老鸥鹭听到了孩子的呼救声,快速飞来,在刘锦扬头顶上声嘶

力竭地鸣叫、盘旋，恨不得从刘锦扬手里叼走小鸥鹭。

胡秀英来到了刘锦扬身边，对头顶上旋飞的几只鸥鹭看了看，立即从刘锦扬手里拿过小鸥鹭，放在草丛里，对刘锦扬说："放了吧，看它们娘儿母子叫得多造孽，放它们的生吧。"

小鸥鹭立即钻进草丛中不见了。在他俩头顶上盘旋的鸥鹭们也不再凄厉地鸣叫了，各自飞去给孩子们觅食去了。

放走了小鸥鹭，刘锦扬和胡秀英都开心一笑，沿着一条草径小路走进芦苇丛里……

两只鸥鹭又飞回来了，落在刚才他俩放生的小鸥鹭身边，一只鸥鹭嘴里叼着一条小鱼，一只鸥鹭在鸣叫着。又有几只鸥鹭飞来，落在地上，它们嘴里都叼着一条小鱼或是一条小泥鳅。躲藏在草丛里的小鸥鹭小心翼翼地走了出来，一只，两只……吱吱叽叽，看到了父母们，高兴极了，先前的那种恐慌感完全没有了，争先恐后地欢快地鸣叫着聚集在一起，张开嘴接食，吃了，然后安静地藏在父母们的翅翼下……

芦苇丛里，刘锦扬和胡秀英一前一后地顺着一条草径小路边走边看边说话。苇叶密集，时不时地刷在他俩身上。刘锦扬说："这都是野生的劣种芦苇，叶小杆细，产量低，做出来的纸质量也差。应该引种优良品种。"

胡秀英说："因为到底栽稻种莲还是种芦苇举棋不定，所以就这么半荒芜着。"

以前的芦苇荡现在已经成了一片荒滩。刘锦扬看着眼前肥沃的泥土，说："可惜呀，可惜呀，我们本来有很多可以好好利用的资源，就这么白白地浪费掉了。"

胡秀英说："这次我是下了决心了。"

他俩边说边继续往前面走去。

稍稍地起了一点风，湖面上泛起了一阵阵小的波浪。荒滩上的芦苇也随着微风一阵阵地低头，昂头，又低头，又昂头……湖面广阔，无遮无挡，风渐渐大起来，波浪拍击着船舷，小船在波浪的推涌下前驱后退，一下紧接一下地不停，同时带动了纤索把本来就没有插稳的船桩从泥土里一下一下地拔出来……风力加大，波浪继续拍击船舷。小船拖着那根连接着船桩的纤索，离岸了，随着波浪漂荡而去，无人知晓。

夕阳西沉，天边露出缕缕霞光。荒滩上，雾气缥缈，芦苇婆娑。湖面上，鸥鹭戏水、鸣叫。小船随波逐移，越去越远……

荒滩的那一边，有的地方芦苇密集，有的地方芦苇稀疏。但秆儿都不高，而且很细，都被比它们高的野草纠缠着，似乎在哀叫。刘锦扬和胡秀英在继续察看。刘锦扬停下脚步，说："冬天里应该调来几辆拖拉机，把这片荒滩通通翻耕一遍，把野生芦根尽可能地集中起来烧掉，再种上优良品种的芦苇。两年后，纸厂就再也不会缺原材料了。"

胡秀英紧跟刘锦扬身后，也停下脚步，说："果真如此，我可就要谢天谢地谢你这位财神爷了。"看着眼前成片的野生芦苇，要想连根烧掉它们，是要花人力物力财力的。于是，她又说，"刘局长，给我们投点资吧。"

刘锦扬继续往前走，说："你可是处处离不了钱啊！"

胡秀英跟着他往前走，笑说："本来嘛，离了钱就走不得路嘛！"她又笑了笑，很神秘。

刘锦扬抬头对西边天上一看，就说："天色已经不早了。我们返回吧。"就转过身来往回走。

"好，回去吧。"胡秀英转身回走。

原路返回，是熟路，就走得比较快。一会儿，他俩就来到了先前拴船上滩的地方。

可是，小船不在了。

刘锦扬心一惊，说："呀！船怎么不见了！"

胡秀英也一惊，说："是不是有人把它驾走了？"

他俩急忙走近插船桩的地方，细看。

胡秀英向四周张望，说："没有人上滩来呀！"

刘锦扬低头盯看脚下，又一惊，说："你看，这有船桩的痕迹。"就

顺着泥痕看去。

船桩从泥土里拔出，在滩边的稀泥上划下了一条长长的痕迹，一直延伸到湖水边消失。

胡秀英也顺着痕迹看去，明白了，说："这船桩是自己扯掉的呀！"

风，在继续吹。风力大约有四五级，推搡着荒滩上的芦苇摇头晃脑。湖水一浪接一浪地涌向滩边。

刘锦扬好似觉悟，有疑问地说："是不是船桩你没有插紧？"

胡秀英想了想，突然醒悟，说："哎呀，是的是的。先前你一喊，我就急急忙忙往这里一插！"低头看着，"没插稳就走了。"她抬头看着芦苇，一起一伏；又看着湖面，波浪一层紧赶一层地向滩边涌过来。她完全明白了，"肯定是浪把船荡走了。"

他俩向湖面看着，不见小船的影子。

船没了，他俩的心都凉了。

刘锦扬不禁着急起来，说："这怎么办呢？没有船我们怎么回去？"

胡秀英更着急，说："我们沿着滩走一走，看能不能找到船或者有别的船，把我们渡回去。"

刘锦扬点点头，说："也只能这样了。"

于是，他俩沿着滩边走，不停地向湖面上看，向湖岔口望。可是一只船也没有看见。

暮色将至，再等一会儿就会看不清湖面了。刘锦扬心里确实着急起来了。他说："这怎么办呢？天色要黑下来了，等会儿什么都看不见了。我们走得急，他们又不知道我们上荒滩来了，也不会来找我们啊！"

胡秀英边走边看湖面和岔口，希望出现奇迹，就对刘锦扬说："再走走，我就不相信一只船也没有。"

他俩继续沿着荒滩的边上走。但，仍然没有看见一只船。他俩走着，走着，又来到了小船靠滩的地方。原来，他俩围着这荒滩已经走了整整一圈了，一只船也没有见着。此时，他俩心里都更加着急，抬头看看天色，红日已经西沉，天边唯剩几缕稀散的晚霞残照。

刘锦扬说：“这怎么办呢？今天我们回不去了。”

"我来喊喊，看有没有人。"胡秀英也很着急。但她强制镇静，双手卷成喇叭筒，对着湖面大声喊："呃——呃——"湖面上静悄悄，只从很远很远的地方传来了她微弱的回音。

风，静了。鸥鹭，归巢了。

刘锦扬也跟着胡秀英大声喊起来。他俩一边喊一边又围着荒滩走。仍然只有他俩自己的回音，没有任何回答。天色越来越暗，直至只见到荒滩上两个人的剪影。他俩仍在喊。他俩越喊心里越焦急。荒滩四周静悄悄，仍然没有任何回答他俩的声音。他俩的嗓子也喊嘶哑了，也完全地失望了。

"这怎么办呢？恐怕我们要在这荒滩上过夜了。"刘锦扬停下喊声，掏出打火机点燃一支香烟，吸着。

胡秀英有些不甘心，说："要是有个对讲机就好了。我拿起对讲机，'你是镇政府吗？我是胡秀英，我和刘锦扬局长被困在荒滩上了，快驾只小船来接我们'。"她自嘲地一笑，觉得自己的这种想法太不现实了。

刘锦扬吸着香烟，静思无奈，说："你还尽想好事。要是真有个对讲机，还用得着我们喊破嗓子？"

"依你又怎么办？"胡秀英面对湖水，无策可施。

刘锦扬说："就在这荒滩上过夜吧。"

胡秀英仍带幻想，说："镇政府的人也许会来找我们的。"

"他们怎么会知道我们到这里来了呢？我们是临时发现一只小船，才自己驾着来的。他们根本就不知道。还是死了这份心吧。现在我们该想想怎么在这荒滩上过夜了。"刘锦扬吸着香烟。他后悔来的时候，自己该要和司机小王打个招呼的。

望着茫茫湖水，胡秀英无话可说了。她突然感到肚里饿，就问刘锦扬，说："你饿不饿？我可是饿了。"

"我呀，又饿又困。"刘锦扬碾熄烟头，松了松肩膀，"围着荒滩转了一大圈，腿都软了，先坐下来休息一会儿吧！"

第 十 四 章

夜色完全降临。芦洲镇上，住户的电灯，一盏接着一盏地亮了，随之成了一片小小的灯海。镇子里各家各户正在做晚饭，几个小男孩女孩在街面上跑来跑去，捉迷藏。在镇政府的大门口，司机小王东边看西边望，焦急地等待着刘锦扬的身影出现。几个镇干部也在着急地等着镇长胡秀英回来。

司机小王急得像热锅上的蚂蚁，两头跑，一会儿跑到镇政府大门口看看，一会儿又来到镇政府办公室问问。他在大门口没有看见刘锦扬回来的身影，就又跑来办公室，问里面的人，说："我们刘局长到哪里去了？"

办公室里面的人回答说："不知道呀！你知不知道我们的胡镇长到哪里去了？"

司机小王说："不知道呀！"

办公室里面的人说："他们两个怎么都没有看到了呢？你们财政局先前还来过电话，说局里有事，等着刘局长回去哩。"

司机小王心急没处去说，就冲着局里打电话来的人，自言自语地说："才出来一天，就那么急呀！"然后，他问办公室里面的人，"他们两个是不是又到哪个单位察看去了？"

办公室里面的人回答说："不知道呀。反正芦洲镇只有这么大，两个大活人还会不见了？等会儿就会回来的，莫着急。"

司机小王见问不出一个出向来，就无奈地笑笑，说："那也是。"

下班了，办公室里面的人觉得晚上无聊，没事可做，想邀几个人玩牌，就对司机小王说："你想不想'扳砖头修长城'呀？"做着打麻将的手势，"刘局长还没回来，也算是边玩边等他啦。"

司机小王摇摇头，笑笑，推辞地说："出车在外，可不敢，领导一声喊走就要走的。"

办公室里面的人说："当个小车司机也太没有自主权了。"

司机小王一笑置之，退出办公室，很快又心急地跑到镇政府大门口，等待、张望刘锦扬的到来。

第 十五 章

夜色中，刘锦扬和胡秀英坐在一处背风的芦苇丛边。他俩面对面地坐着，聊着天。一只夜鸟鸣叫着从他俩头顶上飞过去，飞向远方。夜幕下的荒滩静悄悄的，唯有他俩的说话声在这旷野里格外响亮。

刘锦扬点燃一支香烟，吸了一口，说："眼前的这种情景，倒使我想起了儿时的一些事来。"

胡秀英听刘锦扬说儿时的事，突然来了兴趣，就问："刘局长是在湖区长大的？"

刘锦扬说："我从小就是在芦苇荡里滚大的。现在想起来还怪有意思的呢……"于是，他便说开了自己儿时的事。

那一年春天，刘锦扬和一群十一二岁的伙伴在芦苇滩上放牛，把牛放在一边，让它们吃草。他和伙伴们就在一边玩打仗的游戏。儿时，刘锦扬就聪明好强，性格开朗，喜欢指挥伙伴，显然是这群放牛娃的头领，小伙伴们也都愿意听他的指挥。他提出玩打仗的游戏，伙伴们没有一个反对他的，都欢呼赞同。

刘锦扬对伙伴们说："我们来玩打仗的游戏好不好？"

伙伴们都说："好。怎么打，你教我们吧。"

刘锦扬说："一半人扮八路军，一半人扮国军，相互打仗。"

伙伴们齐声说："好。"

刘锦扬又说："那哪个愿意扮八路军，哪个愿意扮国军？"

伙伴们纷纷举手，说："我扮八路军，我扮八路军……"都不想扮国军，因为国军是坏人。

刘锦扬有些为难了，就问伙伴们，说："都扮八路军，那哪个扮国军呢？"

伙伴们相互看着，最后几乎是异口同声地说："你。你扮国军。"

刘锦扬点着自己的鼻子，说："我？就我一个人？"

伙伴们说："就你一个人。"

刘锦扬又说："我一个人打你们一些人？"

伙伴们说："是的。"

刘锦扬看着伙伴们，知道他们都不愿扮坏人，就说："好吧。"转而指着伙伴里唯一的一个女孩了，"那朱九妹扮哪个呢？"

伙伴们中有几个嚷着，说："她就同你扮国军吧。"

朱九妹立即表示反对，说："我不当国军，我不当国军。"

伙伴们中又有人嚷着，说："我们八路军不要女的。"

朱九妹听了特别不高兴，差点儿哭了起来。

刘锦扬想了想，安慰朱九妹，说："你就当一名女兵吧。我们打仗要是负了伤，你就帮我们诊伤好不好？"

伙伴们说："好。"

朱九妹觉得自己能和他们在一起玩，又被他们接纳，就很高兴，便又笑了起来。

伙伴们的意见统一了，就开始玩打仗的游戏。刘锦扬一声令下："现在战斗开始了，冲呀！"他手里拿着一根芦苇秆当枪，喊着，冲向伙伴们。伙伴们也拿着芦苇秆当枪，冲向他。你追我赶。刘锦扬见伙伴们冲过来，就转身跑开。伙伴们紧追不放。刘锦扬猛回头冲进伙伴们中，被他撂倒了几个。但终因扮八路军的伙伴多，把他扭住了。伙伴们有的扳他的腿，有的按他的头，终于把他按倒在地上了。一个个压在他身上，压上好大一堆，叫他动弹不得。朱九妹站在一旁笑弯了腰。他被压在最底层，任他用尽全身力气也起不了身。他身上好沉好沉，突然觉得自己的小腿被什么东西狠狠地扎着，好疼好疼，就大声地喊："哎哟，哎哟。"

伙伴们听到刘锦扬在下面大声地喊叫，就一个个起身，撒腿跑开了。刘锦扬坐了起来，捂住小腿，把手松开一看，小腿上流血了。伙伴们纷纷前来询问："怎么了？怎么出血了？"刘锦扬双手捂着小腿，忍着疼痛，说："一根小树桩刺到我了。"立即，伙伴们中有人喊道："国军负伤了，国军负伤了！"

又有伙伴喊道："女兵朱九妹快来给国军诊伤。"

朱九妹看到刘锦扬小腿上流出的鲜血，立即捂住了眼睛，说："我怕，我怕。"

刘锦扬用舌头舔小腿上的血，然后在身边胡乱扯了一把青草，揉出绿液来贴在伤处，止血，果真有效。后来伙伴们都叫他"神医"。

刘锦扬讲完儿时的趣事，又从香烟盒里抽出一支香烟，点燃，吸一口，说："我小时候真是个天不怕地不怕的孩子王。是在芦苇荡里滚大的。"

胡秀英听完刘锦扬儿时的故事，似乎了解了他什么，就说："怪不得你对芦苇这么熟悉的。"

刘锦扬说："说不上熟悉。不过对它有一种亲切感。"

秋夜露重。一阵夜风吹来，胡秀英感到身上有些寒意，不由得抱了抱膀子。

刘锦扬看见，说："有点冷吧？"

胡秀英缩紧双腿，说："有一点。"

刘锦扬立即脱下身上的夹衣，现出毛线衣来。他把夹衣递给胡秀英，说："把这件衣披上吧。"

胡秀英迟疑，说："你不冷？"

"我是男人嘛。男人不照顾女人算什么男人。"见胡秀英不接，刘锦扬就把夹衣丢了过去。

"要男人照顾的女人算什么女人……"胡秀英说着，又把衣服丢回给刘锦扬。

第 十 六 章

芦洲镇政府灯火通明，每间办公室的门是敞开的，有几个干部进进出出。镇办秘书小余正在打电话："呃，是纸厂吗？我镇政府。财政局的刘局长和我们胡镇长在你们那里吗？没有。下午从你们那里出来后再

没有去过了。好。"他又打电话："芦苇管理所吗？我镇政府。请问财政局的刘局长和胡镇长在你们那里没有？没有。他们下午不是到你们那里去过吗？哦，他们后来走了。"他又接着打电话："财政所吗？财政局刘局长和胡镇长在不在你们那里？没有。"他仍接着打电话："你是农科站吗？财政局刘局长和我们的胡镇长到你们那里去过吗？没有。"小余很有些信心不足了。但，他尽管口干舌燥，还是在继续打电话……

  站在小余身边的小王很是着急，说："他们这是去哪里了呢？"他朝墙壁上的时钟不由地看了一眼，"都十一点钟了，他们也该回来了嘛！"

  小余在继续向镇里和驻镇单位打电话，回答他的都说"没有"或者"不知道"。小余和小王相互看看，心里都在着急。小余似问自己又像问小王，说："他们这是到哪里去了呢？镇里的单位几乎都问到了，都说没有在那里。"

  小王坐立不安，很着急地再要小余打电话，就说："余秘书，你再想想，看哪个单位漏打了。"

  小余摇了摇头，说："都打了。"

  小王和小余有些无可奈何。他们坐在办公室又等了一个多小时，仍不见刘锦扬和胡秀英回镇里来。此时，外面的寒气钻进门里来，办公室里有些冷气了。他们完全没有了等待下去的信心了。小余对小王说："都这么晚了，他们不会回镇里来了。王师傅，你放心，他们不会有事的，你先到我房里去睡吧，我等会也去睡。"

  小王又不由地看了墙上时钟一眼，已经转钟一点多了，也觉得他们不会回来了，就起身出门走向小余睡的房间。

第 十七 章

  夜，已经很深了。月光朦胧。荒滩上寒气袭人，苇叶上有一层薄薄的露水。刘锦扬和胡秀英坐在芦苇丛里，密集的芦苇一人多高，围抱着他俩，使四周暗淡一片。只能模糊地看见对方的身影。他俩已经很疲惫了，经不住瞌睡的煎熬，都有些昏昏欲睡了。

香烟也吸完了，刘锦扬强睁双眼，强打精神，见胡秀英半天没有说话，估计她撑不住，要睡了，就叫她，说："呃，胡镇长，莫打瞌睡，会受凉的。"

胡秀英被叫醒，擦擦眼，说："嗯，硬想睡觉了。"

刘锦扬说："莫睡，我讲白话你听。讲白话就不会打瞌睡了。"

胡秀英说："什么白话？"

刘锦扬说："狐狸精的白话。"

胡秀英说："又是鬼白话，还狐狸精哩。"她抱了抱膀子，感到阵阵寒意，"怪冷的。你把打火机拿出来，我找点枯芦秆来，烧个火烤一烤。"

"好。烧个火，一来可以烤一烤，驱赶寒气；二来嘛，镇上的人要是看见这芦苇滩上有了火光，也许会来找我们的。"刘锦扬从衣袋里拿出了打火机。

"那才不会哩。上芦苇滩过夜的人，经常在这里烧火。他们哪里会想到是我们两个哩。"胡秀英边说边借着昏暗的月光，在周边捡些枯芦秆和干草。

胡秀英已经捡了一堆枯芦秆和少量干草。她把干草先放在他俩坐的中间，然后在干草上面放些枯芦秆。刘锦扬拿着打火机点火，他打了几下，开始打火机还有一点点火苗，因有微风，没点燃干草。他又打了几下打火机，却打不出火来了。他失望地说："哎呀，真是倒霉，打火机没火石了。我们只好挨冻了。"

胡秀英也很失望，就说："那你就讲白话吧。"

寒气越来越浓。刘锦扬抱紧膀子，说："好。我讲白话。那是解放前一年，我九岁，端午节前两天，我随着一群大人上芦苇滩打苇叶准备包粽子。我们上了芦苇滩后只想多打一些苇叶，不知不觉天就黑了。那时的芦苇滩比这大得多，我们迷了路，在芦苇里穿呀穿呀穿呀怎么也走不出来。我们就只好坐在芦苇滩上过夜了。大人们身上带得有火柴，可那是上半年，芦苇滩上找不到枯草，还是烧不了火。半夜时候，大家都有些冷，又不敢睡觉，就讲白话。"

胡秀英说："什么白话？"

刘锦扬说："狐狸精呗。"

胡秀英不相信地说："真有狐狸精？"

刘锦扬觉得腿有些麻木，就欠了欠身，说："讲白话嘛。白话你怎么能当作真话听哩。一提起狐狸精，那些青年人、中年人可都来了精神，有的说，我就不怕狐狸精，我就想有狐狸精来找我呢。"

胡秀英也感觉坐久了，腿有些发麻，就把两只腿向前伸了伸，说："那是他们想得美。"

刘锦扬说："你不信？可他们都信。他们说怎么没有狐狸精哩，刘海上山砍柴就遇到狐狸精嘛，还赶到刘海家里硬要做他的老婆哩。"

听着刘锦扬讲白话，胡秀英的瞌睡少多了。她听得很认真，说："那是神话。"

"可他们都当作真话听哩。他们还吵着说，狐狸精要来就多来几个，要是只来一个，我们这里有这么多刘海，怎么分得过来呀……"刘锦扬起身，活动肩和腿，在原地走动。

"真会穷作乐。"胡秀英一笑。

刘锦扬活动一会儿后坐下来，稍微靠胡秀英近一点，说："精神会餐嘛。可是说着说着，周围却出现了一对对绿莹莹的火星，有几个青年人说，看，狐狸精真的来了。可是，几个中年人一看，却马上跳了起来：'坏了，狼来了！'"说着，他故意对后一句话加重了语气。

"哎呀，怪吓人的。"胡秀英心一震，有些害怕，不由地对四周望望。这一望就生了怪，正好有几团黑影正向她窸窸窣窣走来，她也不由得大叫一声，"哎呀，这是什么，是不是狼？"她本能地寻求保护，扑向刘锦扬。

刘锦扬也看见了，却看不清是什么怪物，就警觉起来，一手拉过了胡秀英，把她带进怀里……

这时，天上一片乌云飘浮过来，正好遮没了在云隙间穿行的半个月亮，芦苇四周顿时变得一片漆黑，什么也看不见，只听到他俩微微的喘息声……

第 十八 章

贺长生躺在床上一直没有睡着。他从床上坐起来，拉亮了电灯，对墙上的时钟一看，已经是凌晨两点多了。他对窗外一看，外面漆黑一团，静秘莫测，始终没有听到胡秀英回家来的脚步声。他躺下，又坐起；又躺下，再坐起……心烦意乱，有股无名之火。

贺长生躺在床上翻来覆去，猛地掀开被子，跐上鞋，在房里踱来踱去，脸色很不好看，拿出香烟，点上火，狠劲地吸……他狠狠地吸了几口香烟后，把香烟狠狠地摔在地上……他走出房门，来到厨房里，从食柜里拿了半瓶白酒，倒了一杯，一口喝下。他连续喝了好几杯白酒，心火猛烧。"嘭"的一声，他把酒杯朝地上摔得粉碎，随即坐在一把椅子上，双手狠劲地抓着头发！

第 十九 章

刘锦扬和胡秀英又冷又饿，好不容易熬到天亮。

天边一抹晨曦。朝霞映红湖面。就在昨天他俩停船上滩的地方的湖面不远处，有一只打渔的小船，女人划着桨，男人在船头收"鱼卡子"。

刘锦扬和胡秀英来到滩边，朝湖面上张望着，企图寻找到船只，正好就看见这只打渔船了。胡秀英马上对渔船上的人喊："喂，老乡，劳烦你们把我们渡过湖去好不好？"

收"鱼卡子"的男人望望，见是胡秀英，就说："哦，是胡镇长呀，这么一早就上芦苇滩了。好，渡你们过去。"于是，便叫女人把船划过去。

渔船靠滩了。胡秀英和刘锦扬急忙上了船。

胡秀英上船坐稳后问收"鱼卡子"的男人，说："打了多少鱼呀？"

划桨的女人抢先回答，说："不多哩。这湖里的鱼已经不多了。"

刘锦扬一边看男人收"鱼卡子"，一边问胡秀英，说："胡镇长，芦

洲湖水面也应该好好利用起来，可以大搞养殖嘛！"

胡秀英说："是应该好好利用起来。"

收"鱼卡子"的男人扭头看看刘锦扬，觉得他的话很有道理，就问胡秀英，说："胡镇长，这人是？"

胡秀英介绍说："他是县财政局的刘局长，是来我们这里考察芦苇滩的。"

收"鱼卡子"的男人向刘锦扬点头笑笑，说："刘局长，您刚才说的话蛮有道理。这湖面再不利用就废了。"转头又对胡秀英说，"胡镇长，如果真利用这湖养鱼，我头一个报名。"

胡秀英说："好，好。"

渔船快靠岸了。岸上有人发现了渔船上的刘锦扬和胡秀英，就有人喊："刘局长、胡镇长找到了！"

随即，涌来了不少人。这里面自然有镇政府秘书小余、司机小王以及刘锦扬来芦洲镇以后会过面的人。都是镇政府的干部和镇里及驻镇单位的负责人。

小余快速冲到湖边，兴奋地说："刘局长，胡镇长，你们昨天夜里隔在荒滩上了？怪不得我们找不到你们的。"

胡秀英上了岸，谢了打鱼人，告诉小余，说："唉，莫讲起，昨天我驾船陪刘局长上荒滩考察芦苇生长情况，大概是我没有把船桩插紧吧，船被浪打走了。后来，我们回到湖边，船不见了。我和刘局长到处找，都没有找到，又没有别的船，喊又喊不应，就只好在荒滩上挨一夜的冻了。"

司机小王也急忙走近刘锦扬，关心地说："刘局长，昨夜没有冻到吧？"

刘锦扬见同志们找他俩，觉得不好意思，笑笑回答小王，说："还好。中秋节才过去几天嘛，气候还不是那么冷。"

司机小王接着说："刘局长，昨天局里来电话了，要你快点回去。"

刘锦扬边走边说："才出来两天，电话就追来了。好吧，今天回去吧。"

大家紧跟着刘锦扬和胡秀英往镇政府方向走去。

有两个青年人故意落在大家的后面，悄悄议论。一个青年人说："一个男人和一个女人在荒滩上过了一夜，那才有意思！"

另一个青年人说："嘻嘻，你说会干什么？"

一个青年人说："你说呢，嘻嘻！"

另一个青年人说："那还不是明摆着的吗，哈哈！"

两个青年人"哈哈"笑个不停。

有几个人听到身后的笑声，回过头来，看到了两个青年人的表情，也都相互神秘地笑了。

来到芦洲镇政府院内，司机小王拉开小车门，坐了进去，急于发车。刘锦扬对小王说："你在车里等一下，我去打个电话就来。"

不一会儿，刘锦扬打完电话从镇政府办公室走出来。胡秀英等一行人跟在他后面相送。

胡秀英说："刘局长，推广优质香糯稻和栽植良种芦苇这两件事我们一定干，你放心。不过，在资金上……"

刘锦扬稍停脚步，侧身看了一眼大家，对胡秀英说："我一定尽力而为。特别是在推广优质香糯稻上希望你们镇能带好头。我们县是全国的重点商品粮县之一，要是我们能提供大量的优质香糯米，于国于民都是一件了不起的事。"

大家互相点头。

胡秀英信心坚定，说："这着棋我看准了，一定走到底。我们马上就派人去广东那边采购稻种。刘局长，我有个请求，在动身去广东之前，县财政能不能给我们提供三五万块钱的资金？"

刘锦扬向小车走去。他边走边说："我回局里和吴局长他们商量以后，尽量满足你的要求。"

胡秀英主动伸出手来与刘锦扬的手相握，说："刘局长，'君子一言'啦。"

刘锦扬说："好。"和胡秀英握手，"驷马难追。作数。"

刘锦扬上了小车，从车窗伸出手来跟大家挥手告别。

小车鸣笛一声，驶出了芦洲镇政府大门。

第 二 十 章

贺长生下班回家，脚步蹒跚地走在芦洲镇的街道上，不知是因为心情沉重还是酒喝得多了一点。总之，他的情绪有些不正常。

他走过之后，几个聚在一起聊天的长舌妇女在他的背后指指点点，窃窃私语。

"他就是胡镇长的男人啦，嘻嘻！"

"一男一女在荒滩上过了一夜，哪还有好事呀，嘻嘻。绿帽子罩到他的脚后跟了。"

"当了王八自己还不晓得哩。嘻嘻！"

贺长生发觉自己背后有人在指指点点，回过头来，不友好地看了她们一眼。长舌妇女们又假装若无其事。贺长生鼻子"哼"了一声，愤愤而去。

长舌妇女们又捂着嘴，吃吃地笑，又议论开了……

贺长生歪歪扭扭地回到家，就着中午没有吃完的剩菜和一点花生米，拿来一瓶白酒又喝开了。他一杯酒接着一杯酒地豪饮，心中堆积着愤懑之火。他的喉管已经被酒精烧灼得麻木了，不知道酒的味道是辣是苦还是涩。这时，胡秀英从镇政府回来，见他这种情状，就抢过他手里的酒瓶，说："喝，喝，喝，你一天到晚只晓得喝！"

贺长生瞪着有些血丝的双眼质问胡秀英，说："你昨天夜里到哪儿去了？！"

胡秀英毫不隐瞒地说："和刘局长去荒滩上察看芦苇了，被隔在那里了。"

贺长生根本不相信，怒视胡秀英，说："你们是故意躲到那里去的吧！"

"你只怕发了神经。"胡秀英懒得跟他废话，转身进了房间。

贺长生将一杯白酒狠劲儿倒进嘴里，酒杯往餐桌上一掷，说："你们干了些什么？"

胡秀英进睡房换了一件外衫，气冲冲地来到贺长生的跟前，说："你说我们干了些什么？"

贺长生怒火生生，一挥手，说："你们自己晓得。不要脸！"

胡秀英气上心头，大声地说："你不是一个国家职工，更不像一个男人。你以为一个男人和一个女人单独在一起就一定要搞那事！"

贺长生怒火冲天，一下子站了起来，指着胡秀英，说："你早就对他亲热得很！"

胡秀英气得说不出话来，颤抖抖地说："贺长生，你不要把人当作畜生！"

贺长生越想心里越怒，就提起身边的椅子狠劲儿往地上一摔，大声吼道："你们就是畜生！"

胡秀英听了，肺都气炸，就直视贺长生，说："你无耻！"转身冲去了门。

第 二十一 章

一夜没睡，疲惫之极，刘锦扬坐在小车里，脑子昏沉沉的，不知不觉地就睡着了，还发出较大的鼾声来。司机小王开着小车进了财政局大门，刘锦扬还没有醒来。小王只好喊醒他，说："刘局长，刘局长，到局里了。"

刘锦扬被小王喊醒，一看车窗外，说："到了！"就马上打开车门出来。他快步上了办公楼。

此时，已经是上午十点多钟了。

局长室里坐了不少的人。吴福正的办公桌上放着几份报告。吴福正吸着香烟，沉思不语。

一位坐在沙发上的人说："吴局长，我们的报告……"

吴福正说："刘局长马上就会回来，我们研究后再答复你好不好？"

这人说："好，好！"

他们的话还没有落音，刘锦扬就风尘仆仆地走了进来。大家都起身向他打招呼，说："刘局长……"

刘锦扬也向大家打招呼，说："坐坐坐。"

吴福正见刘锦扬风尘仆仆的样子，就忙起身给他倒了一杯茶水。

坐在局长室里的人都纷纷把报告又拿起，放到刘锦扬面前，说："刘局长，这是我们的报告。"

吴福正把倒好的茶水放到刘锦扬面前，说："这些报告我都看了。"

刘锦扬见吴福正给他倒了一杯茶水，欠欠身，表示感谢。他对把报告放在他面前的人说："就按吴局长的意见办吧。"

坐在局长室里的人都说："吴局长说要等你回来研究。"

刘锦扬端着杯子喝了口茶，对吴福正笑笑，说："老吴，我们不是有言在先吗，局里的事由你全权负责嘛。"

吴福正也笑笑，说："哪能哩，还是商量商量的好。"

刘锦扬也只好笑笑。他对送报告的人说："你们明天来拿结果吧！"

坐在局长室里的送报告的人都起身，用感谢的目光看刘锦扬，说："好，好。"都离开了局长室。

随着高跟皮鞋的响声，叶秋婷婷袅袅地走了进来。她首先向刘锦扬问好，说："刘局长辛苦了。"

刘锦扬说："不辛苦，不辛苦。"

吴福正见叶秋进来，就说："叶主任，你给刘局长说说这几份报告。"

叶秋扫了一眼刚离开的人，就按照吴福正的意见把办公桌上的几份报告一一向刘锦扬介绍，说："这是公安局的报告，要求增加拨款，他们说连破案的旅差费都没有了。吴局长的意见还是给他们拨一点。"

刘锦扬说："好好好。"

叶秋又指着另一份报告，说："这份报告是教委打来的。他们说班主任津贴再不拨下去，就会严重地挫伤教师工作的积极性。吴局长的意见也是给他们拨一点。"

刘锦扬喝了一口茶，说："行行行。"他对坐在对面的吴福正笑笑，"老吴，你这样处理很好嘛，何必要等我回来哩。"

吴福正也笑，然后彬彬有礼地说："应该如此，应该如此。"

叶秋又指着一份报告，说："这份是计生委的。他们说他们的经费按上级文件规定没有拨足。而今建设'双文明'县，计划生育有一票否决权。经费不拨足，计划生育搞不上去，影响县里'双文明'建设，他们可负不起责任。"

刘锦扬听了，说："这是给我们施加压力，给我们点颜色看。好吧，就给他们还拨一点。"对吴福正一看，"老吴，你的意见呢？"

吴福正点点头，说："我也是这样想的。"

叶秋说："吴局长本来也就是这个意见。到时候，计划生育真的一票否决了，县里的'双文明'建设没有达标，确实也不好交差啊。"

刘锦扬收回目光，说："不过，我这次下去也听到了一些反映，说下面有些计生办把罚没收入乱开支，财经管理很混乱。这个问题值得注意。"

叶秋连忙说："你说的这个问题，我这里还有个材料。等会我再向你汇报。"

刘锦扬说："好好好。公安局、教委、计生委的这几份报告就这么定了。"

叶秋看一眼墙上时钟，快到吃午饭时间了，就对刘锦扬说："那就请你在报告上签批吧。"

刘锦扬笑笑，看着吴福正，说："老吴，还是你来签吧。"

吴福正说："你签，你是一把手嘛。"

叶秋说："你们哪个签都行。又不是没有在一起研究过。"

吴福正说："还是刘局长签。"

刘锦扬只好拿起笔，说："没有那个必要嘛！叶主任，以后我不在家，

这些事就由吴局长处理作数，不必等我回来。老吴，财政局这驾马车是你驾辕还是我驾辕都是一样的嘛。"他在几份报告上签了字，并交到叶秋的手里，"请你明天给这几个单位的主任、局长解释解释，财政的确很困难，而今只是个'吃饭'的财政，没有满足他们的要求，请他们多多原谅。"

叶秋把报告放到办公室，手里又拿了一份材料返回来，说："二位局长，这里有份检举材料，检举县城关镇计生办把违反计生的罚没收入乱开支，有的还落进个人腰包。这个问题怎么办？"

刘锦扬接过检举材料看了看，说："恐怕是有这个问题。"并顺手把检举材料递给吴福正，"老吴，你看怎么办？"

吴福正接过检举材料看了一下，说："有这个问题就得要查。"

刘锦扬说："我也是这个意见。而今各种各样的罚没收入名目很多，数目也不小，是得要从财经管理的角度好好查一查。公安部门的罚没收入情况恐怕也好不了多少，他们还有一句口头禅，说什么'政法改革，罚没自得'。你听听他们的口气。我看就从城关镇计生办查起，怎么样？"

吴福正说："政法战线我们不查，倒先从计划生育战线查起，人家会不会说我们是'吃柿子拣软的拿'？"

刘锦扬想了想，说："这个……政法战线我们也不是不查。只是先从计划生育战线查起，先取得一些经验嘛。再说而今不是有一种说法吗，说什么你不告我就不受理嘛，它被先告在前，我们就先从它这里查起。怎么样？"

吴福正觉得刘锦扬说的也有些道理，就说："那好吧。我同意。"话虽这么说，但他心里还是有些不同的观点。

刘锦扬扭头对叶秋说："叶主任，请你把监察股的周股长找来。"

叶秋说："好。"转身走出门。

一会儿，叶秋领着周股长来了。周股长是个武高武大的壮汉，四十多岁，在监察股干了八年，对财政监察很有一套。

周股长进了局长室的门，说："刘局长，吴局长，你们找我？"

刘锦扬从吴福正办公桌上把检举材料拿起来，说："嗯。这里有一份检举材料，你先看看吧。"把检举材料递给周股长。

周股长接过检举材料，坐下来，认认真真地看了后说："二位局长的意见是？"

刘锦扬对周股长说："由你组织两到三个人，你任组长，明天去城关镇计生办查一查他们罚没收入的列支情况。"

周股长听了，脸露难色地说："刘局长，这……"

刘锦扬说："怎么，有顾虑？"

周股长撒谎地说："哪里有顾虑，只是对他们的情况不那么熟悉。"

刘锦扬认为周股长是老财政监察了，对财务不是不熟悉，而是心里有什么顾虑。但他不太明白，就依照周股长的话，说："正因为不熟悉，才要你去查噻。"

周股长见刘锦扬这样说，就很干脆地说："好，接受任务。"转而又试探性地问吴福正，"吴局长，你家的公子吴仁是在城关镇计生办工作吗？"

吴福正很明白周股长的问话，有些不高兴，但仍不失领导风范地说："是的。这下他也就是被清查的对象了。"

周股长见吴福正有些不高兴，连忙解释说："不不不，吴局长，我绝对不是那个意思。我是说通过他一定可以摸到一些内部情况。"

吴仁是城关镇计生办的会计，城关镇计生办如果真像这份检举材料上说的有问题，那吴仁肯定是脱不了关系。此时，周股长和吴福正心里都很清楚。

刘锦扬听明白了他们之间的话意，但仍装着糊涂地说："周股长，你是想走捷径。有捷径走当然好啰。只是不要过多地把希望寄托在捷径上，主要还是应该靠我们扎扎实实的工作。"

周股长觉得自己不该提吴福正的儿子在城关镇计生办上班，就后悔地连声说："好好好。二位局长还有什么要交代的？"

刘锦扬说："你先大胆地去干吧。有什么问题再来找我和吴局长商

量研究。"

周股长说:"好!那我就走了。"他起身走出门去。

刘锦扬问坐在一边静听的叶秋,说:"叶主任,还有什么问题?"

叶秋说:"还有一件事也要向二位局长汇报一下。刘局长,你去芦洲镇之后,省厅预算处杨处长打电话来找你,我说你下乡调研去了,并说是落实省厅提出的'三五八一'规划去了。我向他汇报说我们县财政争取在两三年之内由'五'上升到'八',然后向'一'迈进。杨处长听了很高兴,说是省厅正在找这样的典型,要我们写出一个详细计划。我简略地介绍了一下。第二天,杨处长又打来电话,说他已向彭副厅长汇报了。彭副厅长也很重视,说过几天,他和杨处长要来看看。我们还得要准备准备哩。"

刘锦扬听了叶秋的汇报,哭笑不得,就说:"我的叶秋主任啦,我们的那个'三五八一'规划八字还没得一撇,你就捅到省厅去了,彭副厅长、杨处长来了,我们拿什么汇报啦。"他既不能埋怨叶秋积极向上的热忱,又不能责备叶秋敬业爱岗的精神,就笑着说,"那好啦,你既是我们财政局的内务大臣,又是外交部部长,彭副厅长、杨处长来了,就由你全权负责接待好吧。"

叶秋娇态浓浓地说:"哎呀,那我可完不成任务。"

刘锦扬爽性地一笑,说:"你是我们单位的大才女,你叶大主任完不成任务,谁还能完成任务?老吴,你说是不是?"

吴福正笑着,点点头。

刘锦扬又问叶秋,说:"再没有别的事了吧?"

叶秋说:"再没有别的事了。"

刘锦扬从抽屉里拿出一包香烟,拆开封口,抽出一支递给吴福正,自己抽一支出来,从衣袋里掏出打火机点火,打不出火来,才想起打火机早就没有火石了,于是向吴福正借打火机,说:"你的打火机借我用一下,我的没有火石了。"

吴福正听刘锦扬说打火机没有火石了,就丢给刘锦扬一个,说:"我这里多一个打火机，给你。"

刘锦扬点燃香烟，深深地吸了一口，说："那该我向你们汇报汇报我这次芦洲镇之行了……"接着，刘锦扬说得眉飞色舞，很是有点得意之色。

随着刘锦扬的叙述，刘锦扬眼前似乎不断地重现他和胡秀英考察纸厂生产，和胡秀英划上小船上芦苇滩察看芦苇，和胡秀英夜困芦苇滩，等等画面。

叶秋听得笑嘻嘻的。

吴福正却不动声色地静静听着，不加评说。等刘锦扬说完之后，他从抽屉里拿出一份报告，说："我这里还有一份报告哩。"

刘锦扬问："哪里的？"

吴福正说："水泥厂的。"

刘锦扬问："他们要怎么样？"

吴福正把手里的报告往办公桌上一放，说："一是要改进生产技术，提高石煤烧水泥的品质和标号，在目前水泥饱和产品滞销的情况下，走一条新路子来。"

刘锦扬又点燃一支香烟，说："好呀，他们是应该改进改进这种生产局面了。还有呢？"

吴福正又说："二是要上新项目，用石煤烧制白水泥。"

刘锦扬有点激动地说："这更好呀！如果能实现，可是创举呀！可行性怎么样？"

吴福正说："他们自己考察了一下，我们附近的三个地、市还没有一家烧制白水泥的厂子。而今市面上普通水泥滞销，可白水泥却是抢手货。"

刘锦扬说："我是说在技术和设备上，他们行不行？"

吴福正说："他们说他们已经进行了几次小的试验，没有什么大的问题。"

刘锦扬听着，有点兴奋，说："好，要支持。"

吴福正又说："还有，氮肥厂要由生产碳氨改为生产尿素。"

刘锦扬又点着一支香烟，说："这也是大好事，也要支持。"

吴福正说了这么些，刘锦扬不是说"好"就是说"支持"。可吴福正耐不住了，就说："我的刘局长，你总是说'好''支持'，他们不是要你支持一句话，是要钱。这钱从哪里来？"

刘锦扬边吸香烟边说："唉，就是吃亏没有钱，几多好事都搞不成！我找江县长江报去！"

这个时候，叶秋已经回到自己的办公室去了。

吴福正起身给自己的茶杯里添了水，又给刘锦扬的茶杯里添水，说："江县长他也变不出钱来。我说老刘呀，这些企业上的事我们少管点。不是我们不愿意管，而是实在管不了。我们管好手上的这一点钱，管好行政事业单位的资金划拨就尽到了我们最大的责任了。"

刘锦扬端着茶杯，喝口茶，说："我们不是要想办法把'月饼'做大吗？"

吴福正放回暖水瓶，回到自己的座位边，说："那我就好有一比。"

刘锦扬放下茶杯，看着吴福正，说："你好比什么？"

吴福正拿了一张纸放在办公桌上，又拿笔在纸上画了一个大大的圆圈，说："画饼不能充饥啊！"他把画有大大圆圈的纸推到了刘锦扬的办公桌上。

刘锦扬对着眼前的画饼笑笑。这笑中的含义并不是吴福正所想到的，而是他刘锦扬要把江东县财政壮大的信念。

吴福正见刘锦扬看着画饼不说话，就继续说："老刘，我们能当好这个财政局长就已经是尽职尽责的好干部了。那些是经委主任、农委主任，甚至是书记、县长们应该干的事，还是由他们去干吧。你看呢？"

刘锦扬仍然笑笑，说："我们向他们提供一些情况，当他们的助手还是可以的嘛！"

"只怕是好心不得好报啊！"吴福正以自己老财政的经历深有体会地说。

刘锦扬早已听出弦外之音，但他不必与吴福正去争论，又是笑笑，说："管它哩，各尽各的心嘛。"收捡一下办公桌，起身提了公文包，"快午饭了，我先回家打扫一下个人卫生，再把肚子填一下，下午我去找江县长汇报汇报。"说着，他走出了局长室。

吴福正对着刘锦扬的背影，摇了摇头。

叶秋急匆匆地走了进来，见里面只有吴福正一人，就问："吴局长，刘局长呢？"

吴福正说："他回家打扫个人卫生去了。"

叶秋走近说："酒厂的高厂长来了。我把他请到了办公室坐，你看是不是要他过来？"

吴福正知道前几天刘锦扬约过高厂长说的事，可现在刘锦扬又走了。他尽量少管一些事，也不想多跟企业负责人打交道，于是，对叶秋说："你就说刘局长不在，要他明天来。"

叶秋点点头，退出门去。

吴福正起身，轻轻把门关上了。

第 二十二 章

刘锦扬一边思考着问题，一边脚步轻轻地爬着楼梯，走向自己家的门口。他来到门口，从裤袋里拿出钥匙，伸进门锁，轻轻把防盗门打开，忽地一怔：客厅的长沙发上，女儿芸芸正和一位长发、新潮的男青年紧紧地拥抱着，忘情地长吻，竟然连他开门的声音也没有听到。

刘锦扬怔了一下之后，又轻轻地把门关上，转身脚步轻轻地往楼下走去，脸上却有点愠怒之色。越是走到楼下脚步也就越重越快了。他出了楼梯口，来到楼房前的地坪上，仰起头来，对着自己家的防盗窗喊道："芸芸，芸芸，你妈在家没有？"

刘芸芸听到楼下的喊声，马上跑到窗子边，拉开梭窗，伸出头来往下看，见是父亲，就说："爸，您回来了！"

刘锦扬仰着头问女儿，说："芸芸，你妈在家吗？"

刘芸芸回答父亲，说："妈上班还没回来。爸，您上来噻。"

刘锦扬说："好，我上来了。"他向楼梯口走去。

刘锦扬爬上楼梯，又来到了自己家的门口。刘芸芸早把防盗门打开，站在门口等着父亲上来。

刘芸芸站在门口，见父亲上来了，就甜甜地喊了一声："爸。"连忙伸手接父亲手里的公文包。

刘锦扬点点头，把公文包递给女儿，换上拖鞋，进了客厅。

站在刘芸芸身后的青年男子就是刘锦扬未来的女婿黄喜顺，也亲热地喊了一声："叔叔好。"

刘锦扬回应了一声"好"，并对黄喜顺看了看，问："什么时候回来的？"

刘芸芸忙替代黄喜顺回答，说："比您早到两个钟头。"

刘锦扬坐到沙发上问黄喜顺，说："这次出去了一个多月吧？"

黄喜顺拘谨地坐在刘锦扬斜对面的沙发上，回答刘锦扬，说："一共是五十四天。"

刘锦扬点了点头，不知他是对黄喜顺的什么表示了首肯，有点莫测高深。

这时，刘芸芸已经沏好了一杯茶，放在父亲面前的茶几上，说："爸，您喝茶！"

刘锦扬看了女儿一眼，以示感谢。又接着问黄喜顺，说："情况怎么样呀？"

黄喜顺回答说："还不错。进的货很抢手。货还没到，大家就争着要哩。"他和刘锦扬说了几句话后，有些紧张的神经开始放松了。

刘锦扬端起茶杯喝着茶，看一下黄喜顺，又看一下女儿，说："我可要提醒你们啊，个体经营虽说是允许的。但是，一定要遵纪守法。我是财政局长，你们如果犯到了我手上，我可是不会轻饶的。"

黄喜顺连连点头，说："我们晓得。我们不会做违法的事。"转眼看身边的女友刘芸芸，"起码也要为叔叔您争气嘛！"

刘芸芸连忙附和着，说："是呀，是呀。我和喜顺不会做违法乱纪的事。"

"这可也不假呀！我是管钱的嘛。钱这个东西它养人，可是也害人呀。"刘锦扬把茶杯放在茶几上。

黄喜顺又是连连点头，说："是是是，一定记住叔叔您的教导。"

刘芸芸移坐到父亲的身边来，双手挽着他的手，乖女似的，说："爸，您放一百二十个心吧，保证不给您这财政局长爸抹黑。"转而又问父亲，"爸，您饿了吧？我去给您做饭。喜顺，你来帮我的忙。"

刘锦扬说："是有点饿了。我还要洗个澡。你妈也该回来了。"

"妈可能去菜市场买菜去了。"刘芸芸走向厨房。黄喜顺也跟着她走向厨房。

刘锦扬起身走进睡房拿衣，然后走进浴室。

第 二十三 章

早上，刘锦扬没有进局长室上班，却去了几个股室的办公室转了转，然后匆匆地往财政局大门口走去。

叶秋看见了他，就急忙赶了上去，喊："刘局长。"

刘锦扬站住了，转身问："什么事？"

叶秋走上来，递给他一份报告，说："这是老干局陈局长的那份要钓鱼竞赛经费的报告。她自己找到江县长，批了。"

刘锦扬问："批了好多？"

叶秋说："不是她自己要的八千，也不是你同意她的四千，而是折中，六千。"

刘锦扬说："钓一次鱼，六千。有本事，找到县长批了，作数。"

叶秋说："那你也签个字吧。"

刘锦扬说："好，签字。"他坐进传达室，在报告上一边签字一边自

言自语，"'刘锦扬'这三个字说值钱也值几个钱，说不值钱也一个钱不值。"签好后，把报告还给叶秋，又继续往大门口走去。

叶秋见他要出大门，就又说："刘局长，酒厂的高厂长一上班就来了，现在办公室等你。"

刘锦扬稍稍迟疑了一下，说："昨天下午没找到江县长，我现在去找江县长汇报。这样吧，要他晚上去我家里找我。我设便宴招待他。"说完，他匆匆地走出了大门。

叶秋回答说："好，我就这样跟他说。"

刘锦扬昂首挺胸地走进县政府大门，向值班同志打声招呼，就向政府办公大楼走去。

第 二十四 章

华灯初上。

朱九妹腰上系着围裙，正在收捡餐桌上晚饭后的碗筷。在家里吃饭的人都走了，只留下朱九妹一个人在忙碌，洗碗、抹灶、拖地，忽然，客厅里的防盗门被轻轻敲响，一下二下三下。朱九妹听到敲门声，放下手里的拖把，开门，一个不认识的中年男人出现在她面前。

来人站在门口，面带微笑地先自我介绍，说："我姓高，是县酒厂的。是刘局长约我来的。"

朱九妹曾听刘锦扬说起过，想了想，说："是高厂长吧。快进来，快进来。"

"是。刘局长不在家？"高厂长点点头，仍在门口迟疑着。

朱九妹见他迟迟不进来，就拿了一双拖鞋放在他面前的地板上，说："进来坐，他就会回来的，他还没有吃晚饭哩。"

"刘局长还没有吃晚饭？"高厂长换了拖鞋，将自己的鞋放一边，迟迟疑疑地走了进来。

"你请坐。"朱九妹给高厂长一边泡茶、递烟，一边说，"他呀，大忙人。

他连吃饭的时间都找不到哩。"这话真不知是表扬还是埋怨。

高厂长坐到沙发上，说："财老板嘛，当着全县几十万人的家。"

"他哪有那个能力？！跑腿儿吧。"朱九妹一边收捡客厅一边答高厂长的话。

忽然，防盗门锁被旋开，刘锦扬拉开门进来了，一眼看到了高厂长，就急忙换鞋上前与高厂长握手，说："啊，高厂长。"

高厂长连忙起身，迎上去握手，说："刘局长，才回来。辛苦，辛苦。"

刘锦扬从茶几上拿香烟给高厂长递一支，坐下来，说："向江县长汇报去了。一下就拖到了这时候。"转身对妻子说，"还炒两个菜吧，设便宴招待高厂长。"

高厂长连忙说："刘局长，我已经吃过了。"

刘锦扬很认真地说："我不是对叶主任说过吗，设便宴招待你嘛。"

"高厂长等你的便宴等到这时候，人家的肚子会饿穿。"朱九妹在厨房里边炒菜边插话。

"今天的这个便宴是非设不可。饭不吃可以，但这酒你是非喝不可。"刘锦扬起身走到食品柜，从里面拿出多半瓶猕猴桃酒又走回来，"这是专门给你这位酒厂厂长留下的，你来品尝品尝吧。"他把猕猴桃酒递到高厂长手里，转身对厨房里的妻子说，"老婆，炒两个好菜，我和高厂长喝几杯。"

高厂长接过酒瓶，仔仔细细地看了看，然后说："猕猴桃酒……"

一会儿，朱九妹就炒了两个菜，再加先前的几个未吃完的菜，摆上了餐桌，看上去也是满满一桌子。

刘锦扬和高厂长开始坐在餐桌前喝酒。

朱九妹拿了毛线坐到客厅里一边织毛衣一边看电视。她一针一针地织，织了又端详，端详了又织。餐厅里，刘锦扬和高厂长的说笑声不时传了过来……她织着织着。刘锦扬的喊声传了过来："老婆，你来收捡一下。"她放下毛衣，走进了餐厅。

餐桌上，多半瓶猕猴桃酒已被他们喝完。但高厂长仍拿着空酒瓶爱

不释手地端详着。

刘锦扬说:"猕猴桃就是我们说的野杨桃嘛。我们县的大山里有的是。过几天,我和你去山里搞一次实地考察怎么样?"

高厂长激动地说:"好,好,好。跟着你刘局长进山是我的荣幸。你选个日子吧。我随喊随到。"

刘锦扬有点微醉,伸出大手,说:"一言为定。"

高厂长也伸出手来,真正高兴地说:"一言为定。"

两只手紧紧相握。

高厂长起身,说:"刘局长,那我就告辞了。"

刘锦扬也起身,说:"我送你。"

临出门时,高厂长回过身来再次握住刘锦扬的手,说:"刘局长,我今天到你这里来是横下一条心了来的哩!"

刘锦扬说:"为什么?"

高厂长说:"我以为是你追我的账呀!"

刘锦扬说:"神经过敏。"

高厂长说:"不,条件反射。"

"哈哈哈!""嘿嘿嘿!"两个人都笑了。

第 二十五 章

约莫下午两点多钟,叶秋站在财政局的大门口不时地往外面张望,不停地看着手表。街道上一辆辆小车急驶而过。来财政局办事的人进进出出。她生怕自己的失误而没有及时迎接到前来考察的省财政厅领导,于是就专心致志地等待、张望。

一会儿,一辆黑色的小轿车悄然地向财政局大门口驶来,停下了。叶秋一看,是省城牌照,便知是省财政厅领导来了。

彭副厅长从车上下来,接着杨处长也跟着出来了。

叶秋急步迎上前,笑意盈盈地说:"彭厅长,杨处长,你们好!"

叶秋立马跑进传达室打电话："刘局长、吴局长，彭厅长和杨处长到了。"

刘锦扬、吴福正接到叶秋的电话，马上"噔噔噔"地从办公楼上下来，笑容满面地迎上前去，和彭副厅长、杨处长热情握手、问候、寒暄。

叶秋在前面引路，刘锦扬和吴福正陪着，把彭副厅长和杨处长迎向小会议室。

小会议室窗明几净，柔和的灯光洒满室内，椭圆形的会议桌上早已摆好了香蕉、苹果、梨子等水果。洁白的茶杯里放好了毛尖茶，只等客人一到就倒上茶水。几盆带露的鲜花放在椭圆形会议桌中间，香气溢满整个室内。他们几人落座后，年轻的女服务员立即倒好热茶，一杯杯放在他们面前。

彭副厅长点燃一支香烟吸了几口，呷了一口茶后，说："刘局长，吴局长，谈谈你们这里的情况吧。"

刘锦扬恭敬地说："领导刚刚到，还是先吃点水果、喝杯茶，休息一会儿吧。"

彭副厅长正正身，说："坐车就是休息。我们时间紧，现在就开始吧。"

刘锦扬面现为难之色。他对对面的杨处长看着。

杨处长看着他，说："刘局长，你们就开始谈吧。彭厅长的时间的确很紧，听了你们的汇报以后，还要赶回去参加明天一早的厅党组会，时间不由人啦。"

刘锦扬正正衣襟，喝了一口茶，说："好好好，那就开始汇报吧。"他忽然想起了什么，起身把坐在身边的叶秋引到小会议室外面，小声地说了几句。

叶秋点点头，快步地离开了。

刘锦扬回到小会议室里，坐了下来，拿出工作本，开始了汇报。他说："其实没有什么好汇报的。有很多事还只是一个想法，还不知道结果如何。"他看了两位领导一眼，"现在就说，是不是还有些为时过早……"

彭副厅长打断了刘锦扬的客套话，说："有想法就不错嘛！有想法

才会有行动，有了行动，自然就会有结果。世界上的事都是从想法开始的。你就不要客气了，直说吧。"

刘锦扬抿笑，说："好，彭厅长，杨处长，那我就直说了。我们的想法是……"

叶秋离开小会议室径直来到几个股室，喊了几个青年男女同志进了大会议室，把条桌、座椅靠墙边整齐地摆放两排，将地面打扫得干干净净，又请来电工安装彩灯彩球。有人走进大会议室，感到惊奇，就问叶秋："叶主任，你们这是做什么？"

叶秋边抹条桌边回答这人，说："布置舞厅呀！"

这人问："有人在这里跳舞？"

叶秋说："听说省厅的杨处长最喜欢跳舞了。"

这人说："那就请他到舞厅里去跳嘛。而今街上多的是舞厅。在这种地方跳舞，多寒碜。"

叶秋说："到舞厅里去跳舞影响不大好吧。再说在那种乌七八糟的地方，什么样的人都有……对领导不免也有些不恭。"

一位正在擦抹座椅的青年女同志说："叶主任，那你今天晚上一定又要大显身手了啊。"

叶秋笑笑，说："不行啊，老喽。"

另一位也在抹条桌的青年女同志说："叶主任，你还年轻得很嘞，抹点红，擦点粉，稍稍收捡收捡，还跟那十七八岁的姑娘一样哩！"

叶秋微笑着，嗔怪她说："多话。"

食堂总务手里拿着一张菜单走进大会议室，来到叶秋的面前，说："叶主任，今天晚餐我是这样准备的，你看行不行？"把菜单递给叶秋。

叶秋接过菜单一看，说："不行，不行。"

总务问："标准还低了？"

叶秋说："不不不，省里刚刚才下了文件，禁止用公款请客大吃大喝。再说我们是财政部门，在这方面不带带头，怎么好说人家呀。"

总务说："那不是太怠慢了省厅的领导吗？"

叶秋说："我听说彭厅长在这方面要求很严，批评起人来可是不讲情面的。我们可不能撞头七啊！"随即，她从身上抽出钢笔在菜单上画掉了四个菜，"就这么几个菜，比平时稍微好一点就行。菜要做得清爽味好。"把菜单还给总务。

总务接过菜单，说："好，听叶主任安排。"转身走出大会议室。

又有一位女同志说："叶主任，今天晚上的伴舞可得要好好挑选挑选啊！"

叶秋一边帮着电工递彩球，一边说："要那么严格挑选做什么，又不是什么真正的舞会。只不过是在工作之余消遣消遣罢了。局里会跳舞的同志都参加嘛。"

那位抹条桌的青年女同志说："我们叶主任可是跳舞的头把好手啊！"

正在擦抹座椅的青年女同志接过话来，说："那是不假呀！叶主任本来就有个'舞厅皇后'的美称嘛！"

叶秋边递彩球边说："以前的那些老话还提它做什么嘛！"

"今晚叶主任可是要大显身手了……"

"哈哈哈！"

大家边做边说，个个开心。

这时，监察股的周股长从外面匆匆地走到叶秋的身边，说："叶主任，刘局长呢？"

叶秋对小会议室方向指指，说："正在向省厅领导汇报哩。你有事找局长？"

周股长对叶秋小声耳语，说："城关镇计生办在财经上的问题真不小哩。牵涉到吴局长的儿子吴仁，这事还查不查？"

叶秋也低声细语，说："这个……晚上你单独找刘局长汇报吧。我想刘局长他是一定会要查的。"

周股长对叶秋微笑地点点头，就转身离开了。

小会议室里，刘锦扬向彭副厅长、杨处长的汇报已进入尾声。彭副

厅长和杨处长一直认真地听着刘锦扬的汇报，他们有时点一下头，脸现赞同之色。刘锦扬微笑着说："彭厅长，杨处长，我们的初步想法就是这些哩。真的还只是一些想法，还没有行动。请彭厅长、杨处长给我们多多指示吧。"说完，又转头对吴福正说，"吴局长，你补充补充吧。"

吴福正移动了一下身子，说："刘局长汇报得很全面，我没有补充的了。像刘局长刚才向二位领导汇报的我们还只是有些想法，这些想法也还不成熟，请彭厅长、杨处长给我们多多提出宝贵的指导意见吧。"

刘锦扬端起面前的杯子，喝了一口茶，然后微笑地说："那就请彭厅长、杨处长给我们作指示吧。"

彭副厅长正了正身子，然后含笑说："谈不上什么指示啰，相互研究研究吧。"对坐在身边的杨处长有意地看了一眼，"我听杨处长说你们在贯彻省厅提出的'三五八一'规划上行动很快，我听了很高兴。老实说，我们的财政要是长久地停留在维持吃饭的水平上，那是很被动的，一定要改变这种被动局面……"

刘锦扬和吴福正都在一边认真地听，一边认真地做记录。

彭副厅长喝了一口茶，接着说："而要改变这种被动局面，最好的办法，恐怕也是唯一的办法，就是要发展经济。只有把经济搞上去了，我们的财政才有活路。所以，我们财政部门不仅仅是管财，而更重要的是要生财。省厅之所以提出这个'三五八一'规划，也就是基于这一点提出来的。而你们在贯彻这个规划上，行动是积极的、主动的。刚才听刘局长汇报，你们县委和政府对这个规划又大力支持，我想你们是一定会干出很好的成效来的。"彭副厅长说到这里，又对杨处长示意地看了一眼。

杨处长很会意地点点头。

彭副厅长又接着说："希望你们在全省带这个好头，把全省的基层财政工作带动起来。现在我对你们提两点要求：第一，赶快把你们的想法和行动搞个材料，争取省厅批转一下，促进促进其他各个县、市的财政工作。第二，有了想法就要赶快行动，再不要犹豫观望了。什么事总是要有人带头的。带头就是摸索，因为它没有别人的经验可借鉴嘛，只能是'草鞋没样，边打边像'。你们就'边打边像'吧。我就说这些，看杨处长还有什么意见没有？"

刘锦扬在记事本上认真地记下了彭副厅长提的两点要求。他抬眼对杨处长看看，微笑着说："杨处长，你也给我们指导指导吧。"

杨处长微笑着说："彭厅长已经讲了很好的意见，我没有什么了，就按彭厅长刚才指示的办吧。以后我们多加强联系，把你们县财政局的工作作为省厅的一个点吧。"侧头征求身边彭副厅长的意见，"彭厅长，您看呢？"

彭副厅长点头，说："杨处长的这个想法很好，我表示赞同。"

刘锦扬微微起身，表态说："我们一定不辜负省厅领导的希望。"

吴福正也礼貌性地微微起身，点点头。

刘锦扬看了看手表，看彭副厅长和杨处长，说："快六点了，是不是请彭厅长、杨处长吃晚饭去？"

彭副厅长说："好，随便点吧。"他起身站了起来，对刘锦扬说，"刘局长，在吃喝问题上我们可不能……"

刘锦扬也起身离开了座位，听彭副厅长这一说，急忙走近他身边，说："彭厅长，我知道您的脾气，不会让您不高兴的。"

彭副厅长说："那就好。"

他们走出了会议室，有说有笑地向楼下食堂走去……

第 二十六 章

夜色降临，华灯初上。江东县财政局的大会议室改作临时舞厅，里面彩灯闪烁，音响师播放着蒋大为唱的《敢问路在何方》，舞池里，几对青年男女在踏歌跳舞。蒋大为的歌声响彻窗外，不断地召来了三五结伴前来跳舞的青年男女，他们有说有笑地走进了大会议室。

叶秋回家认认真真地将自己打扮了一番，确实像一个十八九岁的姑

娘，婷婷袅袅，婀娜多姿。现在，她正和杨处长在欢乐的舞曲声中跳着快三。在她的安排下，局里一名漂亮而且能歌善舞的女青年也和彭副厅长跳着舞。女的舞姿优美，男的舞步洒脱。一向温文尔雅的吴福正也被欢快的旋律和舞者们开心的神态感染，也正在和局里的一位女同志惬意地跳着舞，尽管他的舞跳得不大好，有些呆板，却乐在曲中。唯独刘锦扬静静地坐在舞厅边的椅子上，欣赏大家跳舞。有位女青年走到他身边，热情地邀请他跳舞，他却连连摇手，表示自己不会跳舞，搞得他自己很不好意思，使得这位女同志也只好很没趣地离开了。这一幕，周边的人都看在眼里。舞厅里的氛围浓烈，刘锦扬觉得自己很不适合这种环境，再也坐不下去了，想到外面透透气，就起身走出了大会议室。他来到楼梯边的窗口前，点燃一支香烟，慢口地吸着。

站着观看跳舞的周股长看见刘锦扬走出大会议室，心里一喜，有机会找局长汇报了。于是，他跟着刘锦扬后面走出了大会议室。他走到刘锦扬身边，说："刘局长，我向您汇报一个事。"

"查账遇到难题了吧。"刘锦扬猜到他要向自己汇报的事，就转身走下楼梯，径直向草坪走去。

院中草坪，有卵石小道，有假山水池。参天的雪松和肥硕的玉兰树蔽日遮阴。刘锦扬和周股长往草坪一边的小道上走去，站到了一棵玉兰树下，身边有藤枝遮挡，很难被人发觉。

周股长递了一支香烟给刘锦扬，自己也点燃一支吸起来。周股长说："刘局长，真被您猜到了，我查账确实遇到了难题。城关镇计生办的财经确实很混乱，特别是计生罚没款没有收支明细。他们领了六本罚没票据，只交了四本出来给我们查。我们问他们还有两本呢？他们说在调换办公室时搬东西遗失了，没找到。这里面肯定有鬼。"

"计生办的财务账是哪个负责的？"刘锦扬边听周股长汇报边思忖。

周股长说："吴局长的儿子吴仁。"停停，又说，"据了解，群众对他的反映很大。说他个人的收入与开支有很明显的差距。这个事查不查？"

刘锦扬在考虑、思索。

这会儿，楼上大会议室里的音乐节奏越来越快，一曲终了，一曲又奏响。彩灯闪亮，时明时暗，从窗外望去，可见一对对舞伴身影时隐时现……

见刘锦扬没指示，稍等片刻，周股长又说："这件事如果认真一查，一定会牵涉到吴仁，吴局长那里的工作……"

刘锦扬思考之后坚定地说："查，一定认真地查。吴局长的工作我来做。我相信他能正确对待这件事的。"

周股长得到了指令，说："好，那我就下决心查了。"

"你尽管放心大胆地去查。有什么情况就及时向我汇报。"刘锦扬给他鼓劲打气。

周股长一挺身子，说："是。"

刘锦扬正想返回大会议室，可音乐已经停止。有人已经走下楼梯，出来了。刘锦扬快步上楼，在楼梯转弯处正好遇上彭副厅长和扬处长下楼来，身边还有吴福正和叶秋陪同。

刘锦扬笑笑，说："彭厅长，杨处长，不跳了？"

彭副厅长说："做什么事都要掌握好一个'度'，过了度就不好了。明天还要工作，大家都早点休息吧。"

刘锦扬笑笑，说："没关系，时间还早哩。"

杨处长边走边说："刘局长，你怎么跑了？"

刘锦扬一笑，不好意思地说："我不会。"

"你也太古板了。还是新潮一点吧，这也是一种潮流啊！"杨处长拍拍刘锦扬的肩。

刘锦扬笑笑。

"跳舞也是一种很好的休息和交际哩。还是学一学吧，只要掌握好一个'度'，对工作，对身心健康都是有好处的哩。"彭副厅长余兴未了。

"好，我一定学，当作一门功课来学。"刘锦扬点头。接着对叶秋说，"叶主任，请彭厅长、杨处长到接待处休息吧。"

叶秋说："我已经安排好了。"

他们一行边走边说，已经来到了彭副厅长和杨处长坐的小车边。彭副厅长停下，说："我们得赶回省里。明天一早厅里还要开党组会。"说着，拉开了车门。

"那就辛苦彭厅长、杨处长了。"见省厅领导执意要回省城，也不便再挽留过夜，刘锦扬只好主动伸出手来与彭副厅长和杨处长握手，恭送他们上车。

彭副厅长、杨处长分别与相送的吴福正、叶秋等局党组成员一一握手，坐进了小车。车窗被放下，彭副厅长对刘锦扬等人挥挥手，说："你们也早点休息吧。"

车里的杨处长含笑，也对相送的人挥挥手。

小车开走了。

刘锦扬对大家说："都回家休息吧。"

叶秋连忙说："还有人在收捡大会议室哩。"

"那我们也去帮着收捡吧。"刘锦扬带头转身往前走。

大家也都跟着他往前走。

大会议室里，亮起了日光灯，彩灯已经拆了。从里面传出摆条桌放椅子的声响。刘锦扬等人走到了大会议室门口，里面基本上恢复了原貌。

刘锦扬走进大会议室，对大家说："大家辛苦了。"

几个青年男女回答说："不辛苦。"

叶秋指挥大家继续清扫角落里的垃圾。刘锦扬和吴福正帮着摆条桌。

有人说："刘局长，您还不会跳舞呀，这真是新闻啦！"

又有人说："当局长不会跳舞也太落后了。"

叶秋走上前来，对刘锦扬说："刘局长，我来教你怎么样？"

刘锦扬笑笑，想想，下决心地说："好，我就拜你为师吧。"

于是，刘锦扬就在大会议室前面还没摆放条桌的空处学跳舞。他在叶秋的带领下，一步一步地跳着舞。他终究不是一个笨人，没跳几下，竟然合上了叶秋的舞步。再跳了一会儿，他竟然跳得不错了。他跟叶秋跳着学着，越学越好，越跳越快，竟然也显得较为和谐默契。在场的人都为他俩哼着曲子，打着节拍，他俩也就越跳越快……

第 二十七 章

朱九妹在家里做好了晚饭，一直等着刘锦扬回来吃，却等到这个时候也不见刘锦扬回来，也没接到刘锦扬不回家吃饭的电话，也没听刘锦扬说过到哪里去。朱九妹心里着急，实在是在家里等不及了，就来到了财政局的大门口，问传达室的人。传达室的人说刘锦扬刚送走省厅领导又去了大会议室。朱九妹就去了大会议室。

朱九妹来到大会议室楼下，正好听到里面传出说笑声和巴掌声。于是，朱九妹就上了楼，来到大会议室门口，眼前的情景叫她有些吃惊：刘锦扬搂着叶秋在旋转，神采飞扬，而叶秋笑脸相送，细腰如水蛇扭着，身子向后倾着，裙子撒开像渔网，整个样子就是一只狐狸。朱九妹站着，看着，开始还不觉得有什么，但越往下看，她脸上竟然出现了困惑的神情，再往下看，她竟然有些妒意和愠怒了。如果朱九妹此时冲进去当着大家的面质问刘锦扬，那会极大地挫伤刘锦扬的心情。朱九妹是个聪明的女人，她不会在众人面前丢损刘锦扬的面子，更何况刘锦扬是这个局的头头呢！可是，朱九妹再也看不下去了，就生气地走了。

大会议室里，叶秋带着刘锦扬还在旋转、旋转……此时的刘锦扬并不知道妻子朱九妹就站在他背后不远的地方看着他。他的情绪已经完全融入了舞步中，已经进入忘我的状态。

朱九妹回到家里，生气地坐在床上，望着书案上的小台灯想心事。

跳完舞，刘锦扬心情舒畅，尽管身上出了汗，却并不感到凉冷。因为省厅领导对他的工作的评价，使他心里高兴，就不知道眼下是什么时间了。他还想办件事，就开了自己办公室的门，按亮电灯，走到办公桌前打电话。他拿起话筒，拨着号码。电话接通了，对方说："您好，我是芦洲镇办公室。请问找谁？"

刘锦扬听出了对方的声音，就说："是小余吧。"

小余有些惊异地说："我是。您是……"

刘锦扬说："我是刘锦扬。"

小余说："哟，刘局长。这么晚了您还在忙工作？"

刘锦扬一笑，说："你小余不也在忙吗？"

"今晚是我值班。"小余回答，"刘局长有何指示？"

"谈何指示。是有件好事。胡镇长在吗？"

"哟，这时候胡镇长可能到家了。我把她家的电话告诉您。"

"嗯。有件好事要告诉她。"

刘锦扬拿笔记下了小余告诉他的胡秀英家里的电话号码。他拨了号码，很快电话通了。

胡秀英听到电话铃响，很快从房间走进客厅，接了电话："喂……"

刘锦扬抢先说："胡镇长，好啊！"

胡秀英立马听出了刘锦扬的声音，就高兴地说："刘局长，你好啊。是什么风把你的声音吹过来了？"

刘锦扬一笑，说："胡镇长，深夜打扰，不好意思。胡镇长，向你通通情报。"

"什么情报？"胡秀英坐到沙发上，打算好好听下去。

"好情报。"刘锦扬边点香烟边说，"告诉你，县委和政府对你们镇开发芦苇生产，搞活纸厂，同时大力推广优质香糯稻的事很支持，要我转达你，要你大胆积极地搞。省财政厅今天也来了领导，我把你们的计划也作了汇报，省财政厅的彭副厅长、杨处长他们听了也很支持。现在你赶快着手准备吧。当务之急是赶快去广东调运香糯种子。对荒滩的开发也要及早准备。你的意见呢？"

胡秀英高兴不已。听完刘锦扬的话，她已经是兴奋之极了。她对着话筒说："感谢你刘局长的大力支持呀。你是财神爷，也就是我的靠山啦。我们明天就派人去广东。"

正当胡秀英高兴地和刘锦扬通话之时，贺长生从外面走了进来，带着微醉的面容站在胡秀英不远的地方，专注地听着他们的对话。当听出胡秀英是在跟刘锦扬说话时，贺长生的脸上不由得露出了愠怒之色……

"我们会尽量支持你的。首先是把种子弄到手，其他的事都好搞了。你就大胆放手地干吧！祝你成功。"

"一定不辜负领导的希望。"胡秀英的确兴奋和喜悦。

贺长生依然静静地听着他们的对话。在安静的夜里，刘锦扬的声音穿出话筒显得十分清晰响亮。贺长生听着，似乎感觉他们的对话里含有那种男女之间的亲密。他有些控制不住自己的情绪，恨不得立即上前去扯断电话线。

胡秀英早就看见了贺长生从外面进来，而且见他一直盯着她和刘锦扬通话。是因为工作，她不在乎。她放下话筒，对墙上的挂钟看看，快十二点了。她对贺长生看了一眼，说："你还等在这里做什么？"说完，就起身往门外走去。

贺长生没有答话，也转身跟着她走出门。

"你跟着我做什么？"胡秀英回头看他，有点不高兴。

贺长生仍没回话。

月色朦胧，屋外寒气袭人。胡秀英思考着事情。贺长生急忙返身进屋拿了一件夹衣，披在胡秀英的身上，紧跟着她来到空坪里。

"你莫老跟着我！回去睡。"胡秀英回头说。

贺长生终于控制不住情绪了，说："又是那个刘锦扬吧，你们联系得很紧呀！听你们说话的那股亲热劲儿……"

胡秀英对贺长生不满意地看了一眼，说："完全是工作上的联系。神经病。"她有点生气地转身急步回屋去。

第 二十八 章

朱九妹仍然坐在床上，呆呆地看着那盏灯光微弱的台灯。刘锦扬开门进来，并走进房间，她仍然呆呆地坐着，好像屋里没有进来人一样。

刘锦扬来到朱九妹面前，说："怎么，不舒服？"

朱九妹依然不动声色。

刘锦扬转身去卫生间洗漱。洗漱完又回到房间来，见朱九妹还坐在床上不睡，就说："这么晚了，快睡吧。"

朱九妹不看他，也不说话。

刘锦扬弓身摸摸朱九妹的额头，感觉并不烫手，就说："怎么，想心事？睡吧。哪里有那么多闲心想心事嘛。"他说着，脱衣上床，坐到了朱九妹一头。

朱九妹还是一动不动，也不看他。刘锦扬动手帮她脱衣，她推开他的手，自己动手脱衣。她边脱衣边说："你今年有多大岁数了？"

刘锦扬不解，随口回答说："四十八九了，你又不是不知道，这都要问我做什么。"

朱九妹说："是呀，快五十岁的人了，儿女都已经成人了。你要注意影响啊！"

"什么影响？！男女作风？看你想到哪里去了。"刘锦扬睡下去。

"前不久你去芦洲镇做了些什么，话都传到我耳朵里来啦。"朱九妹脱了衣，却没有睡下，仍然坐着。

刘锦扬抬起头，说："你是说我和胡秀英在荒滩上过了一夜是不是？那纯粹是偶然的嘛。"

"我就不信事情有那么巧。人家说那是你们有意那么做的。那天夜里，你们在荒滩上做了些什么？"朱九妹心中生火，不依不饶地追问。

"做了些什么！你以为一男一女到了一起就硬要做那个事？"刘锦扬有点不高兴了，"越说越不像话！"

朱九妹想起晚上自己看到他和叶秋跳舞，就更加来气地说："你晚上学跳舞学得好高兴啊。当然啦，叶主任又年轻又漂亮……"

刘锦扬更是有些不高兴了，就重言重语地说："你怎么见不得我和女的说话做事啊，那你以后把我锁起来！小心眼！"

"我是为你着想啊！"朱九妹好像受到了莫大的委屈，眼泪不停地流了出来。

刘锦扬懒得再说，翻了个身，把个背脊对着朱九妹。

朱九妹的眼泪越流越多，像两串断了线的珠子，落在被褥上……

第 二十九 章

一辆白色桑塔纳奔驰在通往大山方向的公路上，车尾甩起阵阵黄尘。公路两边，种植着一排欧美杨，其间种植着玉兰树。时值秋天，欧美杨那大而薄的叶片已被秋风吹落无几，明见横竖八叉的枝丫指向蓝天。玉兰树却不一样，它那尖而厚的叶片依然浓绿常在。浓茂的叶子包裹着树身，几乎看不到玉兰树的繁密枝丫。小车驶进了一条坎坎坷坷的简易公路，司机小王认真地驾驶着。小车颠颠簸簸地前行。刘锦扬和高厂长坐在小车里，身子被一时簸起一时落下，有些端坐不稳。他俩都被小车摇得昏昏欲睡。

前面出现了一个乡村集镇。今天也许是集日，狭窄的街道两边摆了很多卖山货土产品的小摊，一群群的山民在这里买卖着各自的货物。小车进了集镇口，眼前的街道几乎被人流塞满，要想通过，就只能见缝插针。司机小王不得不按响喇叭，握着方向盘将小车慢慢行驶。

原来昏昏欲睡的刘锦扬和高厂长已被喇叭叫醒，从车窗伸出头对街道两边的小摊看着。突然，他们发现了小摊上的猕猴桃，欣喜极了。

刘锦扬急忙说："小王，停车停车。"

小车停下了。刘锦扬和高厂长下了车，来到卖猕猴桃的小摊前。刘锦扬问摊主，说："你这猕猴桃多少钱一斤？"

摊主说："什么？你说什么？"

也许是赶集人多，闹声太大，有些听不清，也许是摊主不知道什么是猕猴桃。刘锦扬明白了，就抬高了声音，改口说："啊，我问你这杨桃多少钱一斤？"

摊主这下听懂了，伸出两根手指，说："八毛。"

刘锦扬和高厂长相视一笑。

刘锦扬蹲下身来，用手拨弄着竹篓里的猕猴桃，说："老乡，你们那里这种杨桃多不多？"

摊主回答说："多，多得很。"

高厂长也蹲下身来，手里拿着一个猕猴桃看着，说："是野生的还是栽的？"

摊主说："这种东西哪个还栽它啰，全是山里长的。"

刘锦扬看着大小不一的猕猴桃，最大的比鸭蛋还要大，最小的也比鸡蛋小不了多少。猕猴桃表面长着细细密密的绒毛，面呈青色，看上去它还没有完全成熟。听说完全成熟的猕猴桃表皮呈现黄褐色，到那个时候从树上采摘下来放不了两天就稀烂了。所以必须在它还没有完全成熟的时候就采摘。刘锦扬捏了捏一个较大点的猕猴桃，说："老乡，你这些杨桃都卖给我好吗？"

摊主有些惊讶地看着刘锦扬，不相信自己的耳朵。山里的野果子，烂也是烂，他是随便在自家屋后的山上摘的，也许能换几个油盐钱。眼前这位干部模样的同志说要全部买下它，他当然高兴，却一时没回过神来。

刘锦扬见摊主一时没回话，就又说："你不卖？"

摊主连连说："卖，卖。"并准备动手过秤。但他还是不理解，这位干部模样的同志买这么多野杨桃做什么呢？

高厂长也觉得刘锦扬的话不能理解，就问他，说："刘局长，现在我们又不生产，买这么多做什么？先买两斤尝尝味道吧。"

刘锦扬想了想，觉得高厂长的话对，就对摊主说："好吧，你给我们称五斤吧。"

摊主点头，称好了五斤猕猴桃。

没有袋子装猕猴桃，刘锦扬急了，连忙把自己的外衣脱下来，包了猕猴桃。又从皮夹里掏出五块钱递给摊主。摊主无钱可找，正在为难。刘锦扬和高厂长已经跑向小车，回头对摊主说："不要找了，不要找了，就是那么多吧。"并要小王开车。

司机小王按响喇叭，小车又慢慢前进。

摊主拿着五块钱，对他们憨笑着。

小车里，刘锦扬、高厂长在剥吃猕猴桃。

"这东西并不好吃嘛。"高厂长咬了一口吃，感觉味道又酸又淡。

刘锦扬却不以为然，一口口地吃，津津有味。他边吃边说："外国人讲究营养。人家说这东西营养丰富，含有人体需要的多种营养成分。"他又拿了一个猕猴桃在剥皮。

"那不成了长生果了。"高厂长吃完一个，又拿一个剥皮，"那我多吃几个，长生不老嘛。"

"反正人家需要，你就得要适应人家的需要。"刘锦扬将手里的猕猴桃剥完皮，咬了一大口，水津津的，"这叫紧跟时代的脚步嘛。"

高厂长边吃边说："好，那就适应他们的需要，紧跟时代吧。"

说说笑笑，不知不觉，他们两个人吃了七八个猕猴桃了。

小车一直往前开，进入了大山区的碎石公路。眼前的山，黑苍苍的不见头不见尾，山峰高高低低，起伏连绵。司机小王小心翼翼地开着车，神情专注地望着前方，生怕有一丝的闪失。两山夹谷树伏石垒，曾有被山洪冲毁的痕迹。小车在盘山公路上行驶，由于路面不平坦，车身有些摇晃，刘锦扬和高厂长在车里左右晃荡。车轮触到洼处，车身突然颠簸，把他们两个都抛离座位，再落下，震得屁股疼。刘锦扬不时提醒小王小心开车，安全第一。峰回路转，上坡下岭，一个小时后，小车又驶入另一条比较平坦的碎石公路。

前方视野开阔，路面平坦，小王开车的胆儿大了起来，脚踩小车油门，加速行驶。

高厂长问小王，说："小王老弟，快到了吧。"小王回答说："翻过这座山就到了。"

果然，车开过山峰，就看见山下有一个盆谷，眼睛顺着一条弯弯曲曲的盘山公路往下望，盆谷上有一滩白晃晃的岩石，一条不规则的浅浅

的溪河把岩石滩从中间劈成两半，一片高高低低的农舍，环绕盆谷依山而筑，站在峰顶只能看个大概。车在下山，车速慢了下来。

岔路口，生长了一棵红枫树，主干有双手合抱的粗，上面斑斑痕痕生出许多裂缝，如蛇似蚓，枝杈繁密，叶子茂盛。此处，建有形如"C"字的三栋连体平房，青砖灰瓦，水泥砌地，坪场上有三五个干部模样的人过往。这里就是大山深处的枫树乡人民政府。

第 三 十 章

秋季，大山里早晚生寒，加一件毛衣和裤子在身上也不觉得多。而到了晌午气温上来，正在田间地头劳作的山民又会感觉到身上热汗沾襟，不得不脱衣解裤了。今天一早，枫树乡的乡长郝先阳就领着刘锦扬和高厂长进了崎岖陡峭的山间小路。

刚过而立之年的郝先阳，标准的国字脸庞，宽阔的额头，一双剑眉几乎直插两鬓，身材颀长而不显瘦弱，正是精力充沛的年龄。他走在刘锦扬和高厂长的前面，手里拿着一把砍刀不停地砍倒小路两边的杂树和荆棘。

从山坳、沟坎里飘飘悠悠升起来的紫微的冷雾，弥漫了田坎、溪沟、山间谷地。刘锦扬、高厂长和郝先阳都背着水壶，带着干粮，攀爬在悠长、狭窄、陡峭的山路上。他们将脱下来的衣服抱在胸前，或者挽在手臂上，看样子他们已经走了很远的路程了，都爬得很吃力，额头上汗水涔涔。

刘锦扬停下脚步，歇一歇，喘着粗气问郝先阳，说："郝乡长，到最高点还有多少路？"

"还有十多里路吧。不过这一带已经有猕猴桃了。"郝先阳一边往山上爬，一边回答。

"好，那我们就注意点。我们也要找到猕猴桃。"刘锦扬歇了一阵后恢复体力，现在又开始向山顶上爬了，回头对高厂长说，"高厂长，小心脚下！"

高厂长由于身体胖，平时走路都较吃力，更不用说爬山了，他现在是上气不接下气，两条腿像铅灌了似的沉重。他吃力地回答刘锦扬的话，说："刘局长，我很，很小心的。就是，就是迈不动腿。"

"哈哈，算你来对了，这就是，真正的锻炼！你来，枫树乡，走一趟，保证你，掉十斤肉勒……"刘锦扬跟在郝先阳后面往前爬，也有些气接不上。

他们三人继续往山顶方向爬去。转过一个山嘴，迎面遇上了一个背着背篓的山民。背篓里装满了新鲜的猕猴桃。山民走起山路来步子矫健，不像刘锦扬和高厂长爬山的样子，气喘吁吁。

刘锦扬见了山民，主动问他，说："老乡，你这杨桃是哪里找到的？"

山民往背后的高山一指，说："就在那边山上。"边说边下山去。

刘锦扬又问："怎么才能，找到杨桃？"

山民停了脚步，说："这就要碰运气了。杨桃树像藤比较粗壮，叶子大，一般长在山坎或杂树里比较潮湿的地方。碰到了，说不定会有几根树，上面都是杨桃。"说完，又继续往山下走去。

听山民说前面高山上就有猕猴桃，他们有了信心，似乎腿也有劲了。三个人继续顺着一条曲曲弯弯似蚯蚓的山路往上爬，三双眼睛都不停地往小路的两边山坎、杂树藤缦里搜索。突然，高厂长的眼睛一亮，惊呼说："猕猴桃！"并快速地奔了过去，差点滑下山去。

刘锦扬见高厂长不要命地奔过去，就急忙说："慢点慢点，不要滑下去了。"

三个人都高兴地奔了过去，的确像山民说的那样，树挨树很有几棵，枝条像藤相互缠绕，就在那粗壮的枝条与阔叶之间结着一个个猕猴桃。他们开始采摘，把衣服上的口袋都装满了。刘锦扬突然想起了什么似的说："哎呀，莫摘了莫摘了。我们摘了又带不下去。还是留着让山里的人摘吧。"

高厂长觉得刘锦扬说的有道理，就赞成说："好，好，好，这叫作保护资源。"

他们停止了采摘猕猴桃。

郝先阳说:"你们真是城里来的人,这几个野果子算得了什么。每年这山里不知要烂掉好多。"

刘锦扬说:"你见得多了,自然不把它当一回事。可是有的人却把它看作是宝贝哩。"

高厂长说:"这就叫身在宝山不识宝。"

他们离开了杨桃树,继续往山顶上爬去,却还不停地回过头来看着那几棵杨桃树,有些依依不舍。

"郝乡长,你们枫树乡每年大约能产多少猕猴桃?"刘锦扬剥好一个猕猴桃,把它送进嘴里咬了一口,边吃边说。

郝先阳稍停步,抬眼看着满目的青山,说:"那可没有个准确数字,大概有几千担吧。"

他们走走停停。刘锦扬说:"郝乡长,这样好不好?明年高厂长在你这里设个收购站,凡是猕猴桃大小不分一律包收,价钱从优。这几千担恐怕还不够,你能不能号召山民自己还栽一点杨桃树,变野生为家生,怎么样?"

"高厂长,你真在这里常年设点?"郝先阳回头看高厂长,不大相信似的。

高厂长回答郝先阳,说:"刘局长说的还有假?"

郝先阳又看刘锦扬。

刘锦扬含笑,说:"高厂长是酒厂老板,我是财政老板,我们两个说的话合在一起算不算数?"

"算数。"郝先阳欣喜之极,"这种不贴本而又可以多获利的事我们当然搞啦。"

刘锦扬看看高厂长,说:"高厂长,我看你和郝乡长就这样一言为定怎么样?"

高厂长看着郝先阳,说:"一言为定。"

郝先阳也看着高厂长,风趣地说:"高厂长,那我们两家就来拉拉手吧。"

"好，拉拉手！"高厂长上前几步，和郝先阳握手。

刘锦扬拍拍他们俩人的肩，左右看看他们两个，装着诡秘的样子，说："我哩，就从中多捞一点特产税和营业税。"

高厂长笑说："你可是句句不离本行呀！"

刘锦扬又轻拍一下他们的肩头，开心地说："财老板嘛，哈哈哈！"

三个人同时都开心地笑了。

第 三十一 章

隔山顶不远了。刘锦扬、高厂长和郝先阳继续往山上爬。前面是一条青石铺就的山路，上面长满了杂草，看上去很有些年代了。山势有些陡峭，树木茂密高大，有鸟鸣声声。距山顶百步之处有一洼地，右边有一口天然小水井，一年四季不涸不溢，泉水清冽。站在洼地处，顺着青石小路向山顶上望去，可看见几棵参天树木下一座由青石垒筑的小小尼姑庵。此时，一个十三四岁的小尼姑在用木桶从水井里打水，她的身边站着一位四十多岁的中年尼姑，手里拿着一根小竹棒，准备抬水。

他们三个人向水井方向走来，说说笑笑。中年尼姑忽闻人语声传来，便回转身来一看，原来是三个人又说又笑地往这边走来了。

小尼姑已经打好了一桶水，师徒二人正准备将水抬走。三个人已经走到了她们面前。

刘锦扬见了水井，说："我们休息休息吧，吃点饼干。这里有井水。"

"好！好！"郝先阳、高厂长都表示同意。

中年尼姑听了刘锦扬的说话声，不禁一怔，身子出现一阵微微的战栗，禁不住对刘锦扬看了一眼，这一看不打紧，她几乎有点傻呆了，差点失声叫了出来。

同时，刘锦扬也不禁好奇地对中年尼姑看上一眼。这一眼看着不打紧，他也不禁惊呆了！他随即擦擦眼睛，害怕眼睛出现了幻象似的，又看上了一眼，这下似乎相信了。他开口欲问话，可是中年尼姑和小尼姑抬着一桶水已经离开水井往尼姑庵走去了。刘锦扬愣怔片刻之后，竟然追了上去，唐突地问道："请问师傅，有个叫秦可可的女人您可曾认识？"

中年尼姑停下步来。小尼姑不解地回头望着。中年尼姑稍一迟疑，说："出家人不问尘事。"说着，和小尼姑抬着水继续往前走。

刘锦扬怔怔地看着中年尼姑的背影……

高厂长和郝先阳正席地而坐，吃着饼干。

高厂长见刘锦扬还怔在那里不动，就开玩笑地说："刘局长，你怎么对尼姑感兴趣，是不是想拜师参禅呀？她都走了。"

刘锦扬这才醒悟过来，仍然有点恋恋不舍地看一眼中年尼姑的背影，才回到他们一起来，参与着吃饼干喝井水。

"郝乡长，你们这里还有尼姑庵？还有尼姑？"刘锦扬吃着饼干，疑惑地问郝先阳。

郝先阳回答说："'文化大革命'中本来是没有尼姑了的，可后来又有了。"

刘锦扬又说："你问过这个尼姑的身世吗？"

郝先阳又回答说："问也是白问。人家是出家人，不和我们这些俗人交言。只知她的法号叫明影。"

"明影！"刘锦扬点点头，不自觉地望向尼姑庵。

高厂长突然觉得刘锦扬的表情有些不对，就说："刘局长，你好像有些心不在焉啦。"

"哪里哪里，吃饼干。"刘锦扬连忙掩饰，拿了一块饼干放进嘴里。

再说尼姑庵那小小窗棂的一叶窗门被推开，中年尼姑的一双含着泪花的眼睛，悄悄地从窗门内看着外面对向尼姑庵的来路。她预感他们三个人会来尼姑庵。她想见这个人，却不能见这个人。她不能见到这个人，就越想见到这个人。她心里十分纠结。就这样，她静静地站在窗门后面看着外面。

他们三个人吃完了饼干，起身要走。刘锦扬突然提议，说："走，到尼姑庵里去看看。"说罢，领头往前走。

"你是想卜卦还是想求签？"高厂长跟着刘锦扬后面走。

"参观参观嘛，也增长一点见识。"刘锦扬不正面回答。

他们三个人走进了尼姑庵的佛门。

佛像一侧，中年尼姑坐在青灯下敲着木鱼诵经。小尼姑坐在她的对面跟着她诵经。中年尼姑对刘锦扬等三人进来好似没有看见一般，依然专注地诵着经。但她用眼角的余光却把他们打量得一清二楚，尤其是对领先进来的刘锦扬，她十分镇定地仔仔细细地拿双眼瞟着他，好像这个男人似曾相识。

刘锦扬要到尼姑庵来，也只是借了参观参观尼姑庵的口实，证实一下他心中突然产生的对一个女人的记忆，或许与尼姑庵里的这个中年尼姑有某种联系。同样，他也把眼角的余光瞟向正在诵经的中年尼姑……他们三个人在尼姑庵的佛堂里慢步细看，面对佛像，都显得比往常要虔诚。

"刘局长，这尼姑庵很破败了，做点好事，拨点款修缮修缮吧。"高厂长看着剥落的墙灰突出此言。

刘锦扬望着一尘不染的佛像，若有所思地说："尊重宗教信仰自由，值得考虑。"说着，他又把眼光移向中年尼姑，很想尼姑停下手中木鱼与他答话。

然而，中年尼姑不动声色，只把个木鱼重重地敲了几下，好似回应一般。

刘锦扬却不知其意。

第 三 十 二 章

一条飘带似的盘山公路穿梭在连绵起伏的青青翠翠的山中，时隐时现。一辆白色桑塔纳在行驶，因路面不平，又上坡下岭，速度比较慢。小王十分谨慎地握着方向盘，每到一处拐弯地，他就鸣笛减速。车身有

099

些摇晃，坐在小车里的刘锦扬和高厂长都有些昏昏欲睡。

他们这是在从枫树乡政府向江东县城返回的路上。

刘锦扬闭着双眼，想睡却难以睡着，脑子里总是要跳出一些过去的事来，像电影镜头似的一幕一幕闪现。

——风华正茂的刘锦扬和秦可可在演出《刘海砍樵》。

刘锦扬唱：胡大姐，你是我的妻呀……

秦可可唱：刘海哥，你是我的夫呀……

观众报以热烈的掌声。

——柳荫下，刘锦扬和秦可可手牵着手，亲亲热热……他俩亲吻拥抱，然后小鸟依人的秦可可躺在他的怀里。秦可可的口鼻香气幽幽，一团暖热烘在他的脸上，她那一绺刘海随风上飘，搭在了他的鼻梁上，使他痒痒的。

——一场轰轰烈烈的反右斗争开始了。

刘锦扬被打成了右派分子，戴着高帽挂着黑板游街批斗。他被押进万人大会的批斗会场，围着他的人群愤怒地斥责他：你为什么要反党……

站在远处的秦可可看到自己心爱的人被人们斥骂，她不敢走进去阻拦，只能欲哭无声，泪流满面。

刘锦扬被下放到了农村，由贫下中农对他实行劳动监督改造。他和农民在一起栽秧割稻，和农民在一起冬修水利……他已是一个地道的农民了。日子长了，诚实的农民们把他当作了亲兄弟，并不因他戴着右派分子的帽子而疏远他，而是经常劳动之余大家在一起喝酒拉家常。他过得很快乐。

秦可可来到下放的地方看他，高高兴兴地来到他面前："锦扬……"他看了秦可可一眼，回头就走。秦可可追了上去，他不仅不停下，还加快步子往前走，还丢下一句话："你不要再来了。"秦可可心里明镜似的，只好含泪看着他的背影远去……

——刘锦扬住在生产队晒谷场北边的一个草棚里。

草棚内的一角用砖头垒起了两排一米多长一尺多高的凳子，上面搁着一扇木板门，再上面铺了一床破旧的棉被，在木板门的四角插一根竹竿在泥土里，再吊上蚊帐，这便是刘锦扬睡的床了。另一角垒了一个小灶，上面放一口小耳锅，灶的旁边有一个小竹桌，桌上摆了两只碗一双筷；小桌旁边摆一张条椅，上面放一只旧皮箱，这是刘锦扬用来装衣服的。那几年，刘锦扬在这里，解除了肉体上的折磨。朱九妹的家住在离生产队晒谷场不到一百米。天长日久，她慢慢对刘锦扬有了暗恋之情，冬天里，她怕他冻着，就给他添被送柴；夏天里，她帮他缝补蚊帐，生怕他被蚊子叮咬……每当他劳累一天收工回到草棚，换下一堆脏衣服，年青的朱九妹就会不声不响地拿回家去，帮他洗得干干净净。他每次都很感激地看着朱九妹。他也经常会帮朱九妹家里做些体力家务，比如挑水、劈柴、砌猪圈等等。星移斗转，天长日久，他俩产生了真挚的爱情。

在一次工联与红联两方造反派的武斗中，有一个造反派头目被对方造反派枪击而死，这个人就是秦可可的丈夫。那是一个雪花飞舞的隆冬，一场罕见的大雪把整个城市包裹得严严实实。一天傍晚，两派人马就在一条巷道里开战了，枪林弹雨。街道两边楼房门窗紧闭，市民都躲在自己家里不敢出门，只听到街面上不停地传来枪声。突然，一个剪着平头，一米七六个头儿的四十多岁男人被一颗子弹射中，倒在巷道口，满地都是血……秦可可接到传信赶到时，巷道里枪声早停，两方造反派已经不在了，只见丈夫尸体躺在雪地上，鲜血染红了雪水。她伏在他身上痛哭，面容憔悴，身材瘦小，仿佛一朵凛冽风中的残荷。

秦可可是一个不幸的女人，她那饱受凄苦的眼神里，流露出来的是诉说不完的人生悲剧。刘锦扬和秦可可是大学同学，他们谈了整整四年恋爱。记不清多少次，他拉着秦可可的手，漫步在学院的马桥湖畔的花前月下。如茵的草地上开满了野花，他们采摘着，他们边走边说笑，一会儿相互追逐，一会儿又伫立相视，相互拥抱接吻，相依相偎地坐在湖边的岩石上。然而，天有不测风云，人有旦夕祸福。正当他俩沉浸在爱情的甜蜜中的时候，一顶"右派分子"的帽子扣在了刘锦扬头上。

被别人爱是一种幸福，然而爱别人却常常包含着痛苦，包含着牺牲。刘锦扬成了一个背着沉重的政治枷锁、没有人生自由的人，他没有权利再爱秦可可了，也没有权利接受秦可可对他的那份真爱了。他不能牵连她，于是狠心地砍断了他俩的情缘……

秦可可和刘锦扬痛苦地分手后，秦可可的父母也先后被打成右派，住进了"五七干校"。接连的致命打击，令她悲痛欲绝。"文化大革命"一开始，她父亲这位曾在南征北战中立下赫赫战功的人民解放军的团长，就在一天晚上爬上"五七干校"的大楼最顶层跳下了楼，结束了他的一生。不久，她母亲也因痛失丈夫而上吊自杀。人死罪犹在。因父母的牵连，秦可可在劫难逃，背着右派分子子女的罪名下放到了一街道居委会打扫卫生。一次偶然，县革委会一名主管文教卫生的副主任认识了她。这位副主任比她大十多岁，对她一见钟情，经常关心和保护她，并把她调离清扫队，免除管制。他们结婚了。这位县革委会副主任就是那位被枪击的造反派头目。有关秦可可的这一切，是刘锦扬后来听别人说的。他曾四处打听秦可可的下落，却杳无音讯。

岁月无痕，朱九妹走进了刘锦扬的心房。他下放的那些年，朱九妹对他无微不至地关心和照顾，他病了，她请医熬药；他饿了，她烧柴做饭……她要用自己贫农家庭的出身保护刘锦扬。

桑塔纳已经驶入平坦的水泥公路。前方视野开阔，司机小王开车的胆子大了起来，小车行驶的速度越来越快。进入县城时，太阳已经完全西沉，天黑了下来，一段街道没有路灯，小王便打开了车灯照亮前面的路。

高厂长在途中下了小车。

一会儿，小车开进了财政局大门，停下了。小王说："刘局长，到了。"

冥思中的刘锦扬睁开眼睛，眼角噙着两滴泪水。他点点头，回答小王，说："嗯。"

刘锦扬下了车，走几步又回头对小王说："你回家吧。我去办公室一下，不用你等了。"边说边上了办公楼的楼梯。

第 三十三 章

乌云铺天盖地地从南边的天际滚过来，向地上越压越低。突然，一道刺目的闪电划破天宇，接着是震耳的霹雷紧跟而来。一瞬间，滂沱大雨噼里啪啦地朝地面上扎下来，平地升起一阵阵的白烟，这是雨幛。

一阵狂风扑来，倾盆大雨泼在树上地上。又是一道刺眼的闪电，又是一个震耳的霹雷。财政局机关院子里的花草树木在狂风撕扯下剧烈地摇晃着。

狂风夹着暴雨在肆无忌惮地毫不留情地吞咽着街道和院落……此情此景令人胆战心惊。

刘锦扬站在办公楼的走廊里，望着从天而降的瓢泼大雨，心里焦急而烦乱。他一会儿走进办公室，又一会儿走出办公室，站立不安。暴风雨整整下了三个小时还未见停歇的迹象，他心里想，照此下去，河水会立即猛涨，内渍不可避免。

刘锦扬在走廊里站了一会儿后，返身进办公室拨电话："呃，气象台吗？近两天的天气怎么样？还是雨！而且还是像现在这样的大雨和暴雨！"他把话筒狠狠地一掷，"简直是乱弹琴！"不知他是怨天还是怨气象台。

坐在办公桌前正在看报纸的吴福正则显得很平静。他一边看报一边漠不关己地说："天有不测之风云，人有旦夕之祸福嘛。这个老天爷的事，实在是难料啊。"

刘锦扬好像没有听见吴福正说话。也难怪，天气不好也许会影响人的心情不好。他又烦乱地拿起话筒拨电话："呃，芦洲镇吗？你们那里的水情怎么样？什么？外河早已超过了危险水位，劳动力都已经上了大堤，那内垸呢？内渍严重！胡镇长呢？和江县长抢险去了……"

刘锦扬忧心忡忡地放下话筒，仍然烦躁地朝门外的狂风暴雨望着。突然，他决心一下，对门外大声喊道："叶主任，叶主任。"

叶秋听到刘锦扬的喊声，就急忙来到局长室门口，问道："刘局长，什么事？"

"通知小王，马上出车，去芦洲镇。"话音一落，刘锦扬提了公文包，就一个大步走到门口。

"好。"叶秋立即转身。

刘锦扬又回过头来对吴福正说："老吴，局里的事就拜托你了。"

吴福正放下手里的报纸，说："那县人代会召开，要会议费的事到底怎么办？"

"要行财股认真审核一下。会议费给足，但假如想要趁此机会捞点'私房钱'，不行！他们既是执法机关又是领导机关，应该带头嘛。"刘锦扬扭头有意地看院子里的暴雨，有些无名的气恼。

"有个别人已经说了一些很不好听的话了……"吴福正点燃一支香烟，吸了一口。

"他要说尽管说，反正我们不徇私。"刘锦扬动脚要走。

吴福正欠了欠身，说："老刘，我看这个问题我们得慎重考虑考虑，人家是……"他把手往头上一举，那意思是指"人家"是顶头上司，"我看还是等你回来以后再拍板。"

"好。我们随时联系交换情况。"外面雨下得急，他心里也急，欲走，又停下对吴福正说："老吴呀，你那个在城关镇计生办工作的小子吴仁，你可是要抓紧对他的教育啊。周股长向你汇报过吗？他在经济问题上可是涉嫌很大呀！"

"这个家伙我不会放过他。"吴福正心口一紧，说出没头没尾的话。

究竟是监察股的周股长没有向吴福正汇报呢，还是吴福正已经知道他儿子有经济问题而装作不知道，刘锦扬此时不想它，只是点点头，匆匆地走出门，身影很快消失在门口。

小王已经把小车开到了大门口等着。

暴雨仍在下落不停，街面上已经积水到脚背，有无数水泡明灭。闪电雷鸣，疾风劲吹。街道两边湿淋淋的梧桐树被狂风吹得摇头晃脑。刘锦扬钻进桑塔纳，对小王说："去我家。"

小王发动小车，开进了滂沱大雨中……

不一会，小车就开到了刘锦扬的家门口。刘锦扬下了车，顶着狂风暴雨几个箭步就到了楼梯口。此时，朱九妹面带病容，正在客厅里拖地面。刘锦扬开了防盗门，匆忙换鞋走进客厅，见妻子正在拖地面，就忙接过拖把说："我来我来。你不能太累了。"他边拖地边说，"你给我把牙刷牙膏毛巾和雨衣拿来。"

朱九妹进卫生间拿来洗漱用具，又去阳台一角拿雨衣。她知道，刘锦扬这是要出门办事了。政务上的事，她帮不了他，只能在家里帮他洗衣做饭，让他回家有口热饭热菜吃。她把雨衣放在茶几上，说："我去给你做饭。"

刘锦扬连忙阻止，说："我不吃饭了。我得赶紧走。"他拖完地面，把拖把放一边，"不是要芸芸回来照顾你几天的，怎么她还没回来？"

朱九妹坐在沙发上折衣服，说："我请了两天病假在家休息。她说回来，我没让她回来。"她边折衣服边对窗外望，雨势并没有减弱，"这种鬼天气，老是落，落，落，好人都要闷出病来。"

"你身体不好，我又很忙，我打个电话要芸芸回家来陪你几天。"刘锦扬一边将洗漱用具往公文包里塞，一边就要给女儿打电话。

朱九妹连忙阻拦，说："莫打。芸芸很忙。我在家里休息，不要紧的。"又帮刘锦扬拿了两件换洗的内衣放进包里，"落这么大的雨，你到哪里去？"

刘锦扬说："到芦洲镇去。"

朱九妹突发惆怅，不无担心地说："又去芦洲镇……"

刘锦扬穿上雨衣，提了公文包，立在门口，说："怎么？对我不放心？你真是……"说着，开门出屋。

"慢，多带一件毛衣去。万一淋湿了，也还有件换的。"朱九妹急忙跑进睡房，拿来一件毛衣塞给刘锦扬。

刘锦扬对朱九妹感激地看了一眼，匆匆走了。多少年来，朱九妹都是这样细微地关心着刘锦扬，可谓是风雨同舟。朱九妹对刘锦扬的背影

看着，眼里充满了无限的情爱和忧虑。她又走到客厅的窗前，透过密集的雨帘，看着在暴雨中匆匆行走的刘锦扬。

<h2>第 三十四 章</h2>

闪电划破天宇，好似银蛇飞舞。天空中，炸雷一个紧接一个地响起，暴雨怒吼着倾泻直下。桑塔纳迎着狂风在密集的雨帘里急速奔驰……

坐在小车里的刘锦扬两眼紧盯着公路两边的山丘和稻田，忧心忡忡。山坎上，一股股浑浊的雨水哗哗流下，冲走很多泥土。稻田里转青的禾苗已经被雨水淹没得只露出一点尖尖在外，好像是一个落入水中的人正伸出双手呼救求生一样。桑塔纳继续在大雨中奔驰，车轮下泥水四溅。路难行，小王只能凭着自己的感觉凭着自己的技术驾驶着小车。

桑塔纳驶进芦洲大堤，前方雨幛朦胧，芦洲湖已经是白茫茫一片。正是芦苇冒尖抽叶的时候，可它们全都淹在了大水之中，只偶尔能见几支小小的苇尖露出水面，在大风大雨中挣扎。

刘锦扬心疼地望着湖中被淹的芦苇，自言自语地说："在这种时候，下这么大的雨，涨了这么大一湖水，今年芦苇损失大了。"

"这真是多少年没有见到过的大雨啊！"小王两手紧紧抓住方向盘。虽和刘锦扬说话，但不分心，他把车开得十分稳当。

桑塔纳继续在雨帘中穿行。他们已经来到了芦洲镇。雨中的芦洲镇一片忙乱景象，很多人身穿雨衣或是身披塑料片，挑着撮箕，或是背着锄头和铁锹，在雨中穿行。还有人背着铁丝，或是背着一捆捆草袋或麻袋，在雨中奔跑……

小王把小车开进了芦洲镇政府大门，停在了镇办公室的前面。刘锦扬快速从小车里出来，走进镇办公室。镇办公室里也是一片忙乱景象，秘书小余正对着电话筒说话，他只能用手势向刘锦扬打招呼。

一小会儿后，小余放下电话筒，迎接刘锦扬，说："刘局长来了。快请坐。"

刘锦扬站着问小余，说："江县长和胡镇长呢？"

小余回答说："江县长带人上了大堤，胡镇长带人上了溃水堤。两处地方的形势都很危急呀！"

刘锦扬听后，二话没说，转身就往大雨中走去……

狂风夹着暴雨狠劲儿猛砸田畴、堰塘、湖泊。芦洲湖上，狂风推着浊浪向溃水堤不停地冲撞着。浪花飞溅，堤坝在呻吟。溃水堤内是一望无边的稻田，栽种着优质香糯稻禾苗，眼下正是怀苞的时候。可是，它们的苞口现在都已经被雨水无情地淹没了，致使这些使人极其怜爱的香糯稻禾苗软沓沓地浮在水面上，显出一种可怜巴巴的样子。

芦洲湖的水面比万顷稻田内的水要高出两尺多，全靠这一条在风雨中和在湖浪的冲撞中颤抖着的溃水堤抵挡着。万一这条溃水堤被浊浪冲垮，那几万亩香糯稻田将要成为一片水乡泽国。

为拯救这条溃水堤，眼下，很多人在风雨中，在溃水堤上来回奔跑，忙乎着。有的人从远处背来用草袋和麻袋装着的泥土码在溃水堤上，筑成子堤，用来加高堤身；有的人站在湖水中打着木桩，再灌上一袋袋有石子黄沙的草袋、麻袋，用以加固堤身……溃水堤上繁忙、混乱。但每个人都在拼命工作，不要人指挥，也没有办法指挥。

狂风仍在继续肆虐着，暴雨仍在继续倾泻着。溃水堤上泥水淋淋，脚印斑斑。刘锦扬肩背一麻袋黄沙，在溃水堤上摇摇晃晃地走了过来。在密集的雨帘里，他看到了胡秀英。她浑身被雨水淋得透湿，既没穿雨衣，也没戴斗笠，整个人成了一只落汤鸡。但她仍在和几个乡村干部在溃水堤外的湖水里挥锤打桩。刘锦扬对她怜惜地看了一眼，把肩上的麻袋放下，立马脱下自己身上的雨衣披在她身上。

胡秀英抬头一看，见是刘锦扬，对他不知是感激还是嗔怨地看了一眼，顺手把雨衣一甩，甩到了刘锦扬的身上。

刘锦扬对胡秀英又看了一眼，想俯身对她说句什么，但又觉得此时说话显然是多余的，顺手又把雨衣披在她身上，转身走了，头也不回。

胡秀英回头不见刘锦扬，也就任凭雨衣披在身上。

风雨交加，雷鸣电闪。溃水堤上人声嘈杂。一个镇干部急匆匆地来到胡秀英跟前，大声地说："胡镇长，芦洲湖的水涨得很快，溃水堤危险，怕是要赶快加人呀！"

胡秀英靠近身，对这个镇干部大声说："你赶快到大堤上去，找到江县长，要他赶快派人来支援这里。一定要找到江县长……"

第 三十五 章

暴雨仍然没有一点儿收敛的意思，似乎要把江东大地淹没。沅河的大堤上，人来人往，比溃水堤上还要混乱和忙碌。大堤外是洪流汹涌，巨浪翻滚，卷着漩涡冲撞着河堤。

江县长身披雨衣，站在风雨中指挥着河堤上的干部群众来来去去背沙扛土护堤。

镇干部来到江县长跟前，大声地说："江县长，胡镇长向您请示：溃水堤告急，赶快派人支援。"

江县长想了想，说："你对胡镇长说，沅河大堤更危险，这里抽不出人支援她。要她一定要保住溃水堤，保住几万亩优质香糯稻。"

这个镇干部点点头，又急步跑回去。

第 三十六 章

雨还在继续下着。傍晚，天色黯然。溃水堤上，依然嘈杂一片，人们背土筑坝、打桩固堤等工作还在继续。

一个村干部急匆匆地跑来，大声地向胡秀英汇报，说："胡镇长，我们那里的溃水堤危险，要缺口了！"

胡秀英从湖水里拔腿上堤，说："走，一定要保住溃水堤！"与这个村干部一同跑向那处。

刘锦扬正好背着一袋沙土走来，听到了胡秀英和这个村干部的对话，也丢下麻袋跟着他们去了。

胡秀英赶到一处人声嘈杂的地方，忽听前面好多人在喊："渍水堤缺口了！"随着喊声，人群赶快往回跑开去。胡秀英急忙往前跑，大声地喊："大家不能后退，一定要保住渍水堤！"她两手分开慌乱的人群，一直往前冲，冲到前面一看，渍水堤已经缺了一个口子，芦洲湖里的水正无情地往稻田里倾泻。有几个镇干部跳进缺口，想用身体挡住汹涌而入的湖水，反被湖水冲入稻田之中不停地翻滚着，随着湖水远去……还有人将一麻袋一麻袋的沙土抛进缺口，想截断洪水，可是无济于事，都被汹涌咆哮的湖水冲走……有两个人见渍水堤附近靠了一只渔船，就赶快把渔船撑了过来，进入缺口，想用船身挡住湖水。可是，渔船也被疾速的湖水冲入稻田之中，打了几个翻滚，那两个人也不见了……

缺口被湖水越冲越宽……

这时候，天色已经黑下来了。有人打亮了手电，也有人点亮了小小的风雨灯。渍水堤上一片混乱。有人大声地喊："渍水堤保不住了，赶快回家搬东西吧！"不少人听了就往回跑，跑向自己的家。

缺口越来越大。胡秀英见大家往回跑，急了，大声地喊："不能走，一定要保住渍水堤。镇干部和村干部都跟我跳……"喊着，就要纵身跳入缺口。

站在胡秀英身后的刘锦扬见状，一把将胡秀英拦腰抱住，说："不能跳！大家不能跳！跳下去也是送死！"

胡秀英极力挣扎，大声地喊："保住渍水堤，保住渍水堤……"

这时候，天色已经完全黑尽了。渍水堤上仍是一片混乱。无数的手电光和风雨灯会集一起，在渍水堤上形成一条火龙似的光带。刘锦扬比较沉着冷静，见没有任何力量能堵截住湖水的倾泻，万顷稻田确实保不住了，就大声喊："渍水堤已经保不住了，我们不能做无谓的牺牲，大家往回撤！"

随着刘锦扬的喊声，人群纷纷往缺口的两头退去。渍水堤的缺口越冲越宽……

闪电，雷鸣，狂风，暴雨……仍在继续。

第 三十七 章

刘锦扬背着胡秀英在风雨泥泞中往回走。胡秀英挣扎，大声说："你放下我，你放下我……"

刘锦扬继续背着胡秀英往回走。胡秀英搐打、撕扯着刘锦扬，大声说："刘锦扬，你混蛋，你毁了我的几万亩优质香糯稻，你混蛋！"她已经是声嘶力竭，只得慢慢安静下来。

刘锦扬背着胡秀英进入芦洲镇，两个人都是满身泥水。

芦洲镇以及周边几个村地势较高没有被湖水淹没，但仅靠溃水堤边的几个村已经被湖水吞食，村民们都担着自己家的东西向镇里会集。眼前，镇上混乱一片，人们来来往往，不知所归。两边店铺的电灯亮着，照亮了整条街道。有几个镇干部正在主动指挥灾民进驻镇政府。

胡秀英已经筋疲力尽，但仍在刘锦扬背上小声地念叨着："你混蛋，你毁了我几万亩香糯稻，我的香糯稻啊！"

有个人披着雨衣，把头罩在雨衣里面，手里提着扁担撮箕，急匆匆地走向商店。他是贺长生。

贺长生来到商店柜台前，将手中的扁担撮箕放在柜台边。

店老板见了他，就问："老贺，来瓶北京二锅头，半斤花生米？"

贺长生说："不要，我得赶快上大堤抢险去。把东西放在这里，回家给秀英拿件雨衣就来。"转身走进风雨中。

店老板说："刚才看见胡镇长被人背着走过去了，好像出了什么事。"

贺长生听了，心急如焚，急忙调转头跑向镇政府。

第 三十八 章

胡秀英已经彻底累倒了。

刘锦扬把胡秀英送到镇长室交给镇办秘书小余之后，又冲进雨帘，向沅河大堤方向跑去。

沅河大堤上人影憧憧，灯火点点，仍然是一片嘈杂、忙乱景象。刘锦扬朝一盏风雨灯走去，他看见了江副县长。此时的江副县长已经全身湿透，两腿稀泥，他在指挥着大家抢筑子堤。刘锦扬快速跑到江副县长面前，汇报说："江县长，渍水堤缺了口了，几万亩香糯稻丢了。"

江副县长一边指挥一边问："胡秀英同志呢？"

刘锦扬回答说："她又急又累，要往缺口里跳，我把她抱住了。现在已经把她送到镇政府去了。"

江副县长又问："有人员伤亡吗？"

刘锦扬回答说："没有。堵口被水冲走的同志都救上来了。没有伤亡。"

"那就好。"江副县长欣慰地点点头，"这是人力不可抗拒的灾害。香糯稻丢了，还可以改种晚稻。可是这沅河大堤要是缺了口，那可是半个县啦。你去把渍水堤上的人都调到这里来……"

刘锦扬回答说："是。"立马转身跑开去了。

风雨未停。

战斗在渍水堤上的抢险人员在刘锦扬和几个镇干部的带领下转战到了沅河大堤上。与此同时，江东县防汛指挥部早就接到在抗洪第一线指挥的江副县长的情况反映，已派遣专干，调配物质，赶赴沅河大堤。

芦洲镇入口的泥泞公路上，一辆辆满载防汛抢险物质的汽车在风雨中不停地鸣叫着喇叭前行。汽车前两道光柱直指前方，但它们的"双眼"早已被泥水模糊，变得不太明亮了。

汽车一辆一辆驶过芦洲镇街道。

一辆掉队的汽车鸣叫着喇叭加速开来，司机想赶上车队，由于雨太密，玻璃上的雨水太厚，看不太清楚前面什物，贺长生突然从斜面走了过来，出现在汽车前面，司机却没有看到。贺长生来不及躲闪，一头撞上了开过来的汽车，待司机发现情况异样紧急刹车时，他已经被汽车撞倒在地上了。

司机紧急刹车，快速地从驾驶室里跳下来，借着灯光查看：贺长生倒在地上，头脑血肉模糊。司机大惊，高呼："快呀，有人撞车了！"随即有几个人闻声跑了过来。司机立即抱起躺在地上的贺长生，说："快，送医院急救！"

闻声而来的人与司机抬着贺长生快速地跑向镇医院……

第 三十九 章

雨打窗棂，啪啪作响。蓝光闪亮，划破天空。

从吴福正的家里透过窗门外望，可借闪电之光看到密密的雨丝乘风起舞，扎向小区里的花草树木。吴福正坐在沙发上，满脸严肃。他的儿子吴仁坐在他旁边的沙发上，耷拉着脑袋，一言不语。

吴福正指责儿子吴仁，说："你说得轻巧，两本发票说丢了就丢了。你眼里还有没有一点财经纪律？还有没有一点法制观念？你以为罚没收入是可以随便开支的，没有人会清查的？你那是痴心妄想。你赶快跟我交代，那两本发票到底是有意销毁了还是有意隐瞒了。是有意隐瞒了就赶快交出来，如果是有意销毁了，那就触犯了国家的法律。你赶快交代，争取从宽处理。"

吴仁仍没醒悟，还是说："讲的是丢失了嘛！"

"这不可能。你不是今天才开始干财经工作的。"吴福正并不相信儿子说的话，"我跟你讲，你还是老实交代为好。"

"不就是一点罚没收入嘛。"吴仁并不认为事情有多严重。父亲的话，他仍然听不进去。

吴福正气恼着，指着儿子说："罚没收入就是国家财产，人民血汗。侵吞罚没收入就是贪污，同样是违法行为，甚至还是一种更为严重而恶劣的犯罪行为，要受法律制裁！"

"政法战线的罚没收入比我们的多得多，你们都清查了吗？"吴仁法律意识淡薄，仍然认识不到自己所犯错误的严重性。他反而质问父亲。

吴福正一下从沙发上站了起来，大声说："都要清查，通通地清查。还没有清查的马上组织人清查。不管是谁，侵吞了国家财产，都要受到法律制裁！"

吴仁又说："有些学校以各种名目，多收了那么多钱，你们财政局去清查了吗？"

"属于多收的，一定要退回去。属于财会人员贪污的，同样逃不出人民的法网。"吴福正见儿子油盐不进，更气更恼，"你不要有任何等待观望的思想。我限你三天之内，一定要把那两本发票的来龙去脉交代清清楚楚。否则，就要移交给司法机关查处。我现在不是以家长的身份同你说话，而是以县财经领导小组副组长和县财政局副局长的身份同你说话！"

吴仁看了父亲一眼，心有不顺地说："当了十多年的副局长，而今不还是一个副局长。"

吴福正再也忍耐不住了，大声呵斥儿子，说："混账！你三天之内不老老实实地交代，我送你进公安局！"

吴仁对父亲的话仍不以为然，他不相信父亲真会把他送交司法机关。从小长到大，父亲从没骂过他打过他，父亲是疼他的，心想，这次父亲也肯定会帮他。父亲从没这么认真过。但看情形，这次父亲是动真格的了。事情的严重后果也给他说得清清楚楚明明白白。如果他这次真不认真向父亲交代，恐怕父亲真不会原谅他。吴仁坐在沙发上沉默不语，脑海里斗争激烈。

吴福正说完最后一句话，就拿了雨衣，开门出屋。他是去财政局，安排今夜防汛抢险人员去了。

第 四 十 章

狂风暴雨已经停止。但仍有小雨在淅淅沥沥地下着。经过两天两夜的抢险，沅河大堤已经安全了，溃水堤的缺口也已经被填堵完好了。现

在已经安排了多部抽水机向芦洲湖外排放万顷稻田里的积水。

江副县长在芦洲镇政府会议室召开灾民安置会议后，就很疲惫地靠在会议桌上睡着了。不知过了多少时间，他才从睡梦中醒来。他醒来后就来到镇办公室。这时，镇办秘书小余正伏在办公桌上填写一张什么表格。镇办公室里人进人去。

江副县长走进镇办公室，问："小余，和气象台联系过没有，近来天气怎么样？"

小余忙抬头，停下手里的工作，说："联系过了，气象台说，大雨、暴雨天气已经过去了，过两天后天气就会放晴。"

江副县长落心地说："这就好，这就好。"

这时，刘锦扬穿着雨衣从外面进来。

江副县长问："刘局长，河里水位怎么样？"

刘锦扬说："今天一早就定位没有涨了。现在已经开始回落，看来洪峰已经过去了。"

江副县长说："只要水位还没有退到防汛水位以下，上了堤的人就一律不准下堤。"

刘锦扬点头，说："应该这样。"

江副县长又问："胡秀英同志呢？"

刘锦扬说："还在大堤上。"

江副县长说："应该要她下来休息休息。她已经是好几天没有上床睡个觉了，又加上……"

刘锦扬知道江副县长下面要说什么。但江副县长没说下去，他也就不好说。他只应江副县长前面的话，说："应该这样。我要人去把她叫来，就说你找她。不然，她是不会下堤的。"

"好。"江副县长觉得刘锦扬的话有些道理，"赶快派人去把她叫下来。"

刘锦扬转身往门外走去。一小会儿后，刘锦扬又返回来走进镇办公室，对江副县长说："喊她的人已经去了。"

"好。"江副县长看一眼刘锦扬，见他满脸倦怠，就说，"你也应该好好休息了。"

"我还挺得住。"刘锦扬笑笑，就坐到条椅上，稍歇。

江副县长侧过头来问刘锦扬，说："贺长生的死，到底是怎么回事？"

"交警部门反复勘察，并求证当时在场的人，而且听商店老板说，贺长生是将抢险的东西放在商店柜台边后回家去给胡秀英拿件雨衣，而听到商店老板说胡秀英被人背着去了镇政府，贺长生调转身匆忙横过街道时撞上汽车的。司机的责任不是很大。当时天又黑，又落暴雨，视线不明，司机确实有些看不见。"刘锦扬说完，扯了一个哈欠，眼皮有点打架。

江副县长点点头，说："对贺长生的后事要好好料理。对他的亲属要好好安抚。"

"应该这样。"刘锦扬想了想，又说，"贺长生只有一个老母亲，国家应该把她养起来。"

这时，镇办秘书小余给他们俩各倒了一杯茶递给他们。江副县长接过茶杯，用嘴轻轻吹开杯子里浮起的茶叶，呷了一口茶水，又问刘锦扬，说："他和胡秀英同志没有生孩子？"

刘锦扬也吹开杯子里漂浮的茶叶，喝了一口茶水，说："听说好几年前他们曾经生了一个，不幸夭折了。后来医生诊断胡秀英不能再生育。再后来他们就抱养了一个，现在女孩都七岁了，快读小学二年级了。"

江副县长边喝茶边听刘锦扬说，他觉得胡秀英苦。"屋漏偏遭连夜雨"，这次芦洲镇遭遇罕见洪水灾害，丈夫又被车撞死，给她带来双重压力。于是，江副县长说："贺长生去世，对胡秀英同志是个很大的打击。"

"是的。"刘锦扬点头，"还有，几万亩优质香糯稻被淹，也很使她疼心。"

江副县长点点头，说："我们对胡秀英同志应该多加安慰。"

刘锦扬同样点头，说："应该这样。不过，据我观察，她是个很坚强的人。"

"对。"江副县长肯定刘锦扬的话。他又说，"一个女人能有这样的气度是很不容易的。我们有些男人都做不到。"

正好这时，胡秀英走进办公室来。她一身泥和水，头发乱如麻，满脸倦容。但她仍然强力支撑着。她强打精神笑着，说："二位领导还没休息啊？这几天真是辛苦你们了。"转而又面对江副县长，"江县长，您找我？"

江副县长含笑点头，说："河水开始下落，都累这么些天了，你应该休息一下了。"

"现在还不是时候。河水开始下落，也就是人们思想开始麻痹松懈的时候。"胡秀英接过镇办秘书小余递来的一杯茶水，坐到办公桌前，"以往的教训，断堤缺口往往就是这个时候。"

胡秀英的一番话，使得江副县长深有同感，他点了点头说："现在在继续抓好防汛工作的同时，应该要着手抓好灾后恢复生产的工作了。"

"我已经安排劳力堵好溃水堤的缺口了。还安排了二十台抽水机日夜不停地把稻田里的水排放出去，及早插好晚稻。"胡秀英认真地向江副县长汇报。

"好。"江副县长用赞许的目光看着胡秀英，侧头又看身边的刘锦扬，示意自己要说话。他说，"这就是我们党的好基层干部，实干精神强，工作主动性强。"他又问胡秀英，"还有优质香糯稻的种谷没有？"

"没有了。"胡秀英回答，"今年再种优质香糯稻已经不可能了。只有等明年了。我打算全部插一季杂交晚稻，管理得好，亩产也可以突破千斤。"

"不管怎样，一季总是赶不上双季，今年粮食会减产，芦苇又被大水淹了，纸厂也会受影响……你们的工作压力很大呀！"江副县长看着胡秀英说。

刘锦扬插话说："我会尽快把灾情向省财政厅如实汇报，争取一些援助。"

"有援助，我们热烈欢迎。"胡秀英看一眼刘锦扬和江副县长，"不过，我们一定要把立足点放在自力更生上。"

"对，对，对。应该这样。"江副县长肯定胡秀英的想法。他见胡秀英说话都没精打采了，就催促她，说，"现在你听从我的安排，回家去好好睡上一觉。"

"大堤上不能离人。"胡秀英强撑精力，不愿回家去休息。

"我上大堤去代替你还不行吗？"江副县长起身就走。

"您不也有两个晚上没睡了吗？"胡秀英想继续回到大堤上去，"我年轻，还撑得住。"

"我刚才在会议室睡了两个多钟头了。"江副县长已经起身，拍拍胸脯，笑着说，"精神又回来了。你赶紧回家休息去吧。"

胡秀英似乎没话好说了。

这时，办公桌上的电话突然响了。秘书小余连忙拿起话筒："喂，我是芦洲镇政府。嗯，嗯，嗯……"随即放下话筒，对即将起身的刘锦扬说，"刘局长，财政局办公室来电话，请您快点回局，有好多事等着您商量研究。"

刘锦扬点点头，说："知道了。"并对起身走到门口的江副县长看着，征求他的意见。

江副县长停下脚步，转过身来对刘锦扬说："全县都受了灾，你这个财政局长更不好当了。你就回去吧。现在我们分开行动，你回财政局，我上沅河大堤。"

他们同时出了镇办公室，刘锦扬向小车走去。江副县长催促胡秀英回家休息去后，也上了自己的小车。

小王开着桑塔纳快速地出了芦洲镇政府的大门。

桑塔纳疾驰在柏油公路上。天空仍然下着小雨，不过天空的云层已逐渐稀薄了，偶尔在几片云层之间还露出那么一线灰暗的蓝天……刘锦扬坐在小车里，疲惫地闭上了双眼。

第 四十一 章

　　淅淅沥沥的小雨下个不停，街面上依然积存着一层薄薄的泥浆水，两边店铺开着，却很少有人过往。胡秀英走出镇政府的大门，顺着街道向自己的家里走去。她疲惫之极，两腿棉软，浑身无力，像大病了一场似的。贺长生被车撞死，对她的打击的确很大。可她是全镇人民的领队，工作和亲情难以兼容，虽然她心里特别的悲痛，却不能在众人面前哭丧个脸。她和贺长生结合虽然是经媒人介绍，不像自由恋爱那样情深意长，可他们十几年的夫妻生活，俩人之间是有亲情的。平常，她只顾自己的工作，很少关心他的生活，他的喜怒哀乐。而今他死了，她心里不禁感到很愧疚，愧疚之余就是后悔，后悔自己没有尽到一个做妻子的责任，没有过多的阻止他喝酒。喝酒伤身、伤情、伤命呀！

　　胡秀英迈着沉重的脚步，思维混乱，视线模糊，原来是自己不知不觉地流出了泪水。当她从一店铺门口前走过，几个长舌妇女在她背后指指点点。

　　"瞧瞧，男人撞车死了，她一点都不伤心……"

　　"早就跟那个什么局长在芦苇滩上睡过觉了嘛，这下可好了，可以放心大胆了。嘻嘻……"

　　"凡是当官的女人有几个是正经的呀？要不她能当上官吗……嘻嘻。"

　　"……"

　　长舌妇女的话，像一根根锥子似的扎着她的心，或者似一盆盆冰凉的冷水泼到她的脊背上，叫她浑身充满寒意。她恨不能转身过去与她们一番舌战！可是，她能吗？她不能。她是一镇之长，是党的干部。如果她过去与她们理论，那将会此地无银三百两，无事变有事，会传得满镇风雨。她控制自己的情绪，只能装着若无其事，继续往前走。

　　胡秀英拖着周身的疲惫回家去。

第 四十二 章

"啊，是人大米主任啊，刘局长已经回来了，由他来向你汇报吧。"吴福正把话筒递给正在擦抹办公桌面卫生的刘锦扬，"人大米主任，找你说话。"

刘锦扬放下手里的抹布，接过吴福正手里的电话筒，说："啊，是米主任啊。你好啦……灾情很严重哩，是的是的，一定想办法补救……啊，关于召开人代会的经费问题，我知道我知道。我正要向你汇报哩。是这样的，我们如实地匡算了一下，开四天会，包括代表们来去的差旅费在内，有四万五千块钱足够了。如果稍微扣紧一点，还有个三到五千块钱的结余……米主任，我们怎么只对人代会扣紧哩，对所有的会议经费开支我们都是实事求是的核算，基本上都是给足了的……就是党代会我们也是一样的对待，我们怎么敢厚此薄彼哩。县人大、县政协、县委、县政府这是县里的四大家嘛，都是县里的领导机关，都是我们的上级，我们都是同样对待……米主任，我们是你的下级，我们有什么缺点、错误，你尽可以批评嘛，这样说，我们就受不了嘛……好，我们一定认真研究。不过还要请领导多体谅我们一点。今年农业受了灾，我们又是个农业大县，财政比往年更要困难。我们在工作上有什么不周到之处，一是要请领导多批评指导，二嘛也请领导体谅体谅我们的难处……是，是，是，领导批评是应该的，我们一定要虚心接受……我们再研究一下，过两天后再向米主任汇报吧。好，就这样。"

刘锦扬放下电话筒，坐在椅子上，脸色难看。稍会，他不由感慨地说："娘的，小媳妇真难当呀。人家都说财政局好过日子，钱都从我们手里过嘛。我真想请他们来当当这个财政局长。人家要钱，你一个也不能少，而且座座寺庙的香你都要烧到。稍有不如意，他们都可以刮你、批评你。一百次有九十九次满足了他，只要有一次没有满足，他就对你一老鼻子意见了，讽刺、挖苦什么都来了……"他越说越生气。

吴福正坐在办公椅上，静静地听着刘锦扬和米主任的对话。现在又

看见刘锦扬满脸的不高兴，知道米主任在电话里对刘锦扬说了一些不好听的话。想想，财政局长的确不好当。他不免为刘锦扬抱不平。他说："还有不少人指着我们的背脊骂朝天娘哩。真他妈的，财政局的领导不是人当的，真没劲！"

"骂就让他们骂吧。他们要骂，我们又有什么办法呢。"刘锦扬起身为自己倒了一杯茶，端着茶杯，无所谓的样子。

"依我的，我们干脆把这点家底子亮出来。"吴福正点燃一支香烟。他看一眼刘锦扬，"全县一年就这么一点儿钱，除了上解和人头经费开支外，就剩下三四百万块钱，有这么多伸手要钱的，摆在桌面上分，分光了算了。你说我分得不公平，你就来分。"

刘锦扬一笑，喝了一口茶，心想吴福正这是在推卸责任。但他嘴里却说："我何尝不想这么干啦，但一想到党和人民看得起我们，要我们当这个财政局长，还是想当得好一点嘛。"他点燃一支香烟，吸着，笑笑，"问题总要解决的，他们也总会理解的。"

"只怕是好人难做啊！"吴福正有些心灰意冷。

刘锦扬表情凝重，说："而今确确实实也是好官难当啊！"当前县财政的确吃紧，他深知他自己肩上的担子重，压力也很大。

这时，叶秋走了进来，她说："刘局长，县酒厂来电话说猕猴桃酒的质量上不去。"

刚才县人大米主任在电话里说的一些不好听的话，搞得刘锦扬确实有些情绪低落。尽管他和吴正福说话时表现得轻松，心里却仍然窝着一堆火，无处发泄。现在，他听叶秋说县酒厂生产猕猴桃酒的质量上不去，一下子就来了火气，有些烦躁地说："质量上不去要他们自己好好找找原因嘛！找我们财政局我们有什么办法嘛！要找也应该找经委嘛！我们财政局总不能替代经委的工作嘛！"

叶秋没有退出局长室，继续说："他们说，他们重新恢复生产，开发新产品，是我们财政局支持的……"

"我们支持他们了，那就一切问题都要我们解决了？真是好人难做。"

刘锦扬依然心里有火，说起话来声音大了，语气也不好了。

吴福正保持了一会儿沉默。突然，他无头没尾地说："包袱是好背不好卸呀。"

突然，刘锦扬想起了一件事，就问叶秋，说："县水泥厂用石煤烧白水泥的实验成功了没有？"

叶秋说："也遇到难题了。也是质量上不去。"

"好，好，好，都凑到一块儿来了。"刘锦扬心里更加烦躁了，越听越不想听了，"我们要投入的都已经投入了，可是要想收回一点儿来，却没有。这就真好比是肉包子打狗——有去无回。"

"这种无底洞，再也不能往里面填了。"吴福正又来了一句无头没尾的话。

刘锦扬思虑着，有点儿无可奈何。他说："而今逼得我也没有办法了，我也要收一点儿回来了。"他看了看叶秋，说，"叶主任，你找省厅彭副厅长和杨处长好好汇报汇报，说我们县里受了很大的灾，我们县今年的财政打算由'五'上到'八'的规划不可能实现了。但是，我们的信心和决心还在，今年不行明年来，请求省厅在财力上尽量给予我们一些支持。"他停了停，想了想，又说，"你和二位领导的关系好，二位领导也很赏识你，请你出马吧。"

叶秋有些为难，她看着刘锦扬，说："刘局长，这个事还是你自己向二位领导汇报吧。"

刘锦扬很认真地说："我汇报不如你，你就帮帮我的忙吧。"就无意地对吴福正看一眼，又对叶秋看一眼，说："你在二位领导面前比我好说话。我这是不得已而为之，就算是一种下策吧。这个话就不用我说穿了吧！"说完，他笑了笑。

刘锦扬又对吴福正看，征求他的意见。吴福正会意点头，说："是呀，你叶主任说适合些。而今不是流行这么一句话吗：男人找男人办事用烟酒，女人找男人办事用嘴说。"

叶秋脸变红，没说话，笑着便往外走。

叶秋走到门口，又被刘锦扬叫住。刘锦扬说："叶主任，还请你给县酒厂高厂长打个电话，说过几天我会邀经委主任去酒厂看看。这个担子主要应该由经委挑起来，我们财政局总不能越俎代庖嘛！"

叶秋点了点头，走出了局长室。

"你这次到芦洲镇去了五六天吧。"吴福正起身提暖瓶为刘锦扬添了茶水，又给自己倒了一杯茶，"我听说嫂子的身体这几天有点不大舒服，你赶快到家里去看看吧。再说你自己也该打扫打扫卫生了。"

"是出来好几天了，一身脏兮兮的，该回家洗洗了。"刘锦扬想了想，点点头，说，"好！那就多操劳你了。"说着，提了公文包往外走。

外面，雨过天晴，丝丝缕缕的阳光穿过云层射向大地。

第 四十三 章

朱九妹面容憔悴。她正在房间里拆洗被单，突然听到敲门声，就放下被单，前去开门。

黄喜顺手里提着一大包高级营养品和水果等东西站在门口。相见之下，他们之间都有些又惊又喜。黄喜顺见了朱九妹，就高兴地喊："妈，您还好吧？听说您生病了，好些了吗？"

朱九妹一边接过女婿黄喜顺手里的东西，一边说："没有什么大病，休息两天就会好的。你今天是从哪里来的？"

"从深圳来的。刚刚到。"黄喜顺脱了外套放在沙发上，"听芸芸说您生病了，就来看您了。爸没有在家？"

"这一向落大雨，说是有些地方受了灾，他也下去了。"朱九妹为女婿倒了一杯茶。

"来，喜顺，喝杯茶。"朱九妹把茶杯递给女婿，嘴上埋怨起丈夫来，"当个财政局长，雨又没有把钞票淋湿，也不知他要下去干什么？！"

"谢谢妈。"黄喜顺接过朱九妹递过来的茶杯。他并不知岳母娘话里的埋怨情绪，就真真正正地说："受了灾，财政局长当然着急啦。救灾要钱，税收也会减少，财政局长就更难当了。"

他们正说着话，刘锦扬开门进来了。

黄喜顺连忙迎上前去，说："爸，回来了。"

"喜顺，你回来了。"刘锦扬放公文包，换鞋，"你是从哪里回来的？"

黄喜顺连忙接过岳父的公文包，回答说："深圳，刚到没多久哩。"

刘锦扬没有喊朱九妹，朱九妹也没有喊他。他俩只是用眼睛打了下招呼。

还是老程序，刘锦扬一回来，朱九妹就给他倒一杯热茶，送到他的手上。接下来，朱九妹就去厨房做饭。

刘锦扬放下茶杯，连忙抢上前去，说："你休息，休息。我来。你不是生病了吗？"

"十天半月不会死掉的。"朱九妹系围裙，语气带点嗔怨，"你一身脏死了，快去洗澡吧。"

黄喜顺见岳父岳母争着要做饭，就急忙跑进厨房，说："妈，您休息吧。我来我来。爸，您也休息吧，您不是也刚刚才到家吗？"说着，就要接朱九妹在系的围裙。

"你会做？"朱九妹有些不相信黄喜顺会做饭。她想，现在的年轻人哪会做什么饭，自己的儿子就从没进厨房做过饭，也不会做饭，有时最多帮她打打下手。但，朱九妹有心无力，只好把围裙给了黄喜顺。

"妈，放心吧。我会做饭。"黄喜顺把围裙系在腰间，"等下尝尝味道就知道了。"

刘锦扬站在一旁，见女婿抢着要做饭，觉得有些不好意思，要知道女婿也是客。于是，他就说："喜顺，还是我来吧。"

"爸，您去休息吧。"黄喜顺系好围裙，一笑。

"那好吧。那我就去洗一个澡了。"刘锦扬退出厨房，"这么多年，家务事我做得太少了，都累到了你妈一个人身上。从现在起，我也要开始补偿补偿了。"他看了朱九妹一眼，有些内疚的样子。

朱九妹进房去，拿要洗的被单，好赶上晴天洗了晒。要是遇上下雨，

被单又晾不干了。

刘锦扬进了卫生间洗澡。

黄喜顺开始淘米煮饭。

刘锦扬洗完澡从卫生间出来，女婿已经做好了好几个菜放在餐桌上了。朱九妹正在窗台前晾晒刚洗好的被单、枕套等。刘锦扬走到厨房门口，问正在锅里炒菜的女婿，说："喜顺呀，芸芸怎么没和你一起回来？"

黄喜顺边炒菜边回答岳父的话，说："她很忙，摊子上离不开。"

"哦。忙点好，忙点好。"刘锦扬端着一盘炒好的菜放在餐桌上，"喜顺呀，你们这几年确实是发了。可是要合法经营啰。"

"爸，这个您就放心，我和芸芸都是知法懂法守法的。我们一定合法经营，不给您这位当财政局长的爸爸抹黑。"黄喜顺又在锅里炒另一个菜。

"这样就好。"刘锦扬放好菜碗，又在洗菜盆里清洗筷子，"不管我是谁，你们都要合法经营。"

"您放心，我们一定会的。"黄喜顺炒好所有的菜，解下围裙，用抹布打扫灶面卫生，"爸，这次的灾情大吗？"

"大啊！湖区的早稻一部分完全失收，一部分受了很大的损失，灾情不小啊！"刘锦扬把清洗好的碗筷放在餐桌上，准备吃饭了。

"那财政就一定更紧张了啊。"黄喜顺收捡完厨房里的卫生，走出厨房。

刘锦扬摆放碗筷，说："是啊！正在为这个发愁呢！"

"爸，我倒是有个生财之道。"黄喜顺拿着一只碗盛饭。

刘锦扬停放碗筷，问："你有个什么生财之道？"

黄喜顺有点神秘地说："我这次在深圳得到一个信息，他们那里中药材很走俏，特别是杜仲、黄芪等中药材更是抢手货。听说我们县的大山区和附近几个县的山区都有这种药材，只要一转手就是一大笔钱啦。"

刘锦扬说："你这信息可靠吗？"

"绝对可靠。"黄喜顺又拿另一只碗盛饭。

刘锦扬又说："你自己为什么没有去做呢？"

黄喜顺解释说："分不过身来。芸芸天天要守摊，我呢要进货，要推销，还怎么顾得过来呢。"他边盛饭边回过头来，"爸，要不这样好不好，小兵反正不安心在供销社工作，一个月的工资也没有几个钱，干脆要他停薪留职算了，要他先去做这项药材生意，赚头是十拿九稳的。"

刘锦扬听了，想想，摇摇头，说："不行，财政局长的儿子停薪留职跑生意，影响不好。不能这么干。"

"那这笔药材生意不就这么白白放过了，多可惜。"黄喜顺有些不理解。

"不要紧，我不会放过它的。"刘锦扬看了女婿一眼，笑了笑。

他们岳婿俩正在说话，客厅里的门被轻轻敲响。刘锦扬前去开了门。门外站着周股长。

刘锦扬说："周股长，进来进来。"

周股长仍然站在门口，说："刘局长，我是有意找到您家里来的。"

刘锦扬问："有事吗？"

"关于城关镇计生办的……"周股长对餐厅里的黄喜顺看看，好像有点不便说下去。

刘锦扬已知其意，就说："进来说，进来说。"随手拿一双拖鞋放在周股长面前。

周股长换了拖鞋进来。

"来来来，我们到这边来说。"刘锦扬领着周股长进了另一个房间，房门也就随即被关上。

朱九妹对关紧了的房门看看，心里老不高兴地说："这就是他回来帮我做家务事……"就走到餐桌前来，坐下。

一旁的黄喜顺说："爸也是太忙了！"

朱九妹心里的确不高兴。但有些事也不好对女婿说，只好不说刘锦扬的什么了。她端起饭碗开始吃饭，见身边的黄喜顺站着等刘锦扬来吃饭，就说："喜顺，我们吃饭！不等他。"

黄喜顺想，岳父和这位周股长一定有什么紧要事要谈，时间会比较长，也就坐下来吃饭了。

果真是这样，黄喜顺和朱九妹已经吃完饭好一会儿了，刘锦扬也还没有从房间里出来。

刘锦扬和周股长面对面地坐着，二人手里都燃着一支香烟。

刘锦扬说："你说说，查得怎么样了？"

周股长说："吴仁在吴局长的启发动员下，基本上作了交代。那两本发票不是丢失了，也没有自行销毁，而是隐瞒起来了。"

刘锦扬问："有好大的金额？"

周股长说："有两万多块。"

刘锦扬又问："他们作什么开支了？"

周股长说："改装了一辆小车，花了一万三千多块钱，其余的就作福利乱开支了。主要经办人是吴仁。这个事怎么处理？多多少少也就牵扯吴局长了……"

吴福正在财政局工作二十多年，是一位老领导了，他为人精明，干工作也很稳重，从不为了工作上的事而得罪人。因此上上下下的人对他评价比较好。刘锦扬想了想，对周股长说："处理要慎重，等我和吴局长还有局党组其他领导商量以后再定。不过你现在可以把有些情况向计生委主任汇报，但暂不要明指吴仁，只是要他们对乡镇计育办加强督导，在财经问题上强化措施。不要老是问县里要钱，他们应该首先管好自己手上的钱。这对他们也是个暗示。他们以后向县里要钱就不会显得那么理直气壮了。"

周股长认真听完刘锦扬的交代，就起身，说："好，就这么办。我这就走了。"

"就在我家里吃了饭后再走吧。"刘锦扬起身。

"不啦，你家里有客人，我家里也还等着我回去做饭哩。"周股长走出房间，来到客厅门口换自己的鞋，见朱九妹坐在沙发上折衣服，就说："嫂子，打扰了。"

朱九妹抬头，含笑说："就在这里吃饭噻。"

"嫂子，谢了。"周股长换好自己的鞋，笑笑，开门走了。

送走周股长，刘锦扬对朱九妹看看，又对餐桌上看看，只见一双筷子和一只盛了饭的碗，还有几碗菜，就说："你们都吃饭了。"

朱九妹未抬头，回答说："哪晓得你什么时候谈完。"她折完衣服，又起身拿来拖把拖地。

刘锦扬见了，连忙过去抢朱九妹手里的拖把，说："我来我来，你去休息吧。"

朱九妹白了他一眼，说："不要你拖。快去吃饭，饭菜都快凉了。"

刘锦扬肚里确实饿了，要吃饭了，就让朱九妹拖地去。他坐在餐桌前吃饭。饭菜都还是热的。他边吃边自言自语地说："唉，回到家里来也不得安静，总有人找你。"

黄喜顺从卫生间出来，见岳父正在吃饭，就说："爸，我把菜给您热一下吧。"

"不用，不用。"刘锦扬大口大口吃饭，饥不择食。

黄喜顺见岳父满口满口地吃着，就问："爸，我的手艺怎么样？"

"你跟你妈做的一样，味道好。好吃，好吃……"刘锦扬实在饿急了，继续大口大口地吃着饭菜。

朱九妹对刘锦扬爱怜地看着，眼里含着无限的情意！

第 四十四 章

刚刚上班，吴福正和刘锦扬已成习惯，进办公室的头一件事就是整理报纸文件，擦抹桌椅。但是，今早只有吴福正打扫室内卫生，刘锦扬却进办公室放下公文包打电话。电话没人接。他等了几分钟后继续打电话。对方还是没人接电话。他自言自语地说："怎么没人接电话。应该上班了呀。"他点燃一支香烟，吸了一口，又拿起话筒打电话。通了，对方有人接电话了。刘锦扬对着话筒，说："药材公司吗？我是财政局

刘锦扬，请找你们的柴建国经理接电话。"

对方听出了刘锦扬的声音，就说："是刘局长呀，我就是柴建国。"

刘锦扬说："哟，是柴经理呀，你怎么声音都变了？"

柴建国说："这几天感冒了，声音哑了。刘局长，您有什么指示？"

"没指示。"刘锦扬一笑，"柴经理，你们公司最近情况怎么样呀……不怎么样。柴经理，我向你通个信息，最近深圳一带中药材吃紧啦，特别是杜仲、黄芪等中药材特别走俏，价钱也好，你公司现在有这方面的存货没有？没有。听说我们县的山区和附近几个县的山区都有杜仲、黄芪收购，这笔生意你公司可以去做嘛……"

柴建国在电话那端对着话筒高兴地笑着，说："刘局长，这确实是件大好事。可是，刘局长，我们有这个心却没有这份力呀……"

"没有资金，要我们支持……"刘锦扬把话筒从右手换到左手上，右手端着茶杯喝口茶水，接着又说："柴经理哩，今年县里的财政也很吃紧啦……你公司实在没有能力。这到手的生意不做实在可惜呀！这个问题……看到的钱不抓实在太可惜了。"

柴建国仍在电话那端诚恳地说："刘局长，如果财政上能给我们一定支持，我们一定把这件事搞好！我们也想为县财政多做点贡献，多交点营业税啦……"

"这样吧，我们开个党组会研究一下，向江县长汇报，看能不能从企业周转金里面调剂一点给你们……"刘锦扬想了想，又说："不过，我把话说在前头啊，你公司一定要讲诚信，按时归还啊！"

"我们一定讲诚信。财政局帮我们的大忙，我们坚决知恩回报，多多为县财政做贡献！"电话那端的柴建国信心百倍，表态十分坚定。

"好！就这样吧，赶快行动。"刘锦扬放下话筒，像是又完成了一件重大任务，心里特别轻松。

吴福正边打扫室内卫生，边听刘锦扬和县药材公司经理柴建国通电话。他见刘锦扬通完电话，就问："你这条信息可靠吗？"

"基本可靠。我女婿昨天才从深圳回来。"刘锦扬端身靠在椅背上，一脸兴奋，"老吴，从这件事上我还得到了一个启发，那就是我们能不能抽出那么两三个人，成立一个信息服务中心，收集一些创收信息，而且多和各地的财政部门加强联系，如果能抓住一两条有利的信息，那也就是一笔财富啦。而今是，信息就是财源的时代啦……"

吴福正收捡完自己的办公桌，坐下来，认真听刘锦扬滔滔不绝地说完他的设想，心里也在思考。是呀，而今是信息时代，办什么事都得先要掌握信息。当前县财政只能保"吃饭"，根本没有剩余的钱办大事。倘若要办一件大事，就得拆"东墙"补"西墙"。如此这样长期下去，只会是县财政越吃越紧，最后是入不敷出，寅吃卯粮。要逐步摆脱财政困境，只有培植财源，发展产业，增加财政收入。想到这里，他十分赞同刘锦扬的想法，就说："是个好办法，可以试一试。我们不妨成立一个财源办。"

"对对对，我就是这个意思。"刘锦扬连连点头，和吴福正的想法不谋而合，"好。那我们就决定这么搞。要人事股向县编委打个报告。"

门外，高跟鞋响起，不快不慢，由远及近的很有节奏，是叶秋进来了。她着一身紫色套装，窈窕的身材线条分明，在门口一站，夺目生辉。她面带微笑地说："刘局长，吴局长，省厅的电话已经打了，找到了杨处长和彭副厅长，汇报了我们县的灾情，请求省厅给予我们一些支援。"

刘锦扬急忙问："他们的态度怎么样？"

叶秋走到了两位局长的面前，喜眉笑脸地说："态度还蛮热情，答应尽可能地多援助我们一点。"

室内三个人都笑了。

刘锦扬笑着说："怎么样，我说你这个外交家一定能把事情搞好嘛。他们对你的印象很深，我每次去省厅，他们都问到你。下次把他们两位请来了，你再好好陪他们跳跳舞。"

叶秋娇甜地一笑，说："你把我当作交际花了！"

"革命的工作交流也是非常非常需要的嘛。甚至还是很光荣的哩。"刘锦扬自然一笑，同时看一眼吴福正。

吴福正很有领会地说："是呀是呀，你为财政局立下了汗马功劳，是我们的福星。"

叶秋收敛笑容，假装很镇重地说："你们也别高兴早了。到手了才能算数。"停停，她又说，"另外，昨天江县长打来电话，问我们近期内能不能拨出一笔救灾款，他等着急用。"说后，看着两位局长。

"哎呀，这可是没有预算的呀。现在预算内的钱我们都拨不出，这预算外临时突发的事……"刘锦扬面现难色。

救灾款是一定要拨的，可是县财力又承担不了。等财政厅的援助款下来又不知何日。刘锦扬确实有些束手无策了。

"还有，昨天裴县长也来了电话，说县氮肥厂设备陈旧，已远远不能适应形势发展的需要，想改造一下，如果动工的话，起码也得上千万。"吴福正也把他接到裴副县长的来电说给刘锦扬听。

现在，每个副县长都只管自己的一方领土，不管财政多么困难。他们只要自己所管的领土完好无损，或者平平安安不出乱子，他们就心安理得了。那么还有县委副书记、人大常委会主任、政协主席、组织部长、宣传部长等等，都是他的顶头上级，他们都要钱，都只管好自己的领地，他这位财政局长就被撕扯得只剩骨渣了。刘锦扬想到这里，心里十分伤感，就有些情绪地说："而今到处都要钱、钱、钱，我不被钱逼疯，也会被钱想死呀！"

一时间，三个人都无可奈何地相互望着，谁也没有先开口说话。

第 四十五 章

这又是一个中秋节。吃了晚饭，刘锦扬全家人坐在阳台上赏月。他把所有的窗门都打开，好让明月的银辉照射进来，如水晶般洒在每个人的身上。全家人这样齐齐整整在一起的日子并不多，只有朱九妹除了上班时间就在家里保姆似的忙着家务，哪里都不去地守着这个家。

一轮圆圆的月亮在薄薄的云层里穿进又穿出，偶尔遇到一小朵黑云，它的光芒便会灰淡下来，穿行的步子也有些艰难而疲泛。但并不会削减它在今夜的魅力。

茶几上放着月饼、水果、瓜子、花生之类的食物。刘锦扬、朱九妹、刘芸芸、刘小兵、黄喜顺面对茶几围坐，品着茶，嗑着瓜子、花生。

"今天又是中秋节，我爸这位大国家干部带回来的是什么月饼呀？"性格开朗的刘小兵看着瓷盘里的月饼，忍不住嘴地说话了。

"还不是这号小月饼，质量比去年的还差哩。"刘芸芸拿上一个刘锦扬带回来的月饼看看，"我记得去年我爸带回来的还是苏式月饼，大概是三四块钱一斤。今年这种本地产的土特产呀，大概一两块钱一斤吧。"

刘小兵今天很开心，不像个二十大几的小伙子，倒像个七八岁未懂事的小孩。他平时有点害怕父亲，可他今天不怵怕了。他学着姐姐的样子，从瓷盘里拿了一个父亲带回来的小月饼，说："我爸不像是个国家干部、财政局长，管着一个县的钱，比我和妈这个集体职工还不如哩。和姐姐、姐夫这个个体户比起来呀，就更是相差万里了。"

"今年县里遭了灾，财政比去年还要紧，你们就不要挖苦你们的爸爸了。"朱九妹见儿女开开心心地开着父亲的玩笑，自己也特别的高兴。却见丈夫刘锦扬脸上一直挂着微笑不说话，就帮他打圆场。

刘芸芸虽然领会母亲的意思，却仍然开着父亲的玩笑，说："爸，我看您这个财政局长当得窝囊哩。"

儿女虽然说的是玩笑话，但说的也是大实话。刘锦扬笑一笑，说："我这个财政局长是窝囊啊！"

财政局长这名号听起来很响亮，大家都认为是一般科局长不可比的，其实只有他刘锦扬自己清楚扮演的是一个什么角色。人家喊他财老板，他只不过是县里的一个穷管家，要钱没钱，要物没物。在别人看来，他做着不是财政局长应该做的事。为了搞到钱，分内分外的事他都得去绞尽脑汁，有些事还费力不讨好。难道说他这个财政局长当得不窝囊？

刘小兵又从瓷盘里拿了一个最大的月饼，左看右看，突然对姐姐说："姐，你今年带回来的月饼比去年的还要大，今年同去年比，你和姐夫

只怕又发大了吧？"

"不发一点儿，这一年我和你姐夫不是白干了？"刘芸芸吃着苹果，转眼高兴地对身边的丈夫黄喜顺看。

"你这个个体户越来越富，可我爸这个财政局长却越来越穷。"刘小兵掰了手里的月饼送进嘴里吃一口，转而对父亲看，"我看我爸应该好好向个体户学习致敬。"

整天忙于工作，很少有时间和儿女在一起开心地说说话了。今天是一个开心的日子，刘锦扬的心情也特别的好，儿女说的话，他不仅不生气，反而觉得有一些道理。儿子的话提醒了他，他保持着良好的心态诚恳地说："我是应该向你姐和你姐夫学习。"他端起茶杯喝了一口茶，略有所思，然后问女儿，"芸芸，我想问问，你们两个而今手里到底有好大一个数了？"

刘芸芸看一眼身边的黄喜顺，一笑，说："不大，就是一个几万块钱吧。"

"绝对不止。"刘小兵嘴里吃着月饼，连连摆手，"去年你亲口告诉我就有二十万的定期了，今年你和姐夫起码有这个数了。"他伸出三根手指。

"共三十万了？"刘锦扬看着女儿和女婿，"芸芸，你和喜顺真有这个数？"

刘芸芸听父亲问，只笑没说，朝黄喜顺看一眼。黄喜顺见身边的芸芸看自己，也不知怎么回答岳父，也就一笑，没说。

"我这还是最保守的估计哩。"刘小兵急忙替姐姐和姐夫点头。

刘锦扬对女儿又看看，没有继续问她个证实。

刘芸芸抿嘴而笑，弟弟的话，她并不加以否认。

刘锦扬又问女婿，说："喜顺，你说说，到底有好多？"

黄喜顺笑笑，说："具体的数我也不十分清楚，都是芸芸掌管着哩。小兵说的那个数差不多吧。"

"真有二十万了？"刘锦扬有点不相信，三年还不到，他们就在银行存了三十万。他看着女婿。

黄喜顺点点头。

刘小兵说："爸，我没估计错吧。"

"我真不理解，就凭你们那个小小的服装店，三年不到就赚了那么多钱？！"刘锦扬除了真替女儿女婿高兴，还有些想不到的质疑。

刘芸芸说："爸，这有什么不好理解的，各有各的门道嘛。这就叫'滴水成河，粒米成箩，积少成多'嘛！"说完，调皮地靠在朱九妹臂膀上，"妈，当家是不是这样子的？"

朱九妹用赞许的目光看着女儿，高兴地点头。

刘锦扬仍然有些质疑。他说："就凭你们在服装店里零卖那么几件衣服，怎么也赚不了那么多钱。你爸我也当了两三年的财政局长了，也多多少少摸到了一点理财的门道。我还是有些不相信。"

刘芸芸看着父亲，神秘兮兮地说："您不相信，那就请到我们的服装店去看看吧。"

刘锦扬手一扬，说："我是得要去看一看，不过不是明天，也不是最近。最近事很多的。"

时间已近夜里十二点，月亮爬过了中天，皎洁的月光斜照在窗门上了，阳台上有些灰暗。小区里显得很安静，对面家家户户的灯都熄了，唯独他们家的灯亮着，一家人还在继续赏月聊天。

朱九妹似乎身体有点不舒服，挪了挪身子，说："你们爷儿几个一年四季难得碰到一起，一碰到一起了，总是要打嘴巴官司。我看你们就多吃点少说一点吧。"

黄喜顺欢欣地说："妈，一家人说一说，热闹哩。"他没有兄弟姐妹，父亲在他十八岁那年就去世了，母亲在他和芸芸认识后不久也不在了，芸芸的一家人就是他的亲人，逢年过节多了几个人在一起说话，他感到自己很幸福。

朱九妹感觉自己身上确实很不舒服了，有些坐不住了，就说："好吧，那你们就开心地赏月说话吧，我有点不舒服，先去睡了。"说着，站了起来。

刘芸芸见母亲起身去睡，就连忙跟着站了起来，说："妈，我看您的身体越来越不行了。我明天陪您去医院好好检查检查。"

"我没有什么大病。我自己知道。你们都是大忙人，还是忙你们自己的事吧，不要管我。"朱九妹离开阳台，"你和喜顺明天还要赶火车去进货哩，也早点睡吧。"

刘芸芸搀扶着母亲，说："喜顺一个人去，我留在家里陪您几天。"

刘锦扬看着妻子精神不振的样子，说："芸芸，你明天一定把你妈带到医院去检查检查。"

"妈要是不去我就背。"刘芸芸陪着母亲走进了房间。

月亮躲进云层，月色暗淡下来，时间也到了子夜一点，刘锦扬和孩子们又说了一会儿话，就各自睡觉去了。

第 四十六 章

吃了早饭，刘芸芸就陪着母亲出了门。

江东县人民医院的大门坐北朝南，大门两侧，满是个体户的水果摊，门口穿进涌出的人很多。院子里很有秩序地停了几十辆自行车，看病的探视的人进进出出。

大厅里，挂号看病的人排成长队。

刘芸芸挂了号，就带着母亲上了二楼，来到内科诊室的门口。见诊室里面医生正在给病人探病，刘芸芸就要母亲坐在靠墙的条椅上，等着医生叫号。刘芸芸把母亲的挂号单和病历本一块夹在墙上的一根铁丝上，自己贴着母亲坐下。

好不容易才轮到朱九妹看病，她就坐在医生跟前的一只木凳上。

给朱九妹诊病的是位中年的医生，态度很好，看病很认真的。医生详详细细地问了朱九妹身体上的一些情况，就在病历本上写着病情。医生写好病情之后，把病历本和处方笺交给朱九妹，说："去划价交费，两天以后再来吧。"

朱九妹拿着病历本和处方笺出了内科诊室。

刘芸芸陪着母亲离开了内科诊室，去大厅的前台划价交费后，又陪着母亲去切片。切片做完就要母亲坐在大厅里休息，谎说自己去上卫生间，就跑上了二楼。

刘芸芸走进内科诊室，见医生没有看病人，就上前问医生，说："医生，我妈的病……"

医生记得刘芸芸，就说："现在还很难说，不过有很大的可能性，等切片结果出来吧！"

刘芸芸又问医生，说："医生，您是说我妈很可能是宫颈癌？"

医生说："两天以后来看切片结果吧。我估计八九不离十。"说完，就叫下一个病人进来看病。

刘芸芸听了不禁一怔，突然脸色就变了下来，如五雷轰顶，就好像天会塌下来。她的眼泪一下子流了出来。但她一定要控制自己悲伤的情绪，不能让母亲看出什么来。可她又想，假如母亲真的得了宫颈癌，那全家怎么办呀！她两腿发软，有些迈不动步子。

说去上卫生间，却来了内科诊室，而且来了这么久，只怕母亲在担心。刘芸芸擦干眼泪，就匆匆忙忙地离开了内科诊室，下二楼去。

135

第 四十七 章

服装市场大门口，遍地都是人，大包小袋，扛的扛，抬的抬，提的提。市场里就更是人山人海，不见身子，只见人头攒动。一楼是服装批发兼零售，一间接着一间的服装店，星罗棋布，家家店里服装琳琅满目，有大人穿的，有小孩穿的，有单衣，有棉衣，有内衣；有色彩鲜艳的，有颜色浅淡的；有高档的，有低价的……应有尽有，真是服装大汇集。这里全是个体户开的店面，老板有本地人也有外地人，外地人尤为浙江佬占多数。服装店的前半部分挂着零售的服装，后半部分用布幔与前面隔开，用来批发服装。

刘锦扬走进了服装市场，到处看看，走走。时而又在服装店门口停下来，看商家怎么与顾客成交服装……他似乎是用一种研究的眼光来看待眼前的一切。他走走停停，停停走走，左转右拐，穿过几条廊道来到一十字廊道口停下来。

廊道口边有一家服装店，面积有六十平方米，两边墙上展示出各种款式各种颜色的男女服装，店里的衣架上也挂满了各种各样的男女服装，已经有好多人在试衣看衣。这个服装店便是刘芸芸和黄喜顺开的。

刘锦扬来到了服装店的门口，他不想惊动店里正在卖服装的女儿，就侧身悄隐在店门边，只伸去半个头来往里看。他把帽檐拉得低低的，假装顾客观赏门两边模特上的衣服。

又有很几个女顾客走进店里来，她们动手翻看墙上挂着的衣服。刘芸芸急忙走过来，说："高档衣料，昨天才进的货。可以试穿。衣服是穿在身上看的，只有穿在身上才知道衣服好不好看合不合身。"听她这么一说，就有一位女顾客拿了一件衣服走进试衣间。不一会儿，这女顾客穿着衣服出来了，走到试衣镜前细看身上的衣服。刘芸芸又走近这女顾客身边，一个劲地说衣服穿在她身上好看合身。

刘锦扬仍然隐身地站在店门边，悄悄观看女儿是怎么做生意的。

在刘芸芸地鼓动下，其他的女顾客也都相继拿了一件时髦衣服穿在身上，在试衣镜前左看右瞧。刘芸芸见时机已到，随即从衣架上起下一件很新潮的衣服介绍说："这是最新出品的服装，款式流行大方，各种颜色都有，在港、台地区刚刚开始流行。在我们这里还是首次亮货，可真算是物美价廉，才八十块钱一件。现在是九十年代了嘛，穿衣服就是穿的个式样，穿的个新潮，讲个派头！大家如果不信，我当场就穿给大家看。"说着，她把衣服穿在身上。

顾客们看着。刘锦扬也在悄悄地看着。

由于刘芸芸身材修长匀称，穿什么样子的衣服都好看。她穿上衣服以后，在那极其狭小的地方，模仿着时装模特儿的派头，走来走去，把店里店外所有想买衣服的人的眼睛都紧紧地吸引住了。有些女顾客跃跃欲试，穿上她拿的款式衣服。刘芸芸又抓住时机说："我们个体户也不是一门心思只想赚钱，我们更加讲究姐们义气。只要大家看得起我，我们就结交个朋友，我再出点血，就打算是给姐们从广州带件衣服回来，每件只卖七十元。如果要打货的，批发价每件只有四十五元。不赚钱，也不贴本。做生意的人不赚钱就是最大的义气。那些自吹自擂说是赔本卖货的，其实都是说的假话。"

店里又进来了几个男女顾客，看样子是进货的，手里都拿着硕大的布袋。刘芸芸就接着说："哥儿们姐儿们，看得起，我们就交个朋友，一回生，二回熟，三回四回是朋友……我们就算交个朋友吧。"她看到有个女顾客在掏钱，又忙说，"这位美女要买一件是不是？根据这位美女的体型和肤色，买这种颜色是最最合适了。"她随即从这个女顾客手里拿过去七十块钱。又有一个女顾客想要，她又为这个女顾客挑选了一件。一会儿，她卖出十多件。这种式样的衣服不多了，她又拿上了另外一种式样的衣服，又照样地吹嘘一通，又有人掏出钱来买。一会儿，她又卖出了十几件衣服。

站在人们身后一直不动声色的刘锦扬用欣赏的眼光静静地看着。

见生意来了，怕刘芸芸一个人忙不过来，一直在布幔后面忙乎的黄喜顺便走了出来，在刘芸芸的身后为她当助手，替她把衣服拿上拿下，放进放出。当他发现有位男顾客对他手里的服装很感兴趣时，他走了拢去，问："先生，想买服装吗？"

这个男顾客点点头，说："这种款式的服装还多不多？"

黄喜顺明白，就说："多。你是不是要整批的？"

这个男顾客又点了点头。

黄喜顺用手一示，说："请跟我到后面来谈吧。"

这个顾客就跟着黄喜顺进到了布幔的后面。

刘芸芸在继续招揽和兜售生意。顾客走一批又来一批。

刘锦扬似乎有所发现，就进了店门，来到布幔后面，悄悄藏了起来，细听女婿和那个男顾客的对话。

黄喜顺和这个男顾客在讨价还价地争辩着。

刘锦扬悄悄地离开了女儿女婿的服装店，又在另外一些服装店门前转悠。他不停地走进服装店观察、谛听，有时也装着要买衣服，问问价钱，与店老板闲扯闲扯。有时会碰上认识他的市场管理干部，正要上前喊他时，他立即主动上前招呼，不让对方喊出他的官职来。他会拉着市场管理干部在一旁小声交谈，了解服装市场的情况。

第 四十八 章

刘锦扬亲自下厨做了几个菜，特意把女儿女婿叫回家来吃饭。

当然，他不会直通通地说找他们有事要谈，而且是服装店里的生意事。他只是说他要减轻朱九妹的负担，尽量在家里做一些家务事，不是口头上说说，而是用实际行动来证明。

所以，他从服装市场回来之后，就没有去局里了，给叶秋打了个电话说今天不到局里去了，就直接回家里来了。

快关门谢客的时候，刘芸芸接到了父亲打来的电话，就立马关了店门，和黄喜顺买了一些水果之类的食物就到父亲家里来了。

吃完晚饭，刘芸芸就帮着父亲洗碗拖地，打扫完餐厅客厅卫生，就和家里人坐在一起喝茶，吃水果。这会儿，刘锦扬在继续和女儿女婿说话。谈论的主题，刘锦扬由生活琐事转到了刘芸芸和黄喜顺的服装生意上来。

刘锦扬理由充分地说："你们赚钱的手腕我见识过了。你们确实会做生意。但我敢说，尽管你们会招揽顾客，但靠你们在店里零买那些衣服，是无论如何赚不到你们说的那几十万块钱的。"

刘芸芸心怀叵测地反诘："依您说，我们的钱是怎么来的呢？"

"昨天和今天我都在服装市场里转悠。就在两个小时前，我才从服装市场回来。"刘锦扬有些得意地说。

"爸，您去那里干吗呢？您是财政局长。那也是您管的工作？"刘芸芸有些不理解父亲的言行。

刘锦扬说："对！看起来不是我管的工作，其实是我应该管的工作。"他认真地看看女儿和女婿，"昨天你在店里卖衣服，喜顺和一个男顾客到布幔后面搞什么去了？"

刘芸芸猛然明白父亲的意思，就假说："那个顾客想挑选衣服的式样和颜色，喜顺就带他到布幔后面看服装去了。"

"仅仅是挑选服装的式样和颜色？告诉你，你爸不是傻子，对你们的搞法已经是早有怀疑了，昨天不过是去亲眼见识见识，证实我的怀疑是不是对的。在我面前你们就不要要小聪明了。"刘锦扬盯着女儿和女婿，语气十分强硬。

黄喜顺一直听着，不敢言声。他知道岳父训起人来是不讲情面的。对自己的子女也不例外。

刘芸芸却不这样。她从小就不怕父亲的训斥，更何况她没有做错什么事。只要自己有理，她就要据理力争。她一步不让地说："依您说，我们的钱是怎么赚来的？"

"你们自己最清楚不过了。"刘锦扬表情很严肃，说话的声音也大了起来。

毕竟是做女儿的，刘芸芸猜到了父亲如此生气的原因。她有点无话可说。但做生意很难，她也有委屈。就是自己有委屈，也不想惹父亲再生气，也得克制着自己的情绪，不让眼泪流出来。

黄喜顺知道刘芸芸此时此刻的心情，也猜到了岳父为何生气，就赶忙出来圆场，说："在爸面前我们就不要躲躲闪闪了。爸，老实告诉您，我们一面零卖，同时也还做了一些批发生意。"

"你们的税是怎么交的？"刘锦扬寸步不让，也不顾女儿的情绪。

刘芸芸对这个问题很敏感，就说："爸，您问这个是什么意思？"

"你自己应该明白。你们是固定门面，税额是定死了的。那是根据你们自报的零售营业额估算的，而你们自报的那个零售营业额本来就是少报了的。而你们却又在背后做了大量的服装批发生意。你们的实际营

业额远远不是你们自报的那个数。这样，你们就偷漏了国家大量的税收。你们确实发了财，在买进卖出中确实也赚了一些钱。但是，你们的钱的大部分是偷漏的国家的税收。"刘锦扬平下心来，详详细细认认真真地给他们算了这笔账。

"爸，您这样说，打算要我们怎么搞？"

尽管刘锦扬指出了他们存在的问题，但刘芸芸仍然不愿接受。

"怎么搞？"刘锦扬抬高语音，一本正经地说，"国家给了你们这么好的政策，给了你们这么好的机会，你们应该对得起国家。"

"我们照章纳税了，就已经对得起国家了。"刘芸芸也声音大了起来。她不认为自己是在偷漏国家税收。

"照章纳税了？说得好听吧。你们按照你们的实际营业额纳税了吗？你们幕后成交的大批量的营业额纳税了吗？你们已经缴纳的税收只不过是你们应该缴纳的税收的十分之一二，最多也不会超过十分之三。你们应该向国家补交应交的税款。"对于女儿和女婿的行为，刘锦扬不想迁就。尽管是自己的女儿女婿，也得按照国家税收条例履行自己的职责。不能因为他是财政局长，就可以对自己的孩子网开一面。也正因为他是财政局长，就更应该严格要求自己的孩子按规矩办事。

刘芸芸被父亲的话震惊了。长这么大，她还从没有看到父亲对她发这么大的火。听父亲说这些话，她也不高兴了，也来了火气，有些激动地说："爸，是不是您这个财政局长当得不顺心，手边没钱，找您的女儿女婿来出气了。爸，您这样做，对得起您女儿吗？"她也不管自己的父亲受不受得了，连珠炮似的说话。

也许是最近工作忙压力大，刘锦扬火气较大地一下子站了起来，指着女儿，说："不许你这样说！你爸的这个财政局长是当得不顺心，手边也是没有钱。但是绝不是因为县里的财政紧，就找你们个体户要钱，绝对不是。是你们这些挖了国家墙脚的个体户，应该向国家交上你们应该交的税款，这是天经地义合理合法的事。不这样做，我们就对不起国家，对不起人民。"他把事情看得如此严重，上纲上线。

刘芸芸听不进去，倔性子上来了。她振振有词地说："爸，您口口声声国家、人民，您才当了几天财政局长。听妈说，当初把您打成右派分子，放到农村里劳动改造，您也口口声声国家、人民，还不是遭整挨斗。"她才不管父亲受不受得了，就是要说，就是要气他。

"你……你……"刘锦扬被女儿的话气得不行，"国家是把我打成过右派。但就是在把我打成右派的时候，我也没有忘记国家和人民。一个人的心目中没有国家和人民，那还能算是一个人吗？！不管怎么说，要你们如实地向国家纳税，这是任何一个公民最起码的义务，也是做人的最起码的品格。"

刘锦扬连自己都不知道，今天为何对女儿生这么大的气，发这么大的火。他还从来没有用这种语言训斥过自己的女儿。女儿从小就很听话，也不让他操什么心。就是他没有像别人的父母给她安排好的工作，她也从来没有怨恨过他，完全靠自己的努力奋斗生活。可是，在偷漏国家税款这个问题上，她做错了。他不能原谅女儿。所谓亡羊补牢，为时不晚。他必须使女儿认识到自己的错误，必须让女儿很快改正。

可是，刘芸芸不知父亲苦心，也不知偷漏国家税款是何等的结果。当前的税收政策大了哪里去了，偷漏国家税款一旦被查实是要被处理的，重者被刑事拘留。刘芸芸继续顶撞父亲。她说："那您硬要我们补交税款喽。"

"这是合理合法天经地义的事。"刘锦扬认真地说。

"我们要是不交呢？"刘芸芸犟着性子。

刘锦扬不管面前的是女儿还是别人，他都严肃地说："不要忘记，国有国法。你们要是成心损害国家利益，而且还执迷不悟，国家会对你们绳之以法。"

"爸，您这样做，还算是我爸吗？"刘芸芸简直要哭了。

刘锦扬仍然严肃地说："正因为我是你们的爸，我才首先要求你们做一个守法的公民，做一个具有起码的人的品格的人。"

刘芸芸摇了摇头，气得眼泪快要流出来。世上哪有这样父亲逼女儿

的。她有些怀疑自己是不是父亲亲生的。她怨恨地说："爸，到现在我才真正认识了您。您是从来不把我们姐弟放在心上的。当初，您在农村劳动改造，我们跟着您过的是什么日子呀！我们长大了，您管我们的工作了吗？我们四处求人，到处都没有门路，万不得已，我才去当了个体户，从手提竹篮子卖甘蔗橘子开始，一分钱一分钱地攒。饿了，两毛钱一个的馒头也舍不得买来吃；渴了，五分钱一杯的茶水也舍不得买来喝，偷偷摸摸地喝人家的自来水，遭人家几多的白眼。"刘芸芸越说越委屈，心酸的泪水像断了线的珍珠"啪啪"往地上掉。

黄喜顺在一旁听了心也酸，就忙递纸巾给刘芸芸擦眼泪，安慰她，说："芸芸，事情都过去了。爸当时也是没有能力，你就小人不记大人过。你别把爸说成跟别人似的。"

刘芸芸擦了眼泪，仍然不解气地说："而今，我们有了几个钱了，您就要从我们身上开刀。爸，您好狠心啦！弟弟现在还是个乡供销社的集体职工，连个对象也说不上。爸，您管过吗？我那时没有工作，您安排不了，我不怪您。可是，现在您是个财政局长，您出面，把弟弟转成全民职工，调到县城里来工作，您做不到吗？妈也是个集体职工，而今病成这个样子，连医药费都报销不了，您又对她关心了好多呀！爸……"说到这里，刘芸芸又再一次哭了。而且这次哭得很伤心。

听着女儿的一番诉说，回想过去的一些事，对于儿女他不是一个称职的父亲，对于妻子，他不是一个体贴的丈夫。女儿的哭诉，使得刘锦扬心里也很不好过。他了解自己的女儿，虽然她外表刚强，但内心却很柔弱，倘若仅仅是在偷漏税款上他说了她几句，是不会使她这般伤心难过的。她必定有什么悲切之事无法表白，才会如此伤感落泪。刘锦扬想到这里，突然想到了女儿陪妻子到医院检查身体之事，又联想眼下女儿的激动情绪，就忙问："芸芸，你妈她身体怎么样了？切片检查的结果出来了吗？"

刘芸芸哭着从提包里拿出了母亲的检查单，对父亲说："爸，您拿去看吧。"刘芸芸更是哭得厉害了。

刘锦扬拿过检查单一看，不禁一怔，随之就呆了、傻了……检查单从刘锦扬的手里掉下来，飘落到地上。

黄喜顺上前把检查单从地上捡了起来，认真一看，头也耷拉下来了。

刘锦扬眼里两颗晶亮的泪水从眼角慢慢地溢了出来，头脑一阵发昏，有些站立不稳，便一屁股坐在沙发上。

这时，听他们父女两个争吵又安静下来的朱九妹从床上下来，带着一脸病容慢慢从房间里走了出来，说："你们父女两个这是怎么了，大家都忙，好不容易会到一起，还没说上几句话，就吵了起来。芸芸，你就不能让着你爸一点……"

刘芸芸看了母亲一眼，很伤心地喊了一声"妈——"又伏在沙发扶手上哭了。

见朱九妹拖着病体从房间里走出来，刘锦扬赶忙走拢去，扶住了朱九妹，说："你去好好休息吧。这里不关你的事。我们父女两个为工作上的事争几句吵几句不算什么。明天你去住医院吧。"

朱九妹说："你们这么吵吵闹闹的，我能休息吗？明天我也不去住院，又不是什么大不了的病。我还是边工作边休息吧。再说，这家里也离不开我呀。"说着，她坐在女儿的身边，轻拍着女儿的背，说："芸芸，哭什么哟，有话好好跟你爸说。莫哭……"

刘芸芸转过身来，伏在母亲身上哭个不停。

朱九妹又轻拍着女儿，说："莫哭，好好跟你爸说啊！"

刘芸芸不能把母亲的病的真相告诉母亲。她止住哭，对母亲说："妈，明天我陪您去住院啊！女儿陪着您。"

"不用，又不是大病。"朱九妹说，给女儿擦眼泪，"有话好好跟你爸说啊！"

刘芸芸点点头。

刘锦扬后悔没有关心好朱九妹，现在她得了这种病，他又不能把真相告诉她。他爱怜地对朱九妹说："九妹，你就不要管那么多了。你还是去床上休息吧。我们声音小一点好了。"他把朱九妹搀进了房间。

黄喜顺一直站着，把那张检查单藏在背后，不让岳母看见。见岳父扶着岳母进了房间，就小声地对刘芸芸说："芸芸，我们就补交一点税款吧。"

刘芸芸说："你没有吃亏，你不心疼。"

黄喜顺说："爸当财政局长，财政局长的女儿不带头交税，爸也不好做其他人的工作呀。还是补交一点儿吧。"

刘锦扬安抚妻子睡下后，从房间里走了出来，看他那样子心里也很悲戚。他轻声细语地对女儿说："芸芸，你妈的病怎么就拖成这个样子了呢？你明天去陪她住院去好吗？"

刘芸芸低语地说："医生说了，妈是宫颈癌晚期，已经没有住院的必要了。就让妈在家里好好休息吧。"

刘锦扬说："那你就多尽点孝心，多回来几次，好好陪陪你妈。跟小兵也说，叫他有空就回来陪陪妈。我呢，也多回来，尽量减少外面应酬，多陪陪你妈，多做一些家务！我们大家都多回来陪陪你妈！"说着，他的眼泪又溢了出来，声音也有点变了。

刘芸芸点点头，黄喜顺也点点头。

接着，刘锦扬很动情地轻声对女儿说："芸芸，你刚才的话，也不能说完全没有道理。我对你们姐弟两个是关心得不够，对你们的妈也体贴得不够。不过，我确实也有我的难处呀。我是当了财政局长，也是有一些实权，确实也有人求我。但是，我一当财政局长就把自己的儿女招工招干，由集体转全民，由农村调县城，我做不出来呀。如果我那么做了，人家会怎么看我？又会怎么看待你们姐弟两个呀？芸芸，我是这样想，我现在还是一个共产党员，可我觉得我不是一个合格的共产党员呀！我没有事事处处都把党的利益、人民的利益放在第一位呀。而今不是都在说党风不正，党内有腐败现象吗？假如我一上台，就把你招工招干，就把小兵调到县城里来，转为全民职工，人家会怎么看待我们党呢？又会怎么看待我这个共产党员呢？我们都说要克服党内的不正之风，而我们党员又都在搞不正之风，这个不正之风又怎么克服得了呢？我可以那么做，但是，我不忍心那么做呀！党心、民心，还有我自己的良心都不允许我那么做呀！要是我那么做了，那些没有当官没有权力的人的子女又会怎么想呢？芸芸，你就靠你自己的双手实实在在地生活吧！这几年你不是干得很好吗？靠关系，走后门，可以得逞于一时，但终究是不会长久的。只有艰苦奋斗，自力更生才是人生的康庄大道！芸芸，这点你能理解爸吗？你爸的苦心，你能理解吗？"

刘芸芸被父亲一番诚挚的肺腑之言所感动，泪水涔涔地喊了一声："爸！"她释怀地笑了。

刘锦扬也眼泪汪汪。

停了一会后，刘锦扬继续说："芸芸，关于你们交税的问题，你们全面地仔细地好好想想吧。我们做人，要把心放在中间啊！你们要那么多钱做什么呢？要走共同富裕的道路。你们算是先富起来的了，要知足啊，拿出一点钱来，补上你们应交的税款吧。你们这样做，爸的脸上也光彩，工作也会好做一些。党和人民也不会亏待你们。你们为国家做了贡献呀！"

黄喜顺也被岳父的话感动了，连忙插话，说："爸，我和芸芸商量一下。我们会补交税款的。"

刘锦扬欣慰一笑，说："这样就好。在个体户中，也不是铁板一块，不少个体户也是很开明的，也是知法懂法守法的。爸会去做他们的工作，要求他们站出来和我的女儿、女婿一道带个好头，做好补交税款的工作。"

黄喜顺知会了刘芸芸一眼，说："爸，您放心，我和芸芸一定会这样做。"

刘锦扬说："这样就好。你们到底不愧是财政局长的女儿和女婿。芸芸，今晚你和喜顺就不走了，我们就好好陪陪你妈吧。"

刘芸芸抹了抹眼泪，乐意地点了点头。

此时，夜已经较深了。月光从窗口照进来，光亮变得十分微弱。

第 四十九 章

县政府小会议室里，已经坐了刘锦扬、税务局长严为明、工商局长阮和生、市场管委会主任乔彬，还有政府办公室主任和秘书在座。会议还没有开始，政府办主任赵亮武说江副县长还有一点事办后马上就来。女接待员给各位倒了一杯热茶递上。大家喝着茶，聊着天。

一会儿，江副县长走进小会议室，来到会议方桌一端坐下，从公文包里拿出记录本和笔。

女接待员给江副县长递过一杯热茶。

秘书已经做好了会议记录的准备。大家也都打开各自的记录本，做好记录的准备。

江副县长端杯，呷了一口茶，清清嗓子，扫了在座各位一眼，说："今天把你们财政、税务、工商、市场管委会，还有政府办五家召集在一起，开个联系会，商量一件事。我觉得这件事应该搞，而且要抓紧搞。"他扭头，对坐在他右侧的政府办主任赵亮武说，"赵主任，会后请你以县政府的名义拟一个文件下发。"

赵亮武连忙点头，说："会后立即发。"

江副县长接着说："现在请财政局刘局长先把他的一些想法给大家说一说。"

刘锦扬喝了一口茶，咳一声以清嗓。他说："这件事我考虑很久了。已经向江县长汇报过。我觉得我们县的个体户偷税漏税较严重，而且还比较普遍。这恐怕不仅仅是我们一个县的问题。这对国家是很大的损失。我们既然知道有偷漏税问题，就要尽可能想办法解决。我想这样做，不知大家的意见怎样，我先说说我的一些不成熟的想法……"

刘锦扬把他最近暗访调查个体户的一些情况整理写成了文字材料，把它从公文包里拿了出来，分发给大家一份。他发好材料，说："这是我最近调查服装市场、家电市场、轻纺市场和副食品市场个体户经营的一些情况后写的一份调查材料，请大家过目，提提建议！"

在座的各位边听刘锦扬的汇报，边看他的调查材料。

会议在继续进行。大家讨论热烈。

第 五十 章

刘芸芸在家里陪着生病的母亲。她端着一碗参汤走进母亲的房间。

朱九妹躺在床上，病魔缠身。

刘芸芸进了房间，将参汤放在床头柜上，说："妈，您把这碗参汤喝了吧。"

朱九妹没精打采地说："生汤？什么生汤？"

刘芸芸说："用人参熬的汤嘛。您趁热喝了吧。"说着，就要扶起母亲。

朱九妹听了一惊，说："人参汤！那是过去皇帝老子才能喝的东西，我怎么能喝呢？"

"皇帝老子不也是人吗？皇帝老子能喝，咱妈也能喝。快喝了吧。"刘芸芸一笑，给母亲背后垫上枕头，让母亲靠在上面。她又把那碗参汤端给母亲。

朱九妹坐起来，看着手里的参汤，说："这么一碗参汤要花多少钱呀？"

刘芸芸说："这个您就莫问了。您女儿有钱。钱多了也没用，人家眼红，总想打您女儿的主意。还不如用来孝敬妈哩。妈，您快喝吧。凉了就不好喝了。"

朱九妹手颤颤地端着参汤碗，总是不敢喝，也舍不得喝。她看着女儿，说："这么贵重的东西我能喝吗？"

刘芸芸嗔怪地说："哎呀妈，您一辈子总是这也舍不得，那也舍不得，把那些好东西留着搞什么呀！您喝吧。喝完了，女儿再给您买。"

朱九妹感动地看着女儿，泪花闪闪。"好，我喝，我喝。"她颤颤地把一碗参汤喝下，又对空碗看着，"这就能诊病吗？"

刘芸芸接过母亲手里的空碗，说："这也是女儿我的一番孝心嘛。

听说参汤喝了对人的身体有好处，尤其是像您这样年纪的人，喝了参汤能补血活气，还能帮助提精神呢。"

"好好好，妈领你的情了！"朱九妹听了一惊喜。但又觉得这人参太贵，长期喝它不起，她就又说，"芸芸，以后再也不要弄这么贵重的东西给我喝了。喝了，也不就是穿肠过了。妈没有那么娇贵。芸芸，你老实告诉妈，你们到底有多少钱了？"

刘芸芸坐在床边上，抓着母亲的手，说："妈，不是早就告诉过您吗？就是那个数。"

"那也真是不少呀。"朱九妹看着女儿。

刘芸芸突然嘴巴鼓起，有些不高兴地说："这不，爸就在打我们的主意哦！"

朱九妹用另一只手轻拍着女儿的手，说："芸芸，你就支持支持你爸吧。"看着女儿，试探她的态度。

"妈，看您病成这样了，心里想的还是只有爸。"刘芸芸看着母亲，眼泪险些溢出来，"妈，我答应您。"

"傻丫头，一个本本分分的女人，心里除了自己的男人还能有谁呢？"朱九妹又轻拍女儿的手，脸笑，心里涌着一股暖流。

"妈，您真是太善良了……"刘芸芸的眼泪最终溢出来。

她们母女俩紧紧地搂在了一起。

第 五十一 章

江副县长主持召开的五家联系会已经进入尾声。

江副县长扫视了大家一眼，说："如果大家没有新的不同意见，就这么分头去搞行不行？"

刘锦扬、税务局严为明局长、工商局阮和生局长、市场管委会乔彬主任都点头应允："就这样搞吧。"

江副县长又说："大家的准备工作一定要充分。这也好比打仗，战前准备一定要做好。不打则已，一打就一定要打胜。"

"好，好，好。"大家都异口同声回答着。

江副县长还说："另外，我们一定要做好个体户的思想工作，宣传好政策。一定要使他们认识到交纳税收是每个公民应尽的义务。大家如果没有不同的意见，就散会吧。"

刘锦扬、严局长、阮局长、乔主任收拾好自己的公文包，起身往会议室外走去。

严为明局长拍拍刘锦扬的肩膀，说："刘局长，你是不是因为今年受灾，财政吃紧，才想到这一手的？"

刘锦扬笑笑，说："这怎么说哩，说没有这种想法也是假的。不过，发了'改革开放'政策财的个体户依法纳税也是他们应尽的义务嘛！在这方面，你这位税务局长比我更有体会和认识呀！"

严为明也笑，说："就你刘局长的嘴头子硬。"

"怎么也赶不上你严局长呀。"刘锦扬边走边说。

紧跟着走在他们俩后面的工商局阮和生局长说："你们二位彼此彼此吧……"

"我看你工商局长也不例外……"严为明局长边走边回头说。

三个人都哈哈地笑开了。

第 五十二 章

刘芸芸已经把晚饭做好，等着父亲和黄喜顺回来吃。这几天，服装店都是由黄喜顺照看着，他们也没有回自己的家，睡在父母家里，生怕晚上母亲的病突发，父亲一个人忙不过来，他们也好随时帮忙。白天，刘芸芸从不出门，一直陪着母亲，和母亲聊天，给母亲熬药。每天，都是黄喜顺关了店门，顺路把第二天的菜买回来。

晚饭过后，刘锦扬又在和女儿、女婿谈话。这次，他改变了态度，轻言细语地对他们说："……分片召开个体户大会的事县里已经定下来

了。你们是作为守法纳税户的典型在大会上发言的。你们跟我交个底，准备在大会上自报补交税款多少？"

刘芸芸对父亲看看，用试探的口气说："我们准备报一万。"

"一万，不行。少了。"刘锦扬表示不同意。

刘芸芸看着父亲，说："爸，一万还少了？！"

黄喜顺担心他父女两个又会争吵起来，就忙说："那就两万吧。"

"两万也不行。"刘锦扬仍然不同意。

"两万还不行呀？爸，您真的要把女儿、女婿掏空呀。"刘芸芸有点不高兴了。

刘锦扬耐心地跟他们说："你们最少得交三万。三万也还没有补交够你们应该补交的税款。交了三万，你们还有二十七万嘛！芸芸，喜顺，你们就为国家做点贡献吧，再说也为我这个爸争点面子呀！你们光彩我也光彩呀！"

刘芸芸一时不说话。黄喜顺了解刘芸芸的脾气，吃软不吃硬，也知道岳父的脾气，说一不二。很担心他们父女两个僵持，争争吵吵，搞得岳母有病在身在家休息不好。俗话说"家和万事兴"。于是，他就劝刘芸芸，说："芸芸，爸说三万就三万吧。为爸争点面子吧。爸是台面上的人。"

他们的钱不是浪打来的，是他们辛辛苦苦挣来的。刘芸芸有些不高兴。但爸是自己的亲爸，爸都把话说到这份上了，她做女儿的还有什么话好说？"把我们的积蓄都掏出了十分之一了……"刘芸芸心里同意了黄喜顺的劝说，却嘴上仍不乐意。

黄喜顺知道刘芸芸心里表态了，就对岳父说："爸，就三万吧。"

刘锦扬高兴地点头，说："这才是我刘锦扬的女儿、女婿。到时候可不能变卦啊。"

"爸，放心吧，女儿、女婿说话也是算数的。"黄喜顺宽慰地搂着刘芸芸的肩膀。

"三万，三万，你嘴一张就去了三万……"刘芸芸眼里溢着泪水，摇打着黄喜顺。她看一眼父亲，就笑了。

黄喜顺任刘芸芸摇打。虽然他心里也很心疼钱，但为了岳父能在外人面前说得起话，他愿意补交这三万税款。更何况按照国家税收政策他们也是应该交的。

"芸芸，喜顺，感谢你们对爸的工作支持和理解。"刘锦扬站了起来，往房间里走去，"芸芸，你妈该喝药了吧。"

刘芸芸起身去厨房端了为母亲熬好的药。黄喜顺也随她去了岳母的房间。

第 五十三 章

风和日丽，彩旗飘飘。

江东县城关镇中学大操场北面的围墙前，用钢筋棍和竹跳板搭了一个主席台，台上四张办公桌前坐着江副县长、税务局长严为明、工商局长阮和生、市场管委会主任乔彬和个协主席王洋等人。会议由王洋主席主持。

紧靠主席台两侧用氢气球悬吊着一对条幅，左边是"向自觉纳税、补税的个体工商户学习"，右边是"纳税是每个公民应尽的义务"。主席台上额贴着"江东县城关镇个体工商户自觉纳税、补税表彰大会"。距主席台左右两侧不远处同样用氢气球悬吊着"纳税、补税光荣""偷税、漏税可耻"标语。除了摆放的一百多把条椅座无虚席，周边还围满了前来观会的百姓。整个会场人山人海，气氛显得特别热烈。

大会已经进行一会儿了。

税务局长严为明在讲话。他说："……我们认为自觉纳税和补交税款是每个个体工商户的义务，也是爱国行为。对自觉纳税和补交税款的个体工商户，我们是大力表彰的。但是，我们对极个别不积极交纳税款，并且有偷税、漏税行为的个体工商户，经教育不改，我们也是要依法惩处的，除了要他们依法交足税款外，还要取以罚款，对个别偷、漏税严重甚至抗税不交的，我们要送交司法机关给予刑事处罚。我们希望个体

工商户都当积极交纳税款的光荣户，向那些积极交纳税款的光荣个体户学习。我的话讲完了。"

会场上报以不冷不热的掌声。

主持人王洋捏了捏话筒，正正衣襟，说："现在，请几位积极交纳税款的个体户代表发言。第一个发言的代表是从事副食品批发生意的个体户贾云高同志。现在请贾云高同志发言，大家鼓掌！"

台下掌声响起。

贾云高走向发言席。他三十多岁，中等身材，粗眉大眼。临近发言席，他向台下深深地鞠了一躬，然后站在发言席前，中音很足地说："我叫贾云高，在座的各位大多数都认得我。我从事副食品批发，这几年是发了，国家规定我要交的税款我也交了。但是，我认为我还交得不足。我与国营的副食品公司或是乡镇的集体供销社成交的生意是有账可查的，这部分税款我确实交了，那是不可能漏掉的。可是我背后与个体食品店成交了很多生意，那是没账可查的。这一部分我还没有交税。我现在愿意补交上来。有的人会说，这一部分你自己不说，人家并不晓得呀。这一部分人家确实不晓得。我们是个体对个体私下成交的，谁也没有记账。但是我又想，我是个公民，公民就有依法纳税的义务。"他没有用稿子，怎么想就怎么说。他说话很有一股豪气。"再说，莫看我是个体户，我还是共产党员哩，我是从乡镇的集体供销社留职停薪来从事副食品批发的个体经营的。共产党员的党性也不允许我这么做。我除了按规定交足税款外，另外还补交税款一万元。"

台上的人热烈鼓掌。台下有大部分人鼓掌，也有少数人很冷漠。

贾云高发言完离开了发言席。个协主席王洋说："对贾云高同志的爱国行为，我们个协表示热忱欢迎。下面请周菊芝同志上台发言！"

从台下前面第二排中间座位上走出一位女同志，她四十来岁，剪着齐耳短发，身材不胖不瘦，看样子很精明能干。她几步就走上了发言席，向台上台下鞠躬。她没有拿稿子，发言很简短。她说："各位领导，各位同行，我是从事烟酒经营的。我有固定的门店，国家规定我要交的税款我都如期如数地交了。但是，我明人不说假话，经营烟酒的名堂是很深的，有的看得到，有的看不到，我问问自己的良心，我的税款没有交足。我心里有愧。国家的政策好，我们才能发起来。我们发了，不能亏国家。一句话，我现在还补交税款两万元。"

周菊芝发言完又几大步地回到了原座位上。台上的掌声很热烈。台下的掌声依然是有冷有热。有些人在议论，认为这是在作秀。

个协主席王洋对台下说："请大家安静。"接着看手边的发言名单，说，"第三个发言的是刘芸芸同志，她是从事服装业的。现在请她上台来发言。大家鼓掌！"

台上台下一片掌声。有人翘首四处观望，也有人在低头私语。

刘芸芸坐在会场后排的条椅上。她快步地向台上走来。她的出现，使得会场上的气氛显然不同，比先前安静多了。不知是被她那美丽娇好的面容和修长匀称的身材吸引，还是等待着她爆发更大的新闻，一时间大家都没有说话，会场上更加安静了。她长发飘飘地来到发言席旁边，面带微笑地向大家鞠躬。她见前面两个人发言都没有拿稿子，也就悄悄地把已写好的发言稿放进衣袋里。她很激动，好久没有说出话来。她的胸脯一阵起伏后，终于说话了。她说："我叫刘芸芸，凡是从事服装个体经营的都认得我。我是发了，我是发的国家改革开放的政策财。我发了，不能忘了国家。我应该向国家做点贡献。我在原有依法纳税的基础上，再补交税款三万元。"

台上是热烈的掌声，台下的掌声似乎比先前热烈一些，不少的人交头接耳，议论纷纷。

接下来是轻纺市场、家电市场的个体经营户代表上台发言。

会场上闹语不休，有的人说话的声音很大，笑声也不断。

个协主席王洋说："大家安静一点，安静一点。刚才五位同志的发言，对我是很大的教育，我相信对大家也是很大的震动。我们都是从事个体经营的，情况都大体差不多，当然有发得多的，也有发得少的，也有个别不发的。我们都对照这五位同志好好想一想，我们应该怎么做？"

台下有人躁动，也有人想上台发言。

王洋又说："也许有的同志当场就要向这五位同志学习，现在就要上台来发言，这是应该受到欢迎的。但是，我们大会的时间有限，在这里不能满足大家的要求。大会以后，我们将以行业开会，欢迎大家在那个会上去发言。现在请工商局长阮和生同志讲话，大家欢迎！"

台下响起热烈的掌声。

阮和生局长起身向大家鞠躬，坐下，将话筒向胸前移了移，说："同志们，刚才上面五位同志的发言，对我也是很大的教育，他们的爱国行为是应该受到表彰和奖励的。怎么奖励呢？我们反反复复商量了一下。给予一些物质奖励吧，当然可以。但是，我们国家到目前一直没有实行过物质上的奖励。奖多了，我们眼前还拿不出。奖少了，对你们也不起什么作用。我们想，最好的办法是给予重重的精神奖励。给这五位同志授予一块大大的奖牌，挂在他们的店铺前面，那是多么的荣耀呀！我想这比什么样的物质奖励都要好得多。大家说是不是呀？"

台下掌声热烈。

阮和生局长继续说："不过，我们也把话说明白，对积极纳税、补税的个体经营户，我们一定给予奖励。对极个别仍然继续偷税漏税的，一经查实，我们一定给予严惩。莫以为我们对你们的情况不了解。老实说，你们的经营情况我们大体上还是晓得的。这次大会以后，我们将分行业开会，是爱国的还是不爱国的，是积极纳税、补交税款的还是有意偷税漏税的，就在会上去见分晓吧！大会后，我们由各个工商所派人进入各行业开会。哦，刚才严局长说了，他们也将抽调税务干部一同进入各个行业。下面，请江县长给大家作报告。大家鼓掌！"

台上台下掌声响起。

江副县长呷了一口茶，欠了欠身，说："各位个体经营户，你们好！刚才上面严为明同志、阮和生同志的讲话很好，说得也很到位，我表示十分赞同。今天我们组织召开这个大会，耽误了大家的生意，我们十分抱歉！还请大家理解。但是，如果不召开这个大会，我们以后的工作就无法开展了……前面五位同志的发言很值得我们学习。纳税光荣，不纳税可耻，足额纳税更光荣。我们要懂得纳税是每一个公民应该尽到的义务，这不是嘴上喊，而是要用实际行动来证明。只有国家富强了，我们每一个人才能够富裕。国家的强盛，要靠我们大家做出贡献……"

江副县长的讲话，和风细雨，鼓舞人心。等江副县长讲话完，个协主席王洋说："下面，请各位领导给五位发言人授牌！"又对乐队说了声，"奏乐。"

乐器奏响，五位同志被请到台上来，接过模范纳税户金匾，并排站成一列。照相师不停地按着照相机快门拍照。

台上台下报以热烈的掌声！

个协主席王洋宣布说："散会！"

人们议论纷纷地走离会场。

第 五十四 章

趁热打铁。第二天，工商局、税务局就组织人马进入服装市场、副食品市场、轻纺市场、家电市场等行业再次对个体经营户开会动员，增强他们的纳税意识。此外，工商、税务和市场管委会派员按三个人一组分成核查小组，由市场管委会干部带队对每个个体经营户的销售情况进行暗访。一周的突击性战役，查实了不少个体经营户有偷漏税问题，轻者督促补交，重者进行罚款，更为严重者移交司法机关。

半个月时间里，税务缴税大厅门庭若市，不少人纷纷补交税款，我补交五千、你补交八千、他补交两千……开票收钱，工作人员忙个不停。但仍有偷漏税者于政策不顾，暗地里交易。一天夜里，一辆小货车停在一条僻静的小巷里，几个人正在偷偷摸摸地往车上搬运纸箱。他们把最后一个纸箱放上车之后，用油布将纸箱盖得严严实实的，并用麻索将纸箱捆紧。一切就绪后，正欲开车，突然从巷子的两头走出了四名工商、税务干部。

工商干部甲走到小货车边问司机，说："车上装的什么东西？"

司机摇头，说："我是出租车司机，车上装的什么东西我不知道。"

货主急忙从副驾驶室下来，点头微笑，说："没什么，没什么，几箱烟。"

税务干部甲揭开小货车顶上的油布看了看，问："税票呢？"

货主急忙说："还没来得及开呢。"

税务干部乙说："为什么不先交税？你不知道半个月前县里开了大会吗？"

货主连忙赔着笑脸，说："知道，知道。税我马上就交，马上就交……"

工商干部甲对司机说："你请下来，我们要认真检查。"

"我是开车的，与我什么关系。"司机不高兴，发动了小货车，想把车开走。

工商干部乙说："车不能开走。"

"车是我的耶，怎么不能开走？"司机有点火气了，但还是下了车。

货主连忙走过来，对工商干部乙赔笑脸，说："对对，车是他的，车是他的。"

工商干部乙对货主说："那你就把货从车上搬下来，车可以开走。我们要查货，如果没有违反工商、税务条例，我们帮你把货搬上另外的车，放你走。否则，我们将按有关条例执行。"其实他们四个人早就盯上了这个货主逃税的行为，要不，他也没有这么硬的口气。

听口气，货主猜想眼前的工商干部乙可能是一个领导。于是，货主就贴近他，一边赔着笑脸，一边往他衣袋里塞东西。

"你这是搞什么！"工商干部乙急忙躲开，"你这么做只会加重你的错误！"

货主见此举对工商干部乙无效，又连忙将东西往另三个工商、税务干部的衣袋里塞。

他们都说："不要来这一套，不要来这一套。"都急忙避开货主。

货主没办法，六神无主地说："这，这……"不情愿地解开车上的麻索下货。

156

第 五十五 章

江东县城关镇的所有大街上都扯上了"向自觉纳税、补税的个体工商户学习""纳税是每个公民应尽的义务""纳税、补税光荣,偷税、漏税可耻"等横幅。一辆彩车在大街上缓缓行驶,车厢里的管乐队在奏着欢快的乐曲。跟在彩车后面行驶的是一辆敞篷汽车,车厢里坐着那天在个体工商户大会上受到表彰的五位个体经营户主。他们胸前都带着大红花,红色飘带斜佩戴在左肩上,上面写着"模范个体经营户光荣"黄色字,每个人的手里捧着那块"模范纳税户"的大金匾。五个人都喜笑颜开。

在敞篷汽车的后面,还有几辆面包车跟着行驶,车里面坐着税务、工商干部。他们穿着整洁的工作制服,佩戴肩章帽徽,个个精神抖擞。

最后一辆敞篷汽车上,站着那天夜里被工商、税务干部在小巷里抓住的个体工商户。他低着头,显得特别尴尬。他的手里也捧着一块牌子,不过是一块白色的纸板,上面写着"一贯偷税漏税,抗税不交的不法个体工商户×××"。

街道两边人行道上站了不少看热闹的人,他们都在议论纷纷和指指点点。几辆大小汽车在围观人群的视线里缓缓驶过。

第 五十六 章

星期一,刘锦扬和吴福正上班都来得早,还没有到上班的时间,他们就已经进了办公室,分头抹椅扫地整理桌上的报纸文件。刘锦扬从办公楼下面的开水房打来两瓶开水,给自己和吴福正各泡了一杯茶。这时,吴福正已经把报纸整理夹好,搁在了靠墙边的报夹上。

他们面对面地坐下来,喝着茶,吸着烟,开始商量工作。

吴福正说:"省厅的救灾款已经拨下来了,五百五十万。"

刘锦扬喝口茶,说:"好。也算是省里的一份情吧。这次我们和工商、

税务等几家联合开展税收征缴大行动成效不小，将近三百万啦。再加上省里的这笔救灾款，又对付得一阵子了。"总算歇了一口气，他的心情比较舒畅。

"有些人的耳朵尖得很，不信，过不了两天就有人来要钱。"吴福正又点燃一支香烟。凭他以往的经验，他猜得一定不会错。

刘锦扬端着茶杯喝茶，心里早有些准备，就说："看情况来吧，实在是要开支的就给他们一点吧。"

"这次抓个体工商户的税收问题，你是从你女儿先开刀的？"吴福正看着刘锦扬突然问。

刘锦扬一笑，说："自己家里的人不做上前，怎么好开口说别人呀。"他停了停，又想起了吴福正的儿子吴仁占用罚没款一事，就问，"呃，你儿子的事情怎么处理的？"

吴福正轻叹了一口气。但他很快就轻松了，说："感谢组织上的照顾，给了个行政处分。乱开支和占用的钱一分不少的退回了。"

"这样好，既严肃了法纪，又尽可能地少伤害人。看来，我们对子女时时刻刻都要好好抓紧教育啊！"吴福正的儿子吴仁占用资金的行为严重触犯法律，刘锦扬很清楚。但他以一个父亲的感受悄悄跑到纪委、找江副县长等领导替吴福正说情，抱着治病救人的态度，请求对吴仁从轻处理，以观后效。

"是呀，放松不得呀。这次小儿犯错，我得感谢你替小儿说情呀！"吴福正听说刘锦扬找纪委和有关县级领导替他说情，心里非常感动，非常感激。

刘锦扬看一眼吴福正，笑说："吴仁是初次犯错误，以教育为主。老吴，不说这个了。"

"不说了，不说了。"吴福正觉得自己没有教育好儿子，心里很惭愧，很内疚。他转而又说。"老刘，我们这次清查了城关镇计生办的会计账，对政法系统、教委都有影响呀。他们要钱，再也没有以前喊得那么急了。"

刘锦扬心里有底。他说："他们多少也还有点自知之明啊。"他放下茶杯，点燃一支香烟。

他们两个人相视一笑。

刘锦扬起身走到门口，向外喊了一声："叶主任，你来一下。"转身又回到办公桌前坐下。

"来了。"随之，高跟鞋声音响起，叶秋走了进来。

刘锦扬说："你和芦洲镇的胡镇长联系一下，省厅的救灾款已经下来了，少不了她的。要她继续抓紧调运香糯稻种子，明年的香糯稻面积还要扩大。再问问芦洲镇纸厂和芦苇情况怎么样了？"

叶秋站着，说："已经联系过了。芦苇减产，纸厂原材料不足。"

刘锦扬略想一下，然后说："水泥厂和酒厂情况怎么样？"

叶秋说："也联系过了。白水泥再次进行试验，争取年内成功。酒厂的猕猴桃酒质量还是过不了关。"

刘锦扬又对叶秋说："你告诉他们，等我稍有空后就和经委主任一同去看看。"

"好，我现在就给他们打电话。"叶秋说完，就转身走出门。

一个人的精力总是有限的。刘锦扬自从当了财政局长以后，总觉得时间不够用，白天忙着纷乱事务，晚上睡不好一个踏实觉。想一想，心里不是滋味。但组织上把他推到这个位置上来，他就得爱一行干一行，不说工作兢兢业业，至少要对得住自己的良心。刘锦扬默默地吸着香烟，想。一时间，他和吴福正都没有说话。

突然，吴福正打破沉默气氛，笑笑，看着刘锦扬，说："老刘，你感觉财政工作压力大吧。"

刘锦扬没说是，也没说不是，只吸着香烟。烟如线似雾地飘向头顶，掺和在空气中。

吴福正接着说："老刘，我有句话，不知该说不该说？"

"说吧，我们之间还有什么不能说的。"刘锦扬双手捧着茶杯，看着吴福正。

"老刘，我还是那句话，"吴福正稍微思虑了一下，"我们能够管好

我们自己的这一摊子事就已经了不起了，那些经委、农委管的事我们就少管些吧。再说，管这些事往往是吃亏不讨好，何必呢，图个清闲吧！"

刘锦扬端端身子，丢给吴福正一支香烟，自己也点燃一支。他深思后说："老吴，我何尚没有这样想哩。但一看到县里财政这么吃紧，日子过得这么不舒畅，我这心里憋着一口气呀。我现在是话已经说出去了，省厅也在把我们当作先进典型来抓了，我是骑在虎上难以下背呀。"他看看吴福正，给吴福正打气地说："我们这一届也就这么两年了，你我搭档就拼了吧。"

吴福正没有说话，只得摇了摇头。他干财政工作近二十年，从一般干部到股长再到副局长，什么事情他没遇到过，什么阵仗他没见到过？他总是保持自己的个性，工作上多一事不如少一事，把自己分内的事做好就行了。现在见刘锦扬有如此雄心，他也决心助刘锦扬一臂之力。

正好这时，老干局的陈局长走了进来，神采飞扬，说："刘局长，吴局长，我这个不受欢迎的人又来了。"说着，自个儿笑了。

刘锦扬连忙打招呼，说："哪里话，欢迎欢迎，欢迎你多来嘛。"

吴福正也连忙起身打招呼，说："请坐，请坐。"给她倒了一杯茶水。

"谢谢。"陈局长接过吴福正手里的茶杯，坐在沙发上，满脸微笑，"我一来就没有好事。不是要钱，就不得来找你们这些财神爷了。"她自己先咯咯地笑了起来。

"要钱也是好事嘛，你是为我们的老干部们服务嘛。是不是要钓鱼款？"刘锦扬也笑对着她。

陈局长把手里的茶杯放在面前的茶几上，仍然面含微笑地说："这次暂时不要钓鱼款。今年的老年节又要到了，我们想组织部分老干部出去旅游。他们为革命操劳了一辈子，趁现在还走得动不出去走一走，以后想出去走走都不可能了。"她这次说话注重了措辞，给人听起来有些"应该"的味道。她的态度也十分诚恳。

"你要好大一个数呀？"刘锦扬问，语气也显得热情。

这叫一礼还一拜，你装我也装。

陈局长依然面带笑容，说："二位局长，我向你们汇报，全县有两百多名老干，上面规定每人每年旅游费三百元，到底要好大一个数，你们搞财政工作的比我会算得多啦。"

刘锦扬想了想，装得有点为难地说："哎呀，这一下不就六七万呀。这……"

陈局长一改往次要钱的态度，急忙解释说："这次不要那么多喽。我们给老干部做做工作，轮流出去嘛。我们这次准备分三批，出去一百人，就要这么个数。"她伸出三根指头，好像是在为刘锦扬着想似的。

刘锦扬仍然装得有点为难地说："哎呀，这也是三万啦。这……"

"省财政厅最近不是来了五百多万吗？削一点点儿给我们不碍事的。"陈局长有点耐不住性子了。她帮刘锦扬指道儿，目的想现在要到钱。

真被吴福正说中了，陈局长的消息蛮灵通的！刘锦扬想。"那是救灾款，要专款专用。"刘锦扬郑重地说，接着笑着，"陈局长，你不会叫我犯错误吧！"

专款专用，这一点，陈局长是知道的。于是，陈局长一笑，转移话题，说："最近你们和工商税务不是狠抓了征缴个体工商户税收工作吗，县里一再表扬了又表扬。听说创了几百万的税收，也可以从这里面给我们一点点儿吧。"她尽量耐住自己的性子，千万不能和刘锦扬搞僵，否则会要不到她想要的数。

"开支也大呀。"刘锦扬不直接解释。

"我们就只要三万块钱嘛。"陈局长装得可怜的样子。

"这么大一个数，我们还得要请示领导。"刘锦扬故意摸摸自己的后脑勺，显得为难，"陈局长，等几天后你再来一次吧。我们尽量，尽量啊！"

"可是不能拖得太久啊，老年节之前一定要拨下来啊！"陈局长起身把要钱的报告往刘锦扬的办公桌上一放，面带微笑，"我就不打扰了。谢谢二位局长。"转身走出了办公室。

吴福正一直在一旁静静听着他们的对话。知道他们都在演各自的戏。等陈局长走出办公室一会儿后，吴福正笑着说："怎么样，老刘，我说

的没错吧，他们的耳朵尖得很呢！你再怎么会抓钱总是满足不了他们的。"

刘锦扬也不得不很有感触地摇了摇头，笑着用手指点了点吴福正，佩服他的判断力。

第 五十七 章

这几天，刘锦扬很忙的，不是开会，就是分配救灾款，还要同县长、经委主任、农委主任到芦洲镇纸厂、县水泥厂、县酒厂考察扩改项目，每天晚上他都回家很晚。

刘锦扬写完扩改项目资金计划已经到了晚上十一点钟了。他走出财政局大门，天上已经下起了毛毛细雨，路面上湿淋淋的。他一路小跑回家。

朱九妹睡在床上，已经非常虚弱了。她骨瘦如柴，双眼微睁着，说话显得十分吃力。刘芸芸、刘小兵、黄喜顺都守在她的身边，眼里都噙着泪水。

朱九妹看着女儿，吃力地说："芸芸，你爸，还没有……回来……"

刘芸芸抓着母亲的手，泪眼汪汪地说："妈，已经派人喊爸去了，他就会回来的。"她在对母亲撒谎。其实她没有派人去喊父亲。父亲跟她说过，他最近很忙。父亲说过他只要一有空就会往家里赶。

屋外的雨声大了起来，打着朱九妹房间里的窗玻璃啪啪响。刘芸芸、刘小兵和黄喜顺都专注地观察着床上的母亲，心里焦急地盼着父亲赶快回来。

忽然，外面传来了上楼梯的脚步声。刘芸芸知道是父亲回来了。她马上跑去开了门，稳定情绪，在父亲的耳朵边轻轻说："爸，妈不行了……"

刘锦扬的心一震，丢掉公文包，疾步来到床边，轻轻地喊："九妹，九妹……"

朱九妹睁开双眼，眼里噙着泪，抓着刘锦扬的手，说："你，回来了……"

刘锦扬也抓着朱九妹的手，点点头，眼里含着泪，说："回来了。"坐到床边，深情地看着朱九妹。

朱九妹侧头看了看站在床边的儿子、女儿和女婿，然后看着刘锦扬，吃力地说："老刘，我，我怕是，不行了……我死了，没有，没有别的，牵挂，你，你把小兵调到，调到城里来，来吧。芸芸，和喜顺，你也给他们，找个工作，干个体，辛苦，又担惊受怕……我们是患难，患难夫妻，你，你答应我……"朱九妹再也说不下去话了，两眼渐渐无光，连一丝力气都没有了。

刘锦扬紧紧握着朱九妹枯瘦的手，眼泪一颗一颗地掉了下来……往事在他脑海里像过电影一般。

——雪花飞舞的隆冬。一场罕见的大雪把整个大地包裹得严严实实。每年冬里，农村都要搞冬修水利。一天，在一处水利工地上，有人斥责刘锦扬，你这个右派分子，再不老老实实，今天晚上就斗你！在一旁挑土的朱九妹用同情的眼光看着他，然后帮他狠狠地痛骂了那个人几句……刘锦扬知道朱九妹在保护他，可他不敢面对她的这份情。日头下山时，刘锦扬收工回到草棚，躺在硬板床上，内心深感愧疚。

——又是一年过去。过年了，村子里炊烟四起，家家户户正忙着做年饭。从老祖宗手里传下来一个规矩，那就是逢年过节一律都是正午吃团圆饭，无论有多大的事情也得先搁在一边不管它。

午时已到，如一道无声的命令，顿时各家各户同时响起鞭炮声，硝烟从各家院子里袅袅地升上天空，把整个山村笼罩起来了，像仙山楼阁一般美丽。

然而，刘锦扬的草棚里却是另一番景象，灶口里冰冷火熄，没有一片肉，只有小竹桌上放的几把被雪霜打坏的青菜和一位大婶送来的一条咸鱼。他懒得去做饭。他木呆呆地伫立在草棚门前，心里苦不堪言。这时，朱九妹手里提着竹篮子走了过来。见刘锦扬站在草棚门前，就问："这么冷的天，你站在门口做什么？"刘锦扬不回话，两眼呆痴地望着田坝、山坡。朱九妹把竹篮子放在小竹桌上，觉得有些阴冷，就双手捧在嘴边

哈了哈气，转身来到草棚门口，见他没回话，又问："你怎么了，是哪不舒服吗？"刘锦扬仍不说话，转身进草棚倒在床上。

朱九妹知道他心里很悲苦，大年三十的，家家都在一起快快乐乐地过年吃着团圆饭，他却一个人孤零零地住在这里，冷冷清清没个说话的人。现在又见他满脸愁容地躺在床上，她心里不禁一阵难过，不想再说什么问什么了，就蹲下身来烧火做饭。她只能用行动去深深地爱着刘锦扬，去保护他，去关心他。

刘锦扬现在就好像被大潮卷到沙滩上的一条小鱼，奄奄一息，随时都会遭到灭顶之灾，只是不知道被毁灭的方式和时间。他也深爱着朱九妹，然而他却害怕表白，只能把这份爱这份情压在心底，用淡漠的脸色掩盖着时时如潮水般涌来的情爱。

灶口里的火焰映红了朱九妹的脸，她越发显得光彩照人。她将弄熟的鸡肉鱼摆上了小竹桌，腾腾热气充溢着草棚。

小耳锅里的米饭熟了，香气充溢出来。

朱九妹将灶口里未燃尽的柴火夹出来，放进一个破瓷盆里。

草棚里暖和多了。

朱九妹盛了一碗饭放在小竹桌上，含笑对他说："起来吃饭吧！"

刘锦扬这才觉得自己真饿了，就起来坐到小竹桌边端起饭碗。他正在扒饭，又抬头说："你为什么要对我这么好？"

朱九妹看着他吃饭，笑着说："只要你高兴。"

刘锦扬说："我是右派分子，是被监管对象，你就不怕我连累你？"

"不怕。"朱九妹的脸一红，轻声地说，"我是贫农，我有办法保护你……"猛然间发觉刘锦扬的双眸火热地瞅着自己，不禁一时慌乱，忙移开自己的视线，转移话题，说，"菜都凉了，快吃饭吧。"

刘锦扬收回目光，扒了一口饭，说："我们一块吃吧！"

朱九妹说："我吃过了。"突然，她发觉刘锦扬正用企求的目光看着自己，就连忙改口地说："不过，为了给你送菜来，我只吃了一小碗饭，现在也饿了！"

朱九妹盛了一碗饭，坐到刘锦扬身边。

刘锦扬扒了一口饭，但没嚼。他在想，要是他俩能这样长久地坐在一起吃饭，那该有多好啊！

朱九妹见他怔在那里不吃饭，就惊讶，说："你怎么了？饭不好吃？"

刘锦扬连忙回过神来，说："不，好吃！"他连忙嚼完嘴里的饭，又夹一筷子菜吃着，"好吃，真好吃！我真的快饿坏了。"

朱九妹笑说："所以嘛，人是铁饭是钢，一餐不吃就饿得慌！"

刘锦扬也乐了，说："对对，你说得很对！看来我不吃饭还真的不行。"

朱九妹看着他，假装吃惊地说："我要是不来，你真的会绝食喽？"

"我晓得你会来的！谢谢你！"刘锦扬炽热的目光盯着她，满腔痴情。

朱九妹眯眼一笑，说："你真会偷懒！"其实，她每天都想来给他做饭。

——刘锦扬和朱九妹结婚了。他沾了朱九妹是贫农的光，不久，就摘掉了右派的帽子，又不久，恢复了工作回到城里。朱九妹也跟着他进城了，有了工作。

……

刘锦扬更加紧紧地抓着朱九妹的手，强忍着悲痛，泪水模糊了眼睛。

朱九妹再次强睁双眼，用极其微弱的声音说："老刘，你，答应，我吗……"

刘锦扬俯下身去，很悲伤地点点头，说："九妹，我答应你。"说着，两串眼泪叭叭叭地掉在了朱九妹的被子上。

几乎与此同时，朱九妹头一偏，抓着刘锦扬的手没力了。她撒手西去了！她停止了呼吸！

刘锦扬深知朱九妹已经走了，就凄苦地叫了一声："九妹——"

顿时，刘芸芸、刘小兵、黄喜顺也都同时哭喊着："妈——"一起跪在床前。

屋里一片哭声……

第 五十八 章

客厅里的灯光有些昏暗，朱九妹的遗像挂在墙上，相框顶端一朵黑花，黑纱搭在相框两边。

刘锦扬和女儿女婿及儿子在商谈家务事。

刘芸芸说："爸，妈已经走了，这屋里就剩下您了，以后，您怎么过？"

刘锦扬看一眼女儿女婿，说："你和喜顺搬到这里来住吧，也好给我做个伴。"

刘芸芸想了想，说："爸，我们暂时还不想搬来住。"她看了一眼黄喜顺，又说，"这里离我们做生意的地方太远。再说，我们做生意的，进进出出又没有一个准确时间，有时候深更半夜起来赶车进货，有时候晚上转钟三四点了才进货回来，不仅闹得您睡不好，还搞得楼上楼下也不安静，长时间下去邻居都会讨厌我们的。还有，我们如果住在这里，每天来回的车费都要十几块，一月下来几百块，还不如给您买东西吃呢。爸，等我们店里请了固定的人，我们就搬来住吧。"

虽然刘锦扬的家住在小区里，可他还没有朱九妹在世时她认识的人多。他每天早出晚归，没有时间在小区里散步，与人聊天。星期六、星期天他也很少长时间在家，不是开会就是在办公室加班。楼上楼下对门取户住的什么人他都不知道，偶尔碰着面打个招呼就匆匆离去，也不知道别人姓氏名谁。女儿刚才说得也有道理，他也没有别的意思，只是觉得朱九妹去世后，他回到家里有些冷清孤单，想有人同他说说话。

刘锦扬说："你们不是打算不干个体了吗？"

刘芸芸说："我和喜顺反复商量了，这么多年来我们的心跑野了。现在要我们到单位里上下班，反而不习惯了。我们还搞几年吧，那时候，年纪也大了，想跑也跑不动了，就坐下来吃点利息吧。"她望着父亲，"爸，我们的事您不要挂在心里。现在就是您和小兵……"

黄喜顺坐在刘芸芸身边一直没有说话。他是刘锦扬的女婿，也是个半子，不当他说话的时候最好是不说。况且他很了解自己的妻子，她是一个很有分寸和主见的女人。更何况他很敬重岳父处事为人的品德。因此，他只能静静地听他们父女俩的对话。

刘锦扬随意一笑，说："我的事你们也不要考虑得太多，大不了吃食堂。反正我一天到晚也不得空，在家里的时间也很少。人一疲劳了，往床上一倒不也就睡着了。只是小兵的事……"他记得妻子临终前的叮嘱，也记得自己答应过她。可是，女儿提出小兵调动工作的事，他确实很难办到。他脸露难色。

"爸，这可是您在妈面前亲口答应了的啊。"刘芸芸见父亲对弟弟调动工作的事回答不硬，就提醒父亲。

刘锦扬说："芸芸，爸为难啦。"

"爸，这有什么为难的哩，您现在当着财政局长，手里掌握着财权，求您的人多啦，您要是提出把小兵调到城里来，还会没有人替您搞吗？再说，妈去世了，您也正需要有人做伴，理由也很充分。"她并不知道父亲的难处在哪里，自认为自己替父亲想到了周全的理由，"爸，您就把小兵调上来吧。至于是转全民还是转干，以后再慢慢来吧。"

"芸芸，坏就坏在你爸当了这个财政局长。因为我是财政局长，现在就搞这个事，这不明摆着是以权谋私吗？"刘锦扬并不生女儿的气。自从朱九妹去世后，他已改变了对儿女强硬的态度，说话总是轻言细语，认真解释。

可是刘芸芸仍不理解父亲，还是强求地说："爸，现在以权谋私的人还少吗？您不用权，人家还不是照样用权。您不能忘了妈临终说的话呀。"

刘锦扬仍然耐着性子跟女儿说："我也承认，以权谋私的人确实是不少。但是你爸是你爸呀！爸这一辈子就是脸面要紧呀！爸不愿意让别人指着脊梁骨议论呀！"

坐在一边的刘小兵一直低着头，不说话，眼泪悄悄地滴下来，落到鞋面上。他心情很复杂忧伤，思念着母亲又担心着父亲。他从小就知道父亲是一个非常正直的人，从不为家人办一丁点儿违反原则的事。他敬

重父亲又怵怕父亲，他理解父亲又责怪父亲。

刘锦扬见儿子一直低着头不说话，知道儿子心里很难过，就对儿子说："小兵，你要理解爸爸呀。爸知道你是一个很懂事的好孩子，爸也知道你的能力，你就自己努力工作吧，靠你自己的工作表现得到组织上的提拔和重用，那多么光彩呀！"

理解归理解，敬重归敬重，但刘小兵还是有些不高兴，说："而今有几个是靠自己的工作表现好起来的哟！"

"这样的人还是多呀。"刘锦扬安抚着儿子。

"我就没有看到。"刘小兵仍然低着头，声音大了一点。

刘锦扬耐心做儿子的思想工作，他以身示教，说："你怎么能这样说哩。起码你爸就是一个嘛。想当初，把我打成了右派，我也没有心灰意冷嘛。后来平反了，不也是把我安排在乡供销社当个最不起眼的售货员嘛。不也就是几年的时间，我就转干了，现在不也在当个财政局长吗？在某种意义上说，不也是受到了重用吗？你爸可是没有求过人送过礼啊。小兵，你就走你爸的这条路吧！"

听着父亲的一番话，刘小兵受到一些感触。他的气消了一点，但还是有点情绪，说："那要等到什么时候啊！"

听儿子的语气，刘锦扬知道基本做通了儿子的思想。他拍拍儿子的肩膀，说："你还年轻得很嘛！我最看不起的就是没有志气的人！爸相信你会靠自己的努力尽快上来的。"

刘芸芸却不依不饶，拿着母亲临终前的话当令箭，说："爸，您可是在妈面前亲口答应过的啊！"

"我是亲口答应过你妈。可是你妈是最理解我的，也是最支持我的。我把这一番肺腑之言向你妈说了之后，她是会理解我的，也会体谅我的难处。"刘锦扬说到这里，起身站了起来，走到朱九妹的遗像前，眼泪汪汪地说，"九妹啊，你原谅我吧，小兵调动的事我现在不能办。有好多双眼睛盯着我哩，我有我的苦衷呀……"说完，低下头，眼泪一滴一滴地往下掉。

刘芸芸、刘小兵和黄喜顺也都起身站了起来，站到朱九妹的遗像前，低下了头，眼里也都噙着泪水。

刘锦扬又说："九妹，儿女都很听话，我会照顾好他们的。他们也会很努力奋斗，靠自己的双手创造美好的未来……"

刘小兵抬头看着母亲的遗像，忍不住地哭了起来："妈——"

第 五十九 章

狠下了几天的雪终于停了，今天一早，东天脚出来了半个红鲜鲜的太阳，现在太阳已经爬过了大街边上的梧桐树梢，雪已经开始融化。有几只麻雀从路边的一棵玉兰树上飞落到一块化了雪但湿淋淋的草坪上觅食。

刘锦扬提着公文包，脚穿深统雨鞋，踩着雪水往财政局走去。丧妻的悲痛还残留在他的脸上。他瘦了，眼圈黑了，好像老了几岁。

刘锦扬掏出钥匙开了局长室的门，将公文包靠墙放在办公桌上，换上一双棉鞋，拿了抹布正在打扫室内卫生。这时，周股长从外面走了进来，说："刘局长，您早来了。"

刘锦扬边抹桌面边说："你来得更早呀！"

周股长说："刘局长，您现在有空吗？"

刘锦扬停下手来，说："有什么事吗？"

周股长上前一步，有点神秘而又慎重地说："有件事向您汇报。我们到小会议室去说吧。"说着，领头往外走。

刘锦扬放下抹布，跟着周股长走出局长室。

他们走进了小会议室。周股长把门关紧，然后坐在刘锦扬身边的一把椅子上，说："刘局长，我这里又收到两份检举信，都是举报控购办石三宝的。"他把检举信从衣袋里抽出来，递给刘锦扬，"您看一看。"

刘锦扬接过检举信，很快地默览着。他看完两份检举信之后，略一思索，说："有一定的道理。我们对这个问题是有点忽略了啊！如果这

些都是真的，那蛀虫就出在我们的身边啊！"

"刘局长，这个事您看怎么搞？"周股长征求他的意见。

刘锦扬十分严肃地说："查，坚决查！"把两份检举信还给周股长，"你把它捡好！"

周股长把检举信放回衣袋里，将石三宝的基本情况向刘锦扬介绍，说："他可是有点来头的啊！我那时候当人事股长，他的情况我了解。他本来是下面的一个集体职工，按规定他根本不够条件进财政局，是硬压进来的。那时候，您还没有来。他进了财政局后，又指定要进控购办。控购办原来是两个人，有一个抽出去搞'农村社教'了，一搞三年，与工作完全脱钩，就剩下他一个人，这样一来，控购上的事就是他一个人说了算……"

刘锦扬拍了拍面前的茶几，说："这也是我们工作上的失职啊！怎么样也不该让他一个人掌管控购办的工作的。他天天就在我们的眼面前，所做的事都没有引起我们的注意。别人这么一举报，现在一回想起来……唉，这事我也有一定的责任。"

这个石三宝平时的一些行为举止在刘锦扬脑海里闪过：

——某日，石三宝打扮成一副新潮青年的派头，骑着一辆崭新的摩托车从财政局的大门口进进出出，眼里无人……

——某日，刘锦扬在大街上走，看到石三宝从餐馆里喝得醉醺醺的与几个人勾肩搭背嘻嘻哈哈地走出来，他嘴里天南地北地吹嘘不停……

——某日，刘锦扬开完会走出县政府大门，这时，石三宝骑着摩托车驮着一个妖艳的女子，从他的眼前一驰而过……

刘锦扬有些疑问，说："他一个月就那么几百块钱的工资，既要吃吃喝喝，又要穿穿戴戴，那几千块钱一辆的摩托车他又用哪里来的钱买嘛！"

周股长说："这事我问过他，他说是从亲戚那里借钱买的摩托车。"

"我们总是太善良了，也太容易轻信了。教训呀教训！"刘锦扬想着刚才看的检举信上反映的情况，假如举报人所指控的属实，那事情就

170

太严重了，"这个事，坚决查，坚决查。我们内部出了这种问题不查清楚，我们怎么好开口说别人呢？！"

财政部门是管钱的单位，每个人的手里大大小小都有一定的权力，就是不直接管钱的干部，他们的手上也掌握一定的财政管理权，如果对财政干部的政治思想教育不加以重视，不狠抓工作作风和财经纪律，提高财政服务意识，那是很危险的。财政部门是代表政府为人民服务的窗口，如果财政干部不自尊自重自爱，利用手中的一点点权力就大做文章，于国家的利益而不顾，那将会走上经济犯罪的道路。因此，整顿财政干部工作作风，严肃财经纪律是当前必须要开展的一项政治活动。想到这里，刘锦扬认真而严肃地对周股长说："认真查！查了，以此为典型，搞一次机关干部作风整顿。"

周股长起身，说："好！"

刘锦扬强调说："有什么问题，我担着。"

第 六十 章

雪化天晴的午后，阳光暖暖的。

叶秋踩着自行车走在大街上。

胡秀英和几个女伴迎面走过来。她看到了叶秋，就忙停住脚步，喊："叶秋，叶主任。"

叶秋闻声一看，见是芦洲镇的胡秀英镇长，就连忙下了自行车，迎了过去，说："哟，胡镇长，来办事的？"

胡秀英笑笑说："不，参加县里的乡镇企业会。"

叶秋热情地说："哦，到家里去玩吧。"

胡秀英说："会议抓得很紧，没时间。"突然问，"哦，听说你们刘锦扬局长的爱人去世了？"

叶秋说："是呀，还不到一个月吧。去看看他吗？他对你们芦洲镇一直非常非常关心呀，又是推广优质香糯稻，又是芦苇、纸厂等事的，

花的精力很不少呀。"快言快语的，足显出她的泼辣与精明。

女人的敏感有时候比男人强十倍。胡秀英快速反应，说："是呀，他对我们的工作确实支持很大，是应该去看看他。"即使有私言，也是借工作做挡箭牌，毫不露声色，就又说，"他家里还有些什么人呀？"

在这方面，到底叶秋比胡秀英年轻了些，猜不出胡秀英话里藏着的秘密。叶秋实在地说："女儿、女婿和儿子嘛。女儿、女婿是个体户，一天到晚忙生意，很少回来。儿子还在下面一个乡的供销社，回来得也很少。而今家里就他一个人，真是出门一把锁，进门冷清清哩！"芝麻蚕豆全给倒出来。她是有意还是无意说这些话的？

胡秀英表面装得很平淡，心里却明镜得很，把叶秋的话认认真真地记下了。

胡秀英听了，平静地说："主任就是主任，把上级领导的生活摸得彻透！这样说来，他还是蛮可怜的。"

女人的心思难以捉摸。叶秋附和着，说："是还有些令人同情呀。"

站在她们身边听她们闲聊的胡秀英的一位女同伴用膀子有意撞了撞胡秀英一下，说："胡镇长，你就同情同情他啊！"

胡秀英拿眼横了这位女同伴一眼，说："砍脑壳的，现成闲话多，你也来凑热闹。"

胡秀英的另几个女同伴在旁边哧哧地笑。

有关胡秀英与刘锦扬的闲话，叶秋早有耳闻，就是阴在心里不说。她见胡秀英的几个女同伴开玩笑，也试探性地说："胡镇长，去看看他吧。"

没做亏心事，不怕半夜鬼敲门。胡秀英爽快地说："好，去看看他，看在他对我们芦洲镇的大力支持这份情义上。"看着叶秋，"不过，叶主任，你要给我做伴啊！"

叶秋一笑，说："你一个人怕去得？身正不怕影斜嘛！"

胡秀英说："人言可畏啊，哈哈哈……"

第 六十一 章

最后的一抹晚霞已经缝合了天地间的一线空隙。

夜幕降临了。

尽管白天暖和，但过了傍晚之后，气温较低，还吹着凛冽的寒风，给人感觉一阵阵阴冷。北风卷起树上枯黄的树叶，在空中打着旋儿，像黄蝴蝶一样翩翩起舞，很快七零八落地跌落在地上，打着滚儿。满大街被风吹得都是残枝败叶。叶秋和胡秀英约定七点钟在县政府招待所大门口见，她们一起去刘锦扬的家里。这会儿，她们见面了，说说笑笑的一起走向刘锦扬的家。

刘锦扬下班之后，顺路进菜市场买了菜回到家里。他腰系着围裙，在手忙脚乱地忙晚饭。

家里就刘锦扬一个人。

胡秀英和叶秋上了楼梯，来到刘锦扬的家门口。胡秀英手里提着刚才在水果店里买的香蕉和苹果，跟在叶秋的后面，心里有点紧张。叶秋以前常到刘锦扬的家里来，倒是心里显得很自然。

叶秋伸手敲了敲防盗门。

刘锦扬听到敲门声，急急忙忙在围裙上擦了擦手，走到客厅里，打开防盗门。他不禁吃了一惊：在叶秋的身后，站着胡秀英。

叶秋有意向旁边斜了一下身，说："刘局长，您看这是哪个来了？！"

刘锦扬一看，惊喜地说："哎哟，胡镇长，稀客稀客，请进请进。"其实，刘锦扬早已一眼看见了胡秀英，只是突然一时不好怎么开口。

叶秋和胡秀英笑着走进来，准备换拖鞋。

刘锦扬连忙说："不用不用。"

但叶秋还是从鞋柜里拿了一双棉拖鞋换上，又给胡秀英拿了一双棉拖鞋。

刘锦扬急忙邀请她们坐下。但因家里无人收捡，到处都像显得乱糟糟的。他真不知道叫她们往哪儿坐才好，就不好意思地笑着，说："家

里稀乱的……"

叶秋显得随便一些,坐了下来。胡秀英由于是第一次来刘锦扬的家,有些拘谨,没有立刻坐下,倒是对室内环顾了一下,看到了墙上朱九妹的遗像,脸上的笑容不禁也收敛了。

刘锦扬忙着给她们倒茶,可是厨房里灶火上的锅却又烧得吱吱地响,而且还闻到了一股焦煳味。他心里暗暗着急烧在锅里的菜,就有些手足无措。

叶秋也闻到了一股焦煳味,知道是从厨房里传来的,就立即起身解围,说:"刘局长,你快把围裙解下来,我来帮你做饭,你就招待胡镇长。"

刘锦扬手里端着茶杯,难为情地说:"这这这……"

叶秋眼疾手快地从他腰上解下围裙,就往厨房里走去,边走边往自己腰上系围裙,说:"你们就好好聊话吧。饭,你就不要管了,等会儿你就来吃吧。"

刘锦扬都把要弄的菜洗干净了,饭也在电饭煲里面煮着。锅里已经炒着一份青椒肉丝,都烧煳了。叶秋急忙关了灶火,将锅里上面的青椒肉丝盛进碗里,下面烧煳了的就铲掉,用水把锅洗干净。她很麻利地用菜刀切着另外几样菜……

"来,请喝茶。"刘锦扬把一杯热茶递给胡秀英,又往厨房里走来,对叶秋说:"这,这,这怎么要得哟!"就要接过叶秋手里的菜刀。

叶秋又把他往客厅里推,说:"你去招待客人,饭就不要你管了。"俨然自己不是客,而是家里人那般自然。

刘锦扬被叶秋推出厨房,只好来到客厅陪胡秀英说话。

刘锦扬说:"胡镇长来县里办事?"

胡秀英笑着说:"来开乡镇企业会。"她把话扯远一点,不至于显得尴尬,"今年由于受灾,日子很不好过,把你们财政局也拖累了。"

刘锦扬有一个习惯,扯白话就要抽烟。他点燃一支香烟,吸一口,说:"你说哪里话来。发展经济也是我们财政局的任务嘛。只有经济发展了,财政也才能搞活呀。我们是相互依存又相互制约啊!"

"说是这样说。我们今年总是给财政局拖了后腿，给你在工作上也带来了很多不便。这点，我们是知道的。"说到财政支持这一点，她胡秀英是真心诚意地感谢。就拿抗洪抢险的那几天来说，刘锦扬没日没夜地和他们并肩战斗在一起。

"快别这样说了。你只说明年的香糯稻种子调运到手了没有？"刘锦扬从很薄且透明的塑料袋里拿出一个青皮香梨，用小刀削着皮。他把削好的香梨递给胡秀英，"尝尝，前几天我女儿买来的。"

"谢谢！"胡秀英接了香梨，没吃，拿在手里，"已经派人到广东那边去了，应该没有什么问题吧。"

刘锦扬把香烟蒂往烟灰缸里摁熄，略有所思，说："胡镇长，我的意见，明年你们镇还多种一些，未必年年都是人力不可抗拒的灾害呀！"

胡秀英嫣然一笑，说："有你财老板支持，明年就多种一点吧。"

扪心自问，在工作上，刘锦扬的确给了她胡秀英很大的支持，很多事情自己没有想到，刘锦扬不但想到了，而且帮助她做到了。在工作上，他提出的一些建议总是令她意想不到的认同，而且使她搞起工作来十分有信心和胆量。她不得不敬佩他。要是她能与他经常在一起研究工作上的事情，那该有多好啊！胡秀英似乎有些走神，一时半会儿没有说话。

刘锦扬见胡秀英手里拿着削好的香梨没吃，就催促她，说："吃，吃香梨呀！"

胡秀英听刘锦扬叫自己吃梨，这才回过神来，连忙笑着，说："好，好。"她咬了一口香梨在嘴里慢慢咀嚼着。

刘锦扬又问："胡镇长，现在纸厂的情况怎么样？"

胡秀英咽下嘴里嚼碎的梨，说："芦苇减产，原材料不足，恐怕要停产了。"她脸上显现着急无主的样子。

一听胡秀英说纸厂缺原材料会停产，刘锦扬想到的更是复杂，倘若纸厂停产了，不仅工人们没有了生活保障，而且会产生一些连锁反应，县印刷厂的大部分原材料是从芦洲镇纸厂购进的，一旦印刷厂的原材料不足，除了工人的工资发不了，还会影响文化市场以及工商税收，等等。

刘锦扬认真思索后说："今年山区的竹子多，过几天了，我到山区去一趟，假如你们纸厂能用竹子做原材料造出一些高质量的纸来就更好了。县印刷厂从日本引进的四色胶印机已经投产了，需要大批量的优质纸，你们纸厂能造的话，我们自己就配套成龙了。"

胡秀英听了突然一喜，但马上又郁恺起来，因为那将要扩改纸厂的机器设备，原来的机器设备只能一部分有用，需要很大一笔资金购买新的造纸设备。胡秀英说："好是好，但要购进一些新的机器设备，需要一大笔钱，我们有这个心没这个力。还是离不了你财老板的支持！"

刘锦扬早就想到了这一点。他想了想，说："客气话就不要说了，还不都是为了县里的经济腾飞。钱我会尽量想法。"

叶秋打扫完厨房卫生，端出饭菜放在餐厅的桌子上，对刘锦扬说："刘局长，饭做好了，你就边吃边谈吧。"

刘锦扬说："不不不，等一会儿等一会儿。"他准备把筹划资金购进造纸设备的事详详细细地说给胡秀英听。

胡秀英见刘锦扬不肯吃饭，就站起身来，微笑着说："刘局长，我们改天再一起研究，你快吃饭去。"就喊叶秋，"叶主任，我们走吧，刘局长还没吃饭。"

"好好好，走走走。"叶秋急忙从厨房里走出来，"我们不走，他不好吃饭。"

刘锦扬挽留她们，说："急什么嘛，坐一会儿吧。"

她们换好了自己的鞋。胡秀英欲开门出去，又站了下来，说："刘局长，你一天到晚在外面忙了工作，回到家里来还要自己做饭吃，太辛苦了，也太不方便了。"又很关心地建议，"你还是请一个人吧。"

也许刘锦扬领会有误，也许刘锦扬并未察觉胡秀英的话意，刘锦扬就连忙说："不不不。我大部分时间在食堂里吃。"

胡秀英仍然关心地说："那也吃不好呀。"

"时间长了就会习惯的。"刘锦扬笑笑。他还没有想过将来。

男人总会有粗心的时候，对于家务活，再不能干的女人也比男人强，何况他是一个实干工作的男人，哪里有时间整理内务和洗衣做饭。

胡秀英仍然建议，说："呃，我看你还是请个人的好。"说话时，有意看刘锦扬。

叶秋连忙接过话，说："胡镇长，你这么关心刘局长，你自己不也是一样的，我看你们呀，也是彼此彼此差不多，都值得同情。"说完，她意味深长地一笑。

胡秀英听叶秋说话，已心知肚明，连忙摇了叶秋手臂一下，说："看你说了些什么！"

叶秋假装不理，仍故意说："我说的不是事实吗？"

胡秀英微嗔地拿眼横了叶秋一下，却对刘锦扬说："刘局长，你吃饭，我们走了。"

叶秋和胡秀英出了门，下楼梯。

"好走好走啊！"刘锦扬送出门外。等叶秋和胡秀英走下楼梯不见人影了，刘锦扬才返身进门。

刘锦扬一眼又看到了墙上朱九妹的遗像，不由心生悲痛，轻轻地呼唤："九妹，九妹，你来同我吃饭吧……"

第 六十二 章

局长室里，周股长正对刘锦扬和吴福正汇报工作。

周股长说："我们初步查了一下，问题不小，估计数字在六七万。他的主要手法是罚没收入不入账，有的是巧立名目乱开支，实际是落进了他个人的腰包。虽说手法多种多样，但都不十分高明，很容易查出来……"

刘锦扬说："态度怎么样？"他起身倒掉了茶杯里的茶水茶叶，重新给自己倒了一杯浓茶。

刘锦扬喜欢喝老叶子茶，而且茶叶要求放得多，才会感觉到茶叶本源的清香。他觉得茶是一种让人越喝越清醒，越喝越沉静的饮料，让人

变得安详、坦率、无欲无望无求，它可以荡涤人的心灵，滤掉沾附在生命中的种种尘埃、腐败与伤痕，使整个身心变得纯净、崇高，灵魂得到升华。

"他的态度呀……"周股长一声冷笑。接着，他把查账的经过详细地说给了刘锦扬听。

那天，周股长带着监察股两名同志检查控购办的财务账。当周股长查到杨溪乡一笔违规购车罚没款时问石三宝，说："这笔六千的罚款，账上怎么没有？"石三宝当时很不在乎，说："呃，没有就没有嘛，我忘记入账了。"周股长见石三宝对查账有抵触情绪，他也就很严肃地说："这么大一笔数怎么能忘记呢？要不是人家写了检举信，你根本就不会认账，这性质应该是……"石三宝态度很不好地说："你们爱怎么说就怎么说好了。"

周股长又查到了石三宝经手的另外一笔账。石三宝去年年终开了一次控购工作会议，开支了三千多元钱，是用现金结账的。但用支出凭证又列支了一次。周股长说："你去年年底开了一次会，花了三千多，你用现金支出了一次，你这里又支出了一次，这不是一次会议两次报销吗？这重报的三千多也应该属于……"石三宝不仅知错不改，反而是很不耐烦地说："你们愿怎么定性就怎么定性好了……"周股长看在同在一个单位工作的分儿上，没有对他提出严厉批评，只是再次提醒他说："希望你能主动一点，不要像挤牙膏一样，我们查了一点，你就承认一点。"石三宝没有认识到自己所犯错误的严重性，怀着无所谓的态度说："我这就是高姿态了。"周股长见他藐视财经法规法纪，而且仍无丝毫觉醒之意，也就高声地说："我们希望你把态度端正一些。"石三宝也大声地说："我就这态度。"

周股长把查账的经过说到这里，摇了摇头，说："此人生性傲慢，不知悔改……"

刘锦扬听完周股长的汇报，有些愠怒，说："看来这个石三宝的态度非常恶劣。"

周股长说："听说他的背景很硬哩。他是市组织部某某副部长的亲外甥吧。他就是凭这种关系进我们财政局里来的。现在他是有恃无恐啊！"

刘锦扬心想，吴福正是财政局的老人了，石三宝是怎么进来的财政局，肯定清楚得很。前任财政局长已经上调市里工作，有必要找前任局长了解石三宝的情况吗？对石三宝的问题，他先不拿出自己的想法，征求吴福正的意见，说："吴局长，你看这个问题怎么处理？"

从周股长进门汇报石三宝的问题到现在，吴福正就一直认真地默默地听着，喝茶吸烟。尽管他没有说一句话，但心里很清楚石三宝所犯错误的严重程度。石三宝进财政局的那年，他仍然是分管财政局业务的副局长，人事上对石三宝调进来工作是怎么操作的，他不完全清楚。但党组研究时，他清楚石三宝的个人简历，按规定石三宝是不可以进财政局工作的，可石三宝有上面给他撑腰，怎奈他何？现在，刘锦扬征求他的意见，他能说什么呢？

吴福正吸着香烟，沉思了片刻后说："难啦。不认真查处呢对不住自己的良心。认真查处呢，的确又是磕磕绊绊很多。上次为那个会议费的问题，已经把县人大得罪了。听说石三宝进财政局，也是通过人大的那位领导安排进来的。这一认真查处，不仅要得罪市委组织部的那位领导，连县人大的那位领导也要得罪。不好搞啊！"他权衡左右，又说："这样行不行？查呢还是查一下，尽可能就在我们内部解决，要他把钱退出来，给他一个行政处分，不闹到司法机关去怎么样？这也是没有办法的办法，折中啊！"

刘锦扬又问周股长，说："周股长，你的意见呢？"

周股长也在思考，听刘锦扬问他的意见，就说："确实有些为难。不认真查处，影响是很不好的，人家会说我们欺软怕硬，而石三宝也正是看到了这点，他的态度才有那么恶劣的。"

正好说到这里，楼下传来一阵摩托车发动的"轰轰轰"声音。周股长连忙出门，伸头往楼下一看，是石三宝的摩托车在发动，他骑在摩托

车上，得意扬扬的样子，准备出外。

周股长回进门来，说："你们看，他又骑摩托车到外面兜风去了。他哪里把这当回事。"

刘锦扬和吴福正也出门，往楼下一看，果真是石三宝骑着摩托车一溜烟儿开走了，给他们的是一个潇洒的背影。

刘锦扬突然来火了，之前他打算按吴福正的意见挽救和教育石三宝，只给一个行政记大过处分，现在他决心要狠狠地打击石三宝不思悔改目空一切的嚣张气焰。

刘锦扬回到办公室，手往办公桌上一拍，语气坚定地说："坚决查到底！周股长，你刚才说的这两点是不是事实？"

周股长说："完全是事实。我用党性担保！"

"就凭这两点，就可以宣布他停职反省。你赶快整份材料，呈报到司法机关，先把他监管起来再说，再也不能让他这样嚣张了！"刘锦扬怒气冲天。

吴福正担心地说："这样，后果会怎么样？"

"充其量我这个财政局长不当了！难道说我们认真查处违法乱纪行为也犯了法？！天天说反腐败现象反腐败现象，不从这些事情上做起还从哪些事情上做起？周股长，就这么定了，你去搞，天塌下来，我顶着。"刘锦扬怒气使然。

周股长说："好，那我就去搞了。"说着走出了局长室。

刘锦扬一直难以控制不住自己愠怒的情绪，脸色难堪。而吴福正却面现难色，不断地摇头、感叹。

叶秋手里拿着两份报告走了进来。她来到他们的办公桌前，把一份报告送给刘锦扬，说："这是公安局的报告，请求追加拨款，说是他们连破案的出差费都没有了。再不增加拨款，就只有不破案了。"

刘锦扬接过报告，说："这是在向我们施加压力嘛。"他懒得细看报告，把报告给了吴福正，"你仔细看看。"

吴福正看了报告，说："他们的罚没收入不上交，钱却又不断地要，世界上哪里有这样的道理啊！"

"看来依靠他们自己自查罚没收入的收支情况是乱弹琴。"刘锦扬今天的心情被石三宝搞坏了，现在他说话仍然带有几分不悦的情绪，"我真想下个狠心，把他们政法系统的罚没收入好好查一查。群众的反应很大啊，说什么'政法改革，罚没自得'啊！"

"政法系统的摊子大，机构也多，我们查得了吗？"吴福正把报告往办公桌上一放。

刘锦扬说："不能全面地查，重点地查它几个单位敲敲警钟总可以嘛。"

多一事不如少一事。得罪人的事吴福正曾经也搞过，最后落得被人骂。吴福正灰心地说："而今你查谁，谁就认为你是同他过不去，就对你有意见，饭碗里不找菜碗里找啊！"

刘锦扬也暗暗地轻叹了一口气，觉得吴福正说的并非假话。可是，作为一名普通的共产党员，一名基层领导干部，他肩负着责任和使命，指令着他去为党工作。

叶秋又把第二份报告送给刘锦扬，说："这份报告是政府办公室的，他们要求增加小车维修费，要求财政追加三万块钱。"

刘锦扬顺手把报告往自己面前的办公桌上一放，他真不想看。多数时间他都是应付这些差事，他心理真的很烦，有时候只差骂娘了。他又轻叹一口气，说："而今的小车也不知道怎么这么多，坐了国产的还要进口的，有了半新的还要换全新的。开了三两个月就要搞一次大修，一修就是几千块钱不对数。"

吴福正深有同感。凭着十多年分管财政局业务副局长的经验，他神秘地一笑，说："这里面是有个奥秘的。那些小车多半是在私人开办的修理厂维修的，一张发票一开就是几千块，说是这样那样的零件，我们对汽车修理那一套又不懂，也不可能每辆小车都陪着司机去检查。那几千块钱一张的发票里面可是包括"回扣"在里面的啊。'回扣'给了谁呢，当然是给了司机啰。而今有些小车司机也发了财啊！"

吴福正说的这些不是空穴来风，是有根据的。前不久，吴福正和家人在一家米粉店吃早餐，就听到旁边餐桌有两个司机在说小车维修的事情。其中一个司机吴福正认识，是人事局的。这人事局的司机说小车要换轮胎了要修水箱了，那司机就要他到自己经常去的私人修理店去修车，还说老板很聪明，就用手指暗示这人事局的司机有"回扣"，都开在修车发票里。吴福正当时就想，难怪全年行政事业单位的小车修理费上百万的，原来是小车司机装进了腰包。

刘锦扬一边听吴福正说，一边认真思索，手指不停地轻轻拍打办公桌面。他有很多话真是有说不出来的苦啊！过了一会儿，他还是说了。他说："老吴，我有两个想法，你看行不行？"

对于行政事业单位小车司机拿修车回扣，吴福正也想有个什么办法来控制，但想不出良策。现听刘锦扬有两个想法，就说："说来听听。"

刘锦扬说："我们是不是请示县委、县政府同意，出台一份文件，从明年起，施行财政包干？年初打预算时，认真核算，把各单位全年财政开支计划一次定死，超过部分不追补，结余的不收回，免得像现在这样，大家都向财政要钱，没个止境，好像是在比赛谁用的钱最多似的。如果不这样，钱再多也不够用啊！"

吴福正想了想，觉得这个办法比较好，就说："这个办法要是能施行的话，起码比现在要好，就是不知道县委和政府能不能同意。"

刘锦扬见吴福正同意自己的想法，就有了信心。他很有把握地说："我们好好跟他们汇报，相信他们会支持的。不这样做，我们县的财政会越来越紧，难免有一天不出现赤字。"

"好，我赞同你的这个想法。"吴福正点点头，"你的第二个想法呢？"

"第二个想法，我想我们自己搞个汽车修理厂，实行行政事业单位小车定点维修，统一采购零配件，签单式服务。凡是私自在外修理小车的一律不予报销，一经查出，作违反财经纪律处理，并给予罚款。"刘锦扬端了茶杯起身，走到角柜前添加茶水。

刘锦扬的思路清晰，想法超前，不得不令吴福正信服。干了二十多年的老财政还不如仅来两年多时间的后来人。也许是在财政上干的时间长了胆量小了，或者抱定在财政吃碗安稳饭退休养老，没有了冲劲儿。现在，刘锦扬这种敢想敢干的精神，又使吴福正燃起了雄心之火。

吴福正心悦诚服地说："你是想'肥水不落外人田'，不要把修理费都送到私人搞的修理厂去是不是？"

"是这个意思。让那笔修理费依然回流到财政渠道里来。再说那种乱开发票，乱给'回扣'的现象也可以得到有效控制。"刘锦扬添好茶水回到办公桌前。

吴福正也很有信心地说："对，我陪你一起干。"

刘锦扬喝了口茶，说："还有，我们议论了好久要成立一个信息中心的，也该成立了。"

"可以。"吴福正满口赞同。

叶秋早已坐到茶几边的沙发上，静静地听着他们的谈论。她从心底里佩服刘锦扬这个财政局长，既有认真务实的工作态度，又有扎实创新的工作能力。他看问题深刻、细致、周详。同时，她也对吴福正另眼相看了，感觉到了吴福正是从心里支持协助刘锦扬的工作。她感到很高兴。她这个办公室主任再也不会在工作上左右为难了。

刘锦扬见叶秋坐在一边不参言，就看着叶秋，说："叶主任，你发表意见吧。"

叶秋眯笑，说："二位局长这么高见，我就鞍前马后地跑腿吧。"

刘锦扬和吴福正都笑了。

刘锦扬问叶秋，说："叶主任，药材公司从山区收购杜仲、黄氏到深圳去卖的生意做得怎么样了？"

叶秋回答说："我昨天问了一下，他们确实赚了一百几十万块钱。借的周转金已经还给我们了。"

刘锦扬一喜，说："好嘛，一条信息就是一百几十万块钱。一年能捕捉到几条信息成绩就很大嘛。"他又对吴福正说，"老吴，我们坚决把'信息中心'赶紧成立起来。"

"是得赶快成立。"吴福正点头。

刘锦扬又交代叶秋，说："叶主任，这件事就由你去搞好不好？"

叶秋说："好。"

这时，办公桌上的电话铃响了。刘锦扬拿起话筒，正要说话，对方却先说话了。他只好答话，说："啊，我是，我是……好，好，好呀，你大主任有邀，我能不奉陪吗？好，好，就这样。"他放下了话筒。

吴福正问："什么事？"

刘锦扬高兴地说："经委田浩主任邀我到酒厂和水泥厂去看看，说是白水泥和猕猴桃酒都可望成功。好事嘛，去就去嘛！"

吴福正也高兴地说："但愿如此，但愿如此，老天保佑啊！"

叶秋也不禁笑了。

刘锦扬对吴福正说："老吴，一起去吧。"

吴福正说："你去吧。"

刘锦扬不勉强，就提上公文包走出局长室的门。

第 六十三 章

一瓶瓶待装的猕猴桃酒在流水线上运转……

工人们在流水线前娴熟地操作着……他们个个脸上都洋溢着喜悦。久旱遇甘露，是啊，酒厂停产一年又恢复生产了，他们怎么不高兴呢？

高厂长陪同刘锦扬、田浩一起参观制酒工作间。他们指指点点，有说有笑，议论不停。

走进发酵房，高厂长介绍说："这是把猕猴桃清洗干净后放在水泥池里发酵，时间至少二十天。"

一排十五个，共有二排深两米长三米的正方体水泥池，里面装满了猕猴桃。为防止不干净的东西落在上面，严严实实地盖上了薄膜。刘锦扬和田浩边看边询问。

他们又来到蒸酒房，里面热气升腾，弥漫了整个工作间。几个工人正在添煤加火，另几个工人正在往蒸酒锅里上发酵后的猕猴桃。刘锦扬走近正在添煤的工人身前询问着。

这个工人高兴地笑着说："累不怕，就怕没有事做……"

刘锦扬拍拍他的肩膀，说："只要生产出高质量猕猴桃酒，大家的日子就一定好过。"

他们走进了装酒封酒瓶盖的流水线工作间。一只只消过毒的酒瓶排着长队张口盛酒，又进入下一道程序……在忙忙碌碌的工人中有几个老工人忙得格外起劲儿。他们看到有人参观，不由地对他们看去。

刘锦扬也特别注意这几个老工人，他看到了一张熟悉的面孔——周跃武。周跃武也看到了他。他们两个人不由地快速走了拢来。

刘锦扬握着周跃武的手，说："周师傅，您不是退休了吗，怎么又来上班了？"

周跃武紧紧握着刘锦扬的手，满脸笑容地说："哪里是来上班，是来参加义务劳动。听说我们这个厂是在您和财政局的支持下才恢复生产的，您真是做了一件大好事啊！您看，这真是机器一响，黄金万两呀。只要机器照常这么响下去，我们就再也不会去向您刘局长讨吃饭钱了。"

刘锦扬也高兴地微笑着，说："周师傅，我们也希望你们的厂子兴旺发达红红火火呀。厂子兴旺了，你们的工资、福利也就水涨船高了。"

周跃武说："那就好，那就好！总之离不开领导的支持呀。"

他们一行人继续参观，高厂长走在前面，边走边介绍。周跃武跟着刘锦扬身边走着，仍想和他多说几句话，以表达心里的感谢之情。

刘锦扬边走边说："搞好厂子最重要的还是要依靠工人师傅们啊。酒厂有你们这么一些爱厂如家的老工人，一定会搞得好的。"

周跃武喜悦地说："要那样才好呀。"

刘锦扬等人在高厂长的带领下来到了成品包装车间，都拿上封好盖的酒瓶及包装盒观赏、品评。

田浩看着手上的酒瓶，说："高厂长，酒瓶的形状是不是应该改进改进？生产白酒时是用这种瓶子，而今生产猕猴桃酒也用这种瓶子，怎

么千篇一律呢？"他又看了看贴在瓶壁上的标签纸，"标签也应该改一改，颜色是不是太暗了，上面有一个猕猴桃会更好。"

刘锦扬看着手上的酒瓶，也深有同感地说："对对对，猕猴桃酒是新产品，能不能把酒瓶的样子变一变呢？标签的颜色改一改，突出猕猴桃？"他放下酒瓶，又拿起包装盒，"高厂长，我觉得这颜色应该以红底着色，画上几个大小不等的猕猴桃，有几个是切开的，比较好看一点。"

随同参观的人甲说："我也觉得这样好些，而今装潢可是值钱啦。"

随同参观的人乙说："新颖的装潢可有吸引力了。刘局长的建议比较好。"

站在刘锦扬身边的田浩夸奖说："刘局长，想不到你还蛮懂美术的啊。"

刘锦扬一笑，说："哪里，我是凭感觉想的。"还真不用说，经田浩这么一表扬，他的灵感似乎大发，接着说："猕猴桃酒嘛，它就不同一般的酒。比方说，能不能在标签和包装盒上画上孙悟空喜醉猕猴桃酒这样的图案呢？使外国人一看到孙悟空就知道这是中国生产的酒，猴子都醉酒，这酒一定就不一般了。"

田浩听着，赞不绝口地说："你们看，刘局长就不是一般的人，脑壳子灵活得很！我看这个内容好。"对身边的高厂长说，"高厂长，你可以请人多设计几套方案嘛，从中选优。不要舍不得那几个设计费啊，那是一本万利的事。就先把刚才刘局长说的设计出来。"

高厂长喜滋滋地说："好，一定马上就搞。"快到了吃中饭的时候了，高厂长又说，"现在请大家去品品酒吧。"

走在高厂长身边的厂办秘书小李马上跑出车间，去落实中餐。

刘锦扬边走边说："高厂长，这是不是时下兴起来的什么'试吃'呀？"

高厂长笑着说："这是'试吃'，可又不是那种'试吃'。"

刘锦扬有所领悟地说："是'试吃'，又不是那种'试吃'。这'试吃'也还有很多的名堂啊，哈哈哈！"

大家也都笑了。

他们走进食堂。大堂里固定地摆了十几排座椅，两排一组，中间摆放一条长桌，工人们就在这上面吃饭。眼下，有十几个上下午班的工人正在排队打饭。厂办秘书小李见高厂长领着刘锦扬和田浩等人走进食堂来，就急忙从包间里迎了过来。

小李笑盈盈地说："刘局长，田主任，请进。"用手示意就餐的包间。

刘锦扬、田浩等人会意地点点头，跟着小李走进包间。他们围坐在一张圆桌前，桌上，菜已经上齐，除了鸡鱼肉是从菜市场买来的外，青菜全是酒厂菜园子里种的。每个人胸前都放着一杯猕猴桃酒。深绿色的酒液装在透明的玻璃杯子里，纯净而又晶亮，从杯口飘散出猕猴桃的原香味。

高厂长端了酒杯举起，脸上满含喜悦之色地说："感谢各位领导来酒厂指导生产，请各位品尝我们自己生产的猕猴桃酒。"

大家都端起了酒杯，举起。

"干。"高厂长一口喝了杯中酒。大家也都喝干了杯中酒。

"怎么样？"高厂长问田浩和刘锦扬。

田浩放下酒杯，说："醇而不烈。"

刘锦扬品味稍思后说："香而不闷。"

"刘局长，比你家芸芸从深圳带回来的怎么样？"高厂长问刘锦扬。

刘锦扬肯定地说："就这个味儿。"

田浩激动而兴奋地说："高厂长，刘局长说的准没错。"

高厂长说："是就这个味儿，我在刘局长家里喝过。"接着对秘书说，"小李，给大家满上满上。"

小李给大家的杯子里斟满了酒。

田浩说："现在最要紧的是把牌子打出去。而今这牌子可是要紧得很。高厂长，找电视台亮亮牌子嘛。"

高厂长再也不怕花钱了，很有信心地说："马上就去电视台做广告。为了亮牌子，是要舍得本的。"

"这不，而今高厂长说话的口气就不同了嘛。"刘锦扬心里也很高兴。

他鼓励支持酒厂生产猕猴桃酒没有白做。

高厂长笑笑，说："俗话说'人穷志短，马瘦毛长'嘛！只要厂子一运转，情况就不同了啊！"

正在他们谈兴正浓时，有个青年女子走到包间门口，说："刘局长，电话。"

刘锦扬问："哪里来的？"

青年女子说："好像是芦洲镇纸厂啵，问你竹子的情况怎么样？"

刘锦扬说："你告诉他们，我过两天以后就进山去，那时候我会主动同他们联系的。"

青年女子答应一声"是"，走了。

刘锦扬一只手搭着高厂长的肩膀，说："高厂长，我邀你再进一次山呀。你这酒厂一运转，要的是猕猴桃，进山去看看猕猴桃的收购情况吧。"

高厂长欣然同意，说："好，我陪你。来，喝酒。"

大家都举着杯子，异口同声地说："好，喝！"

第 六十四 章

桑塔纳奔驰在去枫树乡的公路上。车里除了司机小王，坐着刘锦扬、田浩和高厂长。他们三人在小车里谈笑风生，除了谈工作就是说一些幽默俏皮的段子话。唯有高厂长的段子话多，有时候搞得刘锦扬和田浩两人捧腹大笑。

时值初秋，江南农村的田野到处呈现出一派金黄黄沉甸甸的景象，稻穗等待收割，荷塘里饱满的秋莲盼望采摘，鸡鸭鹅也成群结队地欢跳着涌向田间地头沟港湖汊揽食。太阳虽然快下山了，但天空仍然很灿烂，万里无云。

桑塔纳驶进枫树乡的集镇。今天可能不是集日，没有留下赶集的印迹，街面上比较干净，行人也不多。可是，在挂有"江东县酒厂猕猴桃收购站"牌子的大门前，却有很多的山民。他们站着或坐着，身边放着堆满猕猴桃的筐子、篮子、背篓。

枫树乡是江东县最偏远的乡镇，它脚踏三县，西南边是怀阳市岩山县境，东边与本市桃岭县华池山乡连结，靠北是本县丁家铺乡。桑塔纳从江东县城出发，单程跑两个小时才能到枫树乡政府。小王把桑塔纳向人群开拢去，这时，一路被小车颠簸得昏昏欲睡的刘锦扬、田浩和高厂长三人才知道他们已经到了枫树乡。收购员在叫号。一个山民挑一担猕猴桃去过秤了。交掉了猕猴桃的山民数着钱，脸上乐开了花。

刘锦扬从小车窗口看到这一幕，急忙喊："小王，停车。"

小王停下了车。他们三人走下车来。

刘锦扬来到人群里，问一个正在数着钱的山民，说："老乡，你的杨桃卖了多少钱呀？"

这山民笑嘻嘻地回答，说："二十多块钱哩。"

刘锦扬又问："卖的好多钱一斤呀？"

这山民把钱放进衣袋里，说："三角多哩，比去年的价钱高呀。"

刘锦扬笑笑，点点头。这山民背着空篓子走了。

高厂长走到正在收购猕猴桃的青年小伙跟前，说："小水，收了多少猕猴桃了？"

小水抬头，见是高厂长，就说："高厂长，您来了，坐坐坐！"但手上仍在过秤。

正在付款的青年女子也看到了高厂长，笑着喊一声："高厂长，您来了。"

高厂长点点头，看小水过秤。他问小水，说："今天收了多少？"

小水边过秤边回答，说："大概有两万多斤了吧。"

高厂长说："还要大量收购呀。这个数还远远不够呀！"

"就是人手太少了。高厂长，还能不能调两个人来？"小水又在叫第二个号。

高厂长有些为难地说："厂子一开工，产品一好销，这人手就显得

不够了。这样吧，我来帮你们忙一阵子。"

小水不好意思地说："高厂长，那——"

付款的青年女子也笑笑。

高厂长已经开始帮忙。他把一篓篓过好秤的猕猴桃倒进专用的篾筐里，再装上小货车。

刘锦扬见了，说："高厂长，你就不往前走了？"

高厂长边搬筐子上车边说："这里人手不够。眼前正是猕猴桃收购旺季，良机不可错过呀。我就不陪你们了。"

刘锦扬无奈，说："这——"

田浩见这阵势的确缺人手，就说："他留下也好。我们走吧。"

刘锦扬和田浩只好转身上车。桑塔纳又往前开去。

枫树乡高坪村竹海莽莽，各家各户的院前屋后都是竹子，连绵起伏的群山更是竹林如海。这里是高山区，又是竹林最茂密的地方。一根根又直又修长的楠竹直指天空，密密麻麻，缕缕阳光从上往下透过竹林密密的竹枝穿射下来，像是无数支金箭由天空射向大地，煞是好看。这里环境幽静，空气清香，真好似人间仙境。

不一会儿，桑塔纳开进了高坪村村部。郝先阳乡长和村支书早已在村部等候。

刘锦扬和田浩下了车，与郝先阳、村支书一一握手。稍后，他们在郝先阳的带领下又马不停蹄地进入大山。

一条清洌洌的小溪叮叮咚咚欢跳地流过，蜿蜿蜒蜒地流往山下。

刘锦扬、田浩和郝先阳三人已在竹林里穿行一会儿了，由于是爬山，他们身上都已经生出了麻麻汗，外衣已经脱下，拿在手上。翻过两座山，前方是更高的山，他们有些找不到路了。郝先阳就去了山脚下一农户家里喊来了领路人。陪同他们的是一位四十多岁的山民，可能是村民小组长。到底是山里长大的，他走起路来两腿轻松，不像他们两腿灌了铅似的沉重。

刘锦扬手里拄着一根竹棍，气喘吁吁地跟在这山民后面。他手拍着一根根修竹，十分喜爱地问这山民，说："你说，你，你今年能砍伐，多少根竹子？"

这山民说："今年是砍伐的大年，大概两三万根不成问题。"

刘锦扬站了一会儿，稍微气顺了一点。他说："什么时候，开始砍伐？"

这山民边慢慢往前走边说："砍伐季节已经到了。现在就可以开始砍伐。"

刘锦扬跟上去，说："你赶快组织人砍伐。砍下的竹子我们给你包销了。"

田浩爬山也很吃力。他上气接不了下气，听到他们的对话，也说："对，我，我们包，包销了。"

郝先阳到底是经常下村的，爬山没有他们二人那样吃力，气不喘，腿不软。他对这山民说："老桂，你赶快组织你们组里的人砍伐吧。一个是财老板，一个是主管企业的领导，你放心，价钱不成问题。"

老桂对刘锦扬和田浩相信地笑了笑，说："好，明天我就组织人动手。"他望着满山满岭的竹子，很多年没有砍伐了，竹子年年发，越长越小，竹子密集的地方都被憋死了。大家伙指望它们卖钱，苦于没有销路。这下好了，财神真来了。老桂高兴得笑出了声。

郝先阳问他，说："老桂，你笑什么？"

老桂说："我高兴。"

大家都笑了。

刘锦扬说："田主任，赶快联系芦洲镇纸厂来运竹子吧。"

田浩满口同意，说："好。你这个财政局长不仅仅是财老板，还是一个好'红娘'哩。我什么时候也给你当当'红娘'？"

刘锦扬知道田浩说的是什么，就笑笑，说："我一个人日子过得还可以。"

田浩说："你就莫嘴硬了。我们的年纪都差不多，这一点我是有体会的。莫非你是不食人间烟火的神仙。"

郝先阳接着田浩的话，说："神仙也有情呀。吕洞宾不也还调戏何仙姑吗？"

田浩一拍脑门，说："你这么一说呀，倒是叫我想起一首民歌来了。"

郝先阳急忙问："怎么唱的？唱给我们听听吧。"

山风吹来，竹林哗哗作响，松涛阵阵。他们说说笑笑，忘记了爬山的疲累。

田浩故作胆小慎微，说："能唱吗？"

郝先阳歇下脚来，鼓励他，说："怎么不能唱？这里不就是只有我们四个和尚吗，又没有尼姑，怕什么，唱吧。"

田浩面对山谷，说："好，我就唱唱。"

郝先阳说："洗耳恭听了。"就坐在一块石头上。

刘锦扬和老桂也坐下来，借田浩唱民歌之机歇歇脚。

田浩清清嗓子，就唱了起来：

太阳落土山顶阴，

和尚伸手摸观音，

神仙也有风流事，

凡人哪能不动情……

田浩唱得有板有眼，底气十足，堪称得上是民哥王子了。山谷也跟着回音。

郝先阳首先拍起巴掌，说："好，唱得好，唱出了真情实感。田主任，你摸过观音吗？"

刘锦扬和老桂也拍着巴掌。

田浩转过身来，面对大家笑着，说："我哪敢哩。我不是和尚。我屋里有个王母娘娘，把我看得死死的。"他有意看了一眼刘锦扬，"只是我们的刘局长应该动手摸摸观音了。"

郝先阳好像不大明白田浩的意思，就嬉笑，说："刘局长，我给你找一个观音吧。"

田浩也笑着，说："只怕他心里已经有观音了，容不下你给他找的观音了。哈哈哈！"

郝先阳有些不知晓地说："刘局长，真的呀？"他只知道刘锦扬的妻子得病去世了，却不知道他和芦洲镇镇长胡秀英之间有些传闻。

"你们两个尽胡说八道。你们别老是拿我来开心了。"刘锦扬起身，用手拍拍屁股上的灰，"走走走，再往前面看看。"

"好，往前走，往前走。"田浩也起身。

大家继续有说有笑地往前走。休息了一阵子，两条腿也有了劲儿，被山风一吹，身上的麻麻汗也没有了，都把脱下来的外衣穿在了身上。他们走在一条下山的小路上，脚步有些轻快，好似有人在后面推一般。太阳贴近了山顶，阳光从树隙间斜泻下来，从石壁崖咀边斜照下来，一些杂树草丛的阴影就涂在上面，显出漫画一般模样。走下山坡，眼前就是一片开阔的沙滩，每年桃花水涨，沙滩就会被洪水淹没，形成一片浅水滩。如果走近路到对面山脚的公路上去，就要坐小船过滩，否则就要走几公里的山路拐过一个弯才能到达。现在是枯水季节，沙滩上已无水存，穿着鞋子就可以过去。

老桂把他们送到沙滩边，说："郝乡长，我就送你们到这里，走过沙滩就是公路了。"

郝先阳说："好。老桂，辛苦你了。"伸出手来与老桂相握，"你明天就组织人砍伐竹子，过几天我们再来。你们一定要注意安全啊！"

老桂说："好。我们会注意安全。"

刘锦扬、田浩也与老桂握手告别。

沙滩上有一条浅浅的溪沟，清亮亮的溪水在流。砂粒在阳光的反射下水晶般的闪耀。刘锦扬、田浩、郝先阳踩着石头过了溪水。

他们三人很快上了公路。刘锦扬突然说："郝乡长，天还早，我们去看看你们今年新栽的猕猴桃吧。"

郝先阳抬头看看西天边的太阳，的确还早，估计看了后返回到村部天还不会黑，就说："好。那东西是多年生的草本植物，一年两年长不

了多高哩。"

刘锦扬还是想去看，就说："走，去看看吧。"

于是，他们三人向猕猴桃栽培基地走去……

第 六十五 章

第二天，刘锦扬、田浩和郝先阳又看了另一个猕猴桃栽培基地。

山路弯弯。沿着一条溪水行过三四里曲折的山路，就到了浮云山脚下。他们停下了脚步，不约而同地向山崖上喷着水柱的龟头状崖咀望去。水柱下面有一岩洞，叫作鬼打洞，洞里幽幽森森，轰若雷鸣，流水卷着漩涡挟带阴风溢出潭外时，总有一种嘶嘶的声音，仿佛深谷长蛇吐着信子，让人毛骨悚然，好在他们都是大男人阳火正旺，不然将龟缩一团，不敢面视。而高处峭崖上訇然而下的水柱，有如战鼓狂播，总能激起男人们的万丈雄心。山风漫卷而来，竹海松涛滚滚，似有千万雄兵挥戈激战。

相传这鬼打洞有蛟潜伏修炼了数百年，单等山洪暴发，便可随洪水入海为龙。只不过无数次山洪暴发了，也始终不见蛟龙出现。而浮云山这一带曾驻扎过李世民部队是有史可考的。浮云山那边的木龙村村部前的万顷猕猴桃栽培基地就曾是李闯王的兵马操练场，也是不争的事实。

浮云山森林茂密，看似无路可上，其实在山崖一边密集的修竹里有一条青石板路七弯八拐地通到山顶。山顶上有座尼姑庵，石墙木柱，如同北京城里常见的四合院。

他们三人顺着青石板路往浮云山顶上爬去。不知是何种神力，刘锦扬在前面走得很快，几乎是在跑，腿不软气不喘，身轻如燕似的。哦，他曾经和郝先阳来过一次，还在一口泉井里饮过清泉，看见过一大一小似母女的尼姑担水。莫非他走得如此快，真的想像田浩说的那样去"摸摸观音"？

田浩和郝先阳赶也赶不上刘锦扬，一下子就见他走得无踪无影了。

山顶上的尼姑庵里诵经的木鱼声很清晰地传来。刘锦扬已经踏上了最后一块青石板，听到木鱼声，不禁抬头往前望去，但见在苍松古柏间露出了尼姑庵的一角。

秋阳慵懒地投在纸糊的窗棂上，古旧简陋的居室更显得扑朔迷离。院中几棵参天古樟，枝叶繁茂，遮阳蔽阴。一块块大小青石铺满地面，看上去很有些年代了。在尼姑庵的西南角，用青石垒砌了一个四四方方的烧香台，台子的边缘及台脚边还残留着燃放过的爆竹纸屑。可想而知，这里时常会有香客前来求神拜佛。

刘锦扬进了院子，木鱼声敲打着他的思绪，脑子里不断地闪现出一些过去的画面——

学生时代的刘锦扬和秦可可踏着夕阳在校园的林荫道上漫步……

刘锦扬和秦可可在联欢晚会上演《刘海砍樵》……

刘锦扬被打成右派，在农村接受贫下中农监督改造，秦可可冒着严寒顶着风雪来看他，他默默地走开。秦可可从后面追来，他理也不理……

秦可可在万般无奈之下，痛苦地与一个造反派小头头结婚……

秦可可的造反派丈夫在武斗中被打死，她抱尸痛哭。她万念俱灰，走进尼姑庵……

一群小如黑点的鸟雀沿鬼打洞的崖咀上铺天盖地而来，经过尼姑庵上空，把平日里从树隙间偶尔还能看得见的金灿灿的太阳也遮盖得严严实实。天色一下子晦暗起来。人们正不知所措时，鸟群就已经穿过了山谷，越过了浮云山，朝山南方向飞去了。刘锦扬在院中停立片刻，然后静静地走进诵经堂。

木鱼声声。秦可可端正地坐在诵经堂里敲着木鱼，闭着双目在诵经。看似不闻门外事，两耳却静听外面的响动。她发现有人走了进来，就用眼角的余光一瞟，认出了刘锦扬，心里不禁一阵慌乱，木鱼声失去了节拍。

刘锦扬对她默默地看着。

秦可可仍然在诵经，但已是心不在焉。

刘锦扬对她静静地看了好久，认定眼前的她就是秦可可。他回头往门外看，见田浩和郝先阳还没有跟上来，就脚步轻轻地向她走近，轻声说："秦可可，你不认得我了？"

秦可可稍稍镇定了一下，然后静静地说："阿弥陀佛，这里是佛门圣地，只有尼姑明影。"

刘锦扬小声说："我是刘锦扬呀，你真的不认得我了？"

"施主，你是卜卦还是求签？"秦可可依然闭着双眼，敲打着木鱼。

刘锦扬想了想，说："好，我求签吧。"

秦可可放下手中木鱼，立起身来，两眼下视，走到摇签柜前拿起签筒摇了几摇，伸给刘锦扬，说："施主，你抽上一签吧。"

刘锦扬走拢去，信手抽了一支签，看上一眼，就递给秦可可。

秦可可接过签，说："签文是……"

刘锦扬看着秦可可，连忙抢过话来，自己念道："早知今日，何必当初。"

秦可可不禁怔了一怔，轻声说："施主，你念错了。"

刘锦扬说："依你又怎样念来。"

秦可可看也不看签上的话，随口念道："妄心如古井，波澜誓不起。"

刘锦扬无限感慨地说："你……"

秦可可静静地站着，一眼也不看他。

刘锦扬想了想，说："我还要上炷香。"

秦可可平淡地说："香就在那里，施主上吧！"

刘锦扬走近香烛台，拿了一炷香，在长明灯上点燃。他捧香在手，站在菩萨面前朗朗念诵。

秦可可为他轻轻击磬。

刘锦扬念道："亡妻九妹啦，你临终之前念我在你走之后，形只影单，曾再三叮嘱我，要我觅一知己，作为伴侣。而今，我的知己已经觅到，你在天之灵助我一臂之力吧……"

刘锦扬的祷告，秦可可听得清清楚楚。随着刘锦扬一声声栖栖惶惶的祷告，她击磬之手也不觉渐渐软了下来，及至无力扬起磬杆，就将它静静地放在了磬缘之上。

刘锦扬的祷告在继续。他轻声凄语地说："九妹，你既如此叮嘱我，我若真的寻觅到了一知己结为伴侣，你的在天之灵会原谅我吧！"

秦可可听得身子晃晃欲倒，有些支撑不住，就摇摇晃晃地退到椅前坐下。

刘锦扬说完，把香插在香炉上，又对四周一看，无人，就退到秦可可身边，说："秦可可，你我本是早年的第一知己，你为什么忘情到了如此地步……"

秦可可终于抬起了头，怔怔地看着刘锦扬，两只眼睛射出缕缕幽怨的光亮，有情有怨也有忧。她的嘴唇动了几动，想诉说什么，却又咽了回去。一会儿后，她开口说："施主，你是红尘中之人，你的知己在红尘之中。这是佛门之地，只有万事皆空的尼姑明影。"

刘锦扬还想说什么，忽然听到院中传来说话声。俩人立即收回目光。秦可可把头低了下去，静静地坐回原处，手拿木柄放在木鱼上面，却无力将木鱼击响。刘锦扬也立即退回到求签台前。

这时候，小尼姑从侧门走进了经堂，见秦可可如此情状，忙问师傅，说："师傅，您不舒服？"

秦可可说："你招待这位施主吧。我坐一会儿就会好的。"

小尼姑转身快速进了侧门，从里面端出来两杯用清泉泡的茶水，一杯放在秦可可面前，一杯放在求签台上，彬彬有礼地对刘锦扬说："施主，请用茶。"

刘锦扬也很礼貌地回答说："不客气不客气。"假装是一位前来求神拜佛的香客。

脚步声近了。郝先阳和田浩一前一后进了诵经堂。田浩对刘锦扬说："你走得好快，我们以为你找茅厕方便呢，怎么一下子就到了尼姑庵里来了呢？"

刘锦扬连忙做出一个禁止喧哗的手势，并小声说："佛门净地，禁止喧哗。"

郝先阳走近刘锦扬，小声地说："刘局长，你好像对这座尼姑庵很

感兴趣呀，上次上山到过这里，这次你又到了这里。"

刘锦扬离开求签台，慢步走着，假装参观的样子，说："这样的尼姑庵现在已经很少见到了，这恐怕是我们县里唯一的一座吧。"

郝先阳也慢步走着，说："是呀，这是我们县里唯一的一座。你这个财老板也关心关心吧，拨点款修缮修缮怎么样？"

刘锦扬毫不犹豫地说："可以。我和局里的同志商量商量，拨点款修缮修缮，这也是贯彻党的宗教政策嘛。"又问身边的田浩："田主任，你说呢？"

田浩看了看四壁，说："是要修缮了。有些石块掉了，有洞了。"又指指撑柱，"你看，柱子的脚也腐了。"

郝先阳拱手抱拳，说："那我就代表这两位尼姑感谢你了。"说着，走出了诵经堂，"我们去看基地吧。"

"好。去看基地。"刘锦扬也走出了诵经堂。

他们三人走出了尼姑庵的大门，刘锦扬走在后面，时不时地回过头来看。

秦可可等刘锦扬他们走出尼姑庵大门之后，急忙起身快步走到大门口，望着走下山去的刘锦扬的背影，眼里慢慢地溢出泪水，汇成一滴滴的泪珠……

跟着赶出来的小尼姑疑异地看了她，又看山下方向……

第 六十六 章

财政局的小会议室里亮着灯，关着门，窗帘拉得严严实实。长方形会议桌四周坐着刘锦扬、吴福正、叶秋、周股长等人。

周股长在把石三宝占用罚没资金的详细情况对大家汇报。他说："……这个案子前前后后已经拖了几个月了，基本事实已经查清楚，石三宝的态度也很不老实，总觉得有恃无恐，现在研究怎么处理。"

刘锦扬听完周股长的汇报，说："最后落实属于贪污性质的有好大一个数额？"

周股长说："五万八千五。"

吴福正听了一惊，说："有这么大的数额？"

周股长说："这都是一笔笔落实，他自己认账签了字的。"

在座的人都有些吃惊：有这么大一个数呀！可是，大家都不表态，你对我看看，我对你看看。有的人在想，自己在财政局工作了十几年也没有听说谁有石三宝这么大胆子的。他真是胆大包天，目无法纪哩！

一时间，小会议室里安静极了，没有谁开口先说话。

刘锦扬实在有点按捺不住了，喝了口茶，说："我先说个意见。这只是我个人的看法。石三宝贪污数额这么大，手段和态度都极其恶劣。这种严重的违法乱纪行为还不依法惩办，还谈什么惩治腐败，端正社会风气……"他正好说到这里，小会议室的门被敲响。

叶秋起身走过去打开门，在办公室加班的同志在门外小声说："叶主任，刘局长的电话……"说完，走了。

叶秋关上门，转身回到座位，准备去悄声告诉刘锦扬他的电话。

刘锦扬却先问："叶主任，什么事？"

叶秋来到座椅边，说："你的电话。"

刘锦扬说："哪里打来的？"

叶秋说："是市委组织部打来的。"

刘锦扬有某种预感，就说："叶主任，你去接，就说能不能等一会儿？"

叶秋有点迟疑。

吴福正猜想，是不是马副部长打来的电话？又见叶秋没动身，就说："老刘，你去接吧，可能与我们正在研究的事有关。"

刘锦扬起身去接电话了。

叶秋坐下来，说："这个电话打得也真是时候……"

她这么一说，倒激起了在座各位的情绪，小会议室顿时热闹起来，大家你一言我一语地说开了，都是围绕着石三宝的话题在议论纷纷。

刘锦扬来到办公室，拿起电话筒，说："喂。"

对方说："是江东县财政局的刘锦扬局长吗？我是马子君哩……"

刘锦扬一怔，但很快平定下来，说："哦，马部长呀，我是江东县财政局的刘锦扬。这么晚了，您还没休息呀。"

马副部长礼节性地问候几句，就说上了正题。

刘锦扬认真听着，心里已经想好了如何应付的话。他不断地点头，说："我们正在研究……马部长，这个事我们会按章办事的，能够从宽的我们一定从宽，惩前毖后，治病救人嘛！再说党的政策本来就是'抗拒从严，坦白从宽'嘛……马部长这样说，我们就有些担当不起了喽。"

马副部长仍在反复作解释，措辞得当，态度谦和。

刘锦扬思维敏捷，语气柔中有刚，说："这个事出在我们财政局内部，我们也有责任呀……好好好，我们一定慎重办事。好，好好。"

刘锦扬放下电话筒，有点心事重重，在电话机旁站了一会儿，才转身走出办公室。

小会议室里，大家仍在继续议论，觉得石三宝的事非同小可，影响极坏，一粒老鼠粪搞坏了一仓谷，对他的行为必须严惩！

叶秋愤愤地说："这样的事还不依法处理，真是天理良心都说不过去了。"

吴福正说："'依法处理'的灵活性也很大嘛。"他说话总留有一定余地，也许是他的工作经验所为。

叶秋也有同感，直言不讳地说："而今有些事灵活性也是太大了。"

周股长既认同他们两个人的看法，却又有自己较深的理解，就说："原因是根根盘盘太多了。搞一件事不知有多难啊！"

这时，刘锦扬推开门走了进来，顺手又把门关上。他脸无表情，一声不吭地坐到椅子上，端上杯子喝茶。大家的议论突然停住，都眼睁睁地看着他。

叶秋到底是搞办公室工作的，最了解领导的心思，她看着刘锦扬脸上的表情，就知道是怎么回事。她说："是说情的吗？"

刘锦扬微微颔首，几乎让人看不出来这细微的动作。他放下茶杯，点燃一支香烟，吸着。他这一连续的动作都在沉默中进行，使大家感觉到了事情的不妙！

周股长猜到了电话是谁来的，就忍不住地说："刘局长，电话里说了些什么？"

是谁打来的电话？在座的其他同志都猜到了几分。

刘锦扬吸着香烟，控制着自己不悦的情绪，说："说得非常委婉嘛，什么要以教育为主喽，能拉的就拉喽，培养一名干部很不容易喽，能挽救的要尽量挽救喽！"

叶秋气愤地说："一句话，就是不要把案子交给司法机关，在我们内部给个行政处分算了。"她真聪明，马副部长在电话里的确是这样说的。叶秋接着又说："要真是这样，那还有什么法律尊严啊！"

周股长搞财政监察工作十多年了，这还是头一回遇到棘手的事。他不好妄下结论，就问刘锦扬，说："刘局长，您的意见呢？"

刘锦扬对在座的人看了看，说："我倒是想听听你们的意见。"

大家都不说话，但又都对刘锦扬和吴福正看着，好像要从他们两个人的脸上看出点什么来。

沉默了好大一会儿。

刘锦扬再也沉默不下去了，就说："好吧，我表个态吧，为了严肃法纪，端正社会风气，我赞成将石三宝贪污一案移交司法部门处理！"

刘锦扬的表态，仿佛一颗原子弹爆炸。虽然使在座的人听了都一惊，但没有任何人明确提出反对意见，有两个人连连点头表示同意。

周股长说："我赞成。"

叶秋说："我也赞成。"

还有两个同志说："我也赞成。"

吴福正和另一位局党组成员没有马上表态。他们吸着香烟，静静地思考着。他们并不完全反对将石三宝移送司法机关处理，但这样做肯定会得罪马副部长。得罪了马副部长，他们不在头不在尾，倒是没有什么，可刘锦扬呢，搞得不好他会吃不了兜着走，官大一级压死人，如果是这

样，恐怕刘锦扬的政治生命就到此结束了，那就太冤枉他了。

吴福正很委婉地说："那马副部长那里怎么交代？"

刘锦扬假装毫无顾忌，说："他也没有说不要我们依法处理，不移交给司法部门处理嘛。"尽管他如此说来，但思想上仍在激烈地斗争着。

吴福正了解刘锦扬的性格，为人耿直豪爽、胸怀坦荡。虽然以前在有些工作上他们持有不同观点，但通过后来刘锦扬办的几件实事，他佩服刘锦扬是一个抓财政工作的好手。他的心也跟刘锦扬的心走近了许多。

吴福正还是很替刘锦扬担忧，就说："我是说他的话的弦外之音……"

小会议室里又沉默了。在座的人又在相互观望。时间已经到了晚上十一点钟，墙上的挂钟敲响了几下。

刘锦扬突然拍案而起，说："我是豁出去了，不管是弦内之音还是弦外之音，我个人的意见是把这个案子移交给司法部门处理。"

周股长和叶秋似乎受到了鼓舞，也立即表态，说："我同意。""我赞成。"

坐在周股长和叶秋身边的两个人也说："我同意。""我同意。"

现在他们五个人对吴福正和那个党组成员看着。

吴福正很感慨地说："棘手呀，很棘手呀！"

那个党组成员也对吴福正看着。

刘锦扬想了想，说："为了慎重起见，我们局党组再表决一下吧。赞成把石三宝贪污一案，依法移交给司法部门处理的请举手。"说罢，他快速地把手举了起来。

叶秋和周股长也跟着把手举了起来。

坐在周股长和叶秋身边的两个人也举起了手。

那个党组成员很犹豫，对已经举手的五个人看着，又对吴福正看着。他觉得七个人中已经有五个人举了手，已经是多数了。他举手不举手，这件事实际上已经做出决定了。于是，他也慢慢地把手举了起来。

现在只剩下吴福正一个人没有表态了。六个人的眼睛都对他看着。

吴福正用手指轻轻敲打着座椅的扶手，感叹地说："难啦，难啦！"

刘锦扬不知道吴福正在顾虑什么，是不是怕掉乌纱帽？难道他不赞成移交司法机关，而主张石三宝的问题就在财政局内部处理？要是那样，他们这些当领导的今后的工作怎么负众呢？不行，石三宝的问题一定要严肃而认真地处理！杀一儆百。想到这里，刘锦扬说："老吴，你的意思？"

吴福正停下敲打座椅扶手的手指，看着刘锦扬，说："还是再考虑考虑吧！毕竟来电之人非一般人呀！"

"我看没必要再考虑。王子犯法与庶民同罪……"刘锦扬有点等得不耐烦了，也知道吴福正是在为他担忧，"局党组七个人，有六个赞成把这个案子移交给司法部门处理，已经是多数通过了，就这样定了吧。"

在座的人有的说好，有的点头。只有吴福正还在说："难啦，难啦！"但他最终还是把手慢慢地举了起来。

刘锦扬见吴福正最后把手举起来，就说："那就全票通过！叶主任，周股长，你们两个尽快把材料实事求是地整理好，交给我和吴局长过目后再上报。散会。"

大家起身相继走出了小会议室。

第 六十七 章

绿草茵茵。暖融融的微风中满是盛开的野花香，湿润的泥土味伴和着清新的空气，清澈的湖水映着团转的群峰。两只雪白的长脚鹭鸶，在贴着湖面拍翅飞翔。凶狠的鹞子围着村舍来回盘旋。沟渠里有淙淙的淌水声。这又是一个风和日丽的一天。

一辆白色桑塔纳疾驶在去芦洲镇方向的公路上。除了司机小王，小车里只坐着刘锦扬一个人。他没有要小王把小车开到芦洲镇政府去，而是直接去了芦洲湖大堤。刘锦扬把车窗打开，让轻风抚摸面颊，他今天的心情格外好，还时不时地哼着歌。

风轻轻拂动水边垂柳的细长枝条，阳光妩媚地给平静的湖面涂上了耀眼的金辉。大堤一边是一望无垠的稻田，春末夏初，禾苗开始抽穗，

看样子早稻生长很好。

刘锦扬眼睁睁地对稻田望着，说："小王，今年的早稻生长很好，看来是个丰收年。"

小王说："今年可真算得是风调雨顺。"

刘锦扬说："看来现在还是老天爷要当一多半家呀！"

小王突然想到了香糯稻，就说："不晓得胡镇长他们今年种的几万亩香糯稻生长怎样？"

刘锦扬说："就是有些不放心，才要来看看哩。"

桑塔纳继续在大堤上往前行驶。前面出现了芦苇荡，葱茏茂密的芦苇好似一块无边的绿色绸缎，在微风中荡漾，煞是惹眼。

刘锦扬急忙喊："小王，开慢点。"

小王把车速减慢下来。

刘锦扬对芦苇荡上的芦苇专注地看着，说："看来今年的芦苇长势也很好。"

小王说："今年可望是个全面丰收年。"

刘锦扬说："话还不能这么说。还要看下半年的情况怎么样哩。农业生产这个东西呀，硬要把东西收了进来才算得数啊！"

小王同意地点点头。

桑塔纳下了大堤，拐一个弯驶进一条沙石公路。小王把车加速，车尾抛起腾腾黄尘，一会儿就到了芦洲镇政府的大门口。

在阳台上不停向大门口张望的胡秀英镇长和秘书小余见小车进来了，急忙迎了上去。

小王把车减速，停到了院中一棵枫香树下。刘锦扬从车里下来，与胡秀英、小余握手。

胡秀英笑盈盈，说："可把你这财老板盼来了。"

刘锦扬开玩笑似的说："你土地有令，我财神敢不应召？"他笑得自然而随和。

胡秀英松开相握之手，说："彼此彼此，不打嘴巴官司了，先进去休息吧。"她伸手示意，请刘锦扬进她的办公室休息。

刘锦扬说："路又不是太远，休息什么，先去看看吧。"

胡秀英看他一眼，说："……好吧，那就依你的，先去看看。"又征求他的意见，"先看香糯稻怎么样？"

刘锦扬也看她一眼，说："先到纸厂吧，路近。"

胡秀英说："好，先到纸厂。"

刘锦扬、胡秀英、小余、经管站长等一行人往纸厂走去。

胡秀英和刘锦扬边走边聊，他们聊了生活又聊工作。这几年，她非常感谢刘锦扬在工作上给她的支持与帮助。的确，刘锦扬人品不错，做人正直，心胸宽广，工作上是个好领导，生活上是个好男人。自从贺长生被车撞死后，她就孤零零的一个人，她才刚刚四十岁，漫漫长夜怎么不想有个男人在身边。每当想起那次她和刘锦扬被困在芦苇滩上过的一夜，刘锦扬对她的关心倍至就历历在目，叫她有些夜不能眠。她感觉到自己对刘锦扬动了心。

他们一行人来到了纸厂大门口，只见一车车的楠竹从厂门运进去。纸厂厂长领着各科室负责人出来迎接。

纸厂厂长笑容可掬地和刘锦扬、胡秀英等人握着手，说："刘局长好，胡镇长好！"

大家都热情回应，满脸喜色。

纸厂厂长走在前面，把大家迎进了车间参观。刘锦扬、胡秀英等人跟着纸厂厂长在车间里穿行。纸厂厂长一边走，一边不停地侧身回头向大家介绍近期纸厂生产情况。大家都含笑点头，指指点点。最后，大家来到了成品车间，只见一张张雪白光滑的纸张从机器里吐了出来，工人师傅们旁边还摞着几大堆这样的优质白纸。

纸厂厂长拿起一张白纸，介绍说："这就是××纸，是当前市场上的走俏货，是进口四色胶印机需要的纸张。"

刘锦扬摸着白纸，说："纸的质量要求达到标准了吗？"

纸厂厂长说："我们已经送到县彩印厂的进口四色胶印机上试印了，

他们表示满意，已经向我们长期订货。"喜悦之色全露在他脸上。

刘锦扬听了，高兴地说："好，这就好了。以前为了采购这种纸张，不知跑了多少路，花了多少钱，费了多少力。而今我们自己有了从芦苇、楠竹到纸厂，到彩印厂，一条龙的生产流水线，好呀好呀！"

纸厂厂长也高兴地说："这还不都是搭帮您刘局长的大力支持。"

刘锦扬谦虚地笑笑，说："哪里哪里，主要是你们自己的努力，我不过是为你们牵个线搭个桥罢了。"

纸厂厂长实心实意地说："您这个线牵得好，您这个桥也搭得好呀。您还真是个好'红娘'哩。"

刘锦扬开怀一笑，说："我们就是应该多做点牵线搭桥的'红娘'工作嘛。"

纸厂厂长真诚地看着他，说："我们要好好感谢您这个好'红娘'哩。"

刘锦扬笑笑，说："不用了，不用了。"

司机小王在一边插嘴，说："你们感谢刘局长的最好办法，是给他也当个'红娘'吧。"

小车司机就像警卫员，小王说这话是有根据的，自从刘锦扬的妻子去世之后，刘锦扬就饱一餐饥一餐，小王都看见了好几次了。有一次下大雨，他送刘锦扬回家，进门就看见茶几上堆了十几盒方便面，沙发上也有好几件脏衣服未洗。小王当时就想，要是有个女人给刘锦扬洗衣做饭就好了。

纸厂厂长等人想了想，忽然明白过来。大家异口同声地说："对对对，我们一定为刘局长当个'红娘'。"说这话时，不少人都有意无意地对胡秀英看着。

胡秀英心知肚明，也不禁微微地低下了头。

刘锦扬也有所察觉，就连忙把话岔开，嗔怪小王，说："小王，你的话怎么这么多。今天只谈公事，不谈私事。"

小王搞得不好意思，再不说话了。

纸厂厂长等人也曲意逢迎地说："好，只谈公事，不谈私事，不谈私事。"但有些人仍然把眼光从刘锦扬和胡秀英身上移来移去。

胡秀英也有意把话岔开，说："刘局长，我们去看看香糯稻吧。"

刘锦扬很聪明，明白她的意思，就说："好，去看看香糯稻。"

他们一行人走出成品车间，往纸厂大门口走去。

纸厂厂长连忙走到胡秀英身边，低声说："胡镇长，为了感谢刘局长对我们厂的大力支持，中午请他吃饭，特地请您作陪。"

胡秀英想了想，说："今天中午我在家里请他吃餐便饭。你们就挪到晚饭怎么样？时间还充分些。"

纸厂厂长说："好吧。那就请您替我们对刘局长说说。"

胡秀英知道纸厂厂长的想法，就不愿代言，说："你们请他，你们自己说吧，何必要我说哩！"

纸厂厂长已知自己的心计落空，就想了想，说："那，那好吧。"

此时，刘锦扬已经走在了一行人的前面。纸厂厂长急忙赶上前去。

第 六十八 章

小王发动了桑塔纳。刘锦扬邀请纸厂厂长一同前行。刘锦扬、胡秀英和纸厂厂长坐在小车里。后面跟着一辆小型面包车，坐了经管站长、财政所长等人。

溃水堤上。堤外是芦洲湖，茂密的芦苇在轻风之下微微起伏，几只白鹭落在碧青的苇叶上，长嘴里叼着刚捕获的小鱼。湖的中间或堤边有些菱荷，它们抱成团形成一片片，细小的菱花如繁星点点，间或有些露出水面的荷叶遥视蓝天白云。堤内是一望无边的稻田，栽的都是香糯稻，轻风阵阵吹过，如碧湖荡波。

桑塔纳和面包车停在了大堤上，大家从车里下来了。

刘锦扬望着万顷稻田，不由想起毛泽东的诗句：喜看稻菽千层浪！是啊，民以食为天，粮食是立生之本啦。只有农业搞上去了，中国富强才有基础！他感慨万千。

胡秀英望着万顷良田里正在抽穗扬花的禾苗，心里也是感慨不断，去年一场洪水淹没了芦洲镇三分之一的稻田，尤其眼前这一片稻田的禾苗被破堤直下如狼似虎的洪水吞食得无影无踪。她当时的心都碎了，几乎要与这万顷稻田共存亡。现在，她望着苗壮生长的香糯稻，十分感叹地说："刘局长，今年的景象就不是去年那个样子了吧？"

刘锦扬说："去年就是在这个地方缺的口，你急得要往下跳哩。"回想那一幕，他现在还有些心忱。

胡秀英说："当时我真是恨不得用身子把缺口堵住呀。"

他俩都在回忆着当时的情景：滚滚洪水，冲进稻田，胡秀英纵身欲跳，刘锦扬一把将她抱住……

"你真是急昏了头啊！"刘锦扬回忆着，他当时为何那般眼疾手快地一把抱住她，"你当时力气真大哩，我差点抱不住你。"

胡秀英不好意思地笑笑，深情地看了刘锦扬一眼。

刘锦扬思绪回来，边走边看堤下的稻禾，说："看来香糯稻的长势不错呀，你们估计一下，这样的稻一亩田能收多少斤谷？"

纸厂厂长也是种田人出身，虽然进了纸厂，十多年没插田割谷了，但一亩田打多少谷，他心里还是基本上有个数。他说："这个样子一亩田五百斤没有问题。"

刘锦扬也估计到了，想了想说："比一般早稻的产量是低了一点，可是价钱却是几倍啊，折算起来还是大大地增了产。"

胡秀英也在想，估计的数和他们差不多，就说："还是比一般早稻划算。"

刘锦扬扭头说："胡镇长，今年你也要跳，也喜得跳啊！"他开玩笑似的，"但跳下去我绝不会拉你。哈哈哈……"

纸厂厂长和其他人都往前走，刘锦扬和胡秀英落在了他们后面。

胡秀英没有接他的话，却突然说："为了感谢你的大力支持，今天中午设家宴招待你，怎么样，领情不领情？"

刘锦扬哈哈一笑，说："不敢破费，不敢破费。"

胡秀英有点不高兴地说："怎么，嫌弃了？"

刘锦扬说："我还席不起呀。"如果真要他去胡秀英家里吃饭，他还真有些不好意思。

"我到县里去开会，保证不到你家里去吃饭。怎么样，领情不领情？"胡秀英的目光变得温和，但也有几分乞求。

有好长一段时间没有见到刘锦扬了，今天见到他的那一刻，胡秀英感觉自己的心里有一种无言的喜悦之情，是向往，是青睐，还是倾慕？刘锦扬身上好像放射一股特有的气息，电波一样迅速传向她、笼罩她，令她喘不过气来。

刘锦扬也有同样的感觉，看着眼前的胡秀英，不得不承认自己喜欢她。她是一个优秀的女性，不但美丽，而且拥有良好的品德，善良、自爱、自立、自尊、自强，这样的女性内涵丰富，拥有一腔幽兰的心思，纤细、柔绵、缜密、芬芳，内心坚强，做事有原则，不会轻易向现实妥协，不愿意轻易授之于别人，活得清醒而明白。

刘锦扬微笑，说："有往无来，那不合理嘛！"

"看来你是嫌弃了。"胡秀英表情有点凝重。

"不敢不敢。"刘锦扬马上摆手。

走在他俩前面仅几步远的纸厂厂长听到了他们的对话，就极力怂恿地说："刘局长，去吧去吧，胡镇长既然有意，你也应该领情呀！"

其他人也都附和着说："是呀是呀，胡镇长有意，你就应该领情吧！"

刘锦扬有些左右为难，不去吧，又怕胡秀英真生气；去吧，又有些不妥，担心别人会添油加醋地说些难听的话，对他倒没什么，却会伤害胡秀英。可是，现在胡秀英真心诚意地请他去家里吃饭，他怎么好拒绝？去吧！刘锦扬做出决定。

刘锦扬鼓足勇气，说："既然大家都这么说，我也就只有悉听尊便了啦！"

胡秀英低着头，浅浅地笑着，一时慌乱的心变得踏实起来。

第 六十九 章

胡秀英的母亲正在厨房里炒菜做饭。有几样菜已经放在餐桌上了。她不时地来到家门口张望，担心菜做好了，他们还没有来，菜会凉了。

大约半个钟头，门外传来了说话声和脚步声，胡秀英的母亲知道是客人来了，就忙出门去迎。

胡秀英有意走在前面引路，后面跟着刘锦扬、小王和纸厂厂长。

胡秀英来到母亲跟前，说："妈，客人来了。饭菜都做好了吗？"

老人满脸笑容，回答说："做好了，做好了。"

刘锦扬走近胡秀英的母亲身前，彬彬有礼地说："老人家好，辛苦你了。"

胡秀英的母亲高兴地回答，说："不辛苦，不辛苦，你是难得来的稀客，请坐，请坐。"她忙进门去倒茶。

胡秀英给母亲介绍他们，说："妈，这是财政局刘局长，这是小王，这是纸厂厂长……"

胡秀英的母亲一边倒茶一边高兴地说："好好好，坐，坐，喝茶喝茶。"

刘锦扬对室内环视了一下，突然看到了挂在墙上的贺长生的遗像，不禁一怔，赶紧低下了头，心里想起了很多很多……脸上不由地现出了几分悲戚和阴冷……他忘了坐下。胡秀英的母亲把茶端到他面前，要他接茶，他这才从沉思中醒悟过来，连忙接茶杯，说："谢谢，谢谢！"

胡秀英帮着母亲拿筷子摆饭碗。

一切就绪，胡秀英说："刘局长，大家请上桌吧。没有什么好的招待，全是家常便饭。"

大家围坐在圆桌前开始吃饭。

吃过中饭，大家就离开了胡秀英的家。纸厂厂长说："刘局长，晚餐就接到我们厂里去……"

刘锦扬说："不啦，下午县里还有个会，我得赶回去。"

纸厂厂长说："怎么，你就只领胡镇长的情不领我们的情呀！"

桑塔纳停在镇政府的院子里，他们离开胡秀英的家时，刘锦扬要小王把车开出镇政府大门外。小王就先去把桑塔纳开出了大门。

刘锦扬、胡秀英和纸厂厂长三人向镇政府方向走去。他们来到集镇上时，那几个长舌妇女坐在街道边的一家小商店门口纳着鞋底，说着闲话。有一个长舌妇女认出了刘锦扬，就指指点点地告诉同伴，说："你们看，那不是财政局长吗？"另一个长舌妇女怪声怪气地说："真的耶，他们又搅在一起了。还有人给他们当'灯泡'哩。"她是指纸厂厂长给刘锦扬和胡秀英当"灯泡"。她们指指点点、窃窃私语。

这几个长舌妇女说的话，胡秀英听到了，却假装没听见，继续和刘锦扬说着话，往前走。

刘锦扬来到桑塔纳边，拉开车门，与胡秀英和纸厂厂长握手告别，说："再见，再见！"

纸厂厂长握着刘锦扬的手，说："刘局长，欢迎您再来！"

刘锦扬说："一定还要来的。"看了胡秀英一眼，上车。

桑塔纳启动，开走了。胡秀英、纸厂厂长挥手相送。

第 七 十 章

刘锦扬回到县城，从县政府开完会回家，已是夕阳西下，一抹酒红色的云霞浮在西天边，清晰而美艳，一会儿，消失了，取而代之的是安静的，无边无垠的暮色。

刘锦扬走在回家的路上，心里想着白天热热闹闹，工作时有人说话，现在回到家里将是一个人孤孤单单冷冷清清，不禁有些伤感。

刘芸芸正在厨房里急急忙忙地做晚饭，听到窗外楼梯口有人上楼的脚步声，就知道是父亲回来了。父亲的脚步声，她再熟悉不过了，就急忙去开了门。果真是父亲在门口正拿钥匙开门。

刘芸芸说："爸，回来了。"

刘锦扬一惊，说："你怎么晓得是我？"

刘芸芸接过父亲手里的公文包，说："听脚步声我就晓得是您回来了。"

"到底是自己的女儿嘛。"刘锦扬换好拖鞋进来，"芸芸，好难得见到你回来一次呀。爸很寂寞，多回来陪陪爸吧。"他坐到沙发上，见堆在沙发上的脏衣服已经洗了，客厅里也搞得整整齐齐，干干净净，就心想，到底有女儿好呀！

"爸，我忙嘛。"刘芸芸给父亲倒了一杯热茶，"爸，先喝杯茶，还有一个菜炒，就吃饭。"

刘锦扬的确有点口渴了，就喝口茶水，说："爸晓得你很忙。今天是什么风把你吹回来的呀？"

"爸，我是有事来同您商量的。"刘芸芸进了厨房。

刘锦扬说："什么事呀？向爸说说吧。"

"等会儿再说。我先把这个菜炒了。"刘芸芸扭燃炉火，炒菜。

一会儿，饭菜上齐，父女俩开始吃饭。

饭桌上，刘芸芸说："爸，我想结婚。"

刘锦扬听了感到有些奇怪，说："结婚？你们不是早就扯了结婚证吗？还要结婚！"

刘芸芸说："我是说我们要举行结婚仪式。"

"结婚仪式不是结婚的必要手续嘛。"刘锦扬夹了一筷菜在嘴里吃，"只要扯了结婚证就是合法婚姻了，就算结了婚。"想了想又说，"你们要举行一个仪式也可以，只是要节俭一点。"

刘芸芸说："不，我们就是要热闹一点。说穿了就是要阔气一点。"

刘锦扬故作不明白，说："那是为什么？"

刘芸芸理直气壮地说："为我们个体户争光嘛。我要向全县的人表明，我们这些不端铁饭碗的个体户有钱，甚至比端铁饭碗的人的钱还多得多。"

"你们的钱是比我们这些端铁饭碗的人的钱多得多。我承认。但也用不着要显摆嘛！"女儿的话，刘锦扬听了有点不是滋味。

刘芸芸并没有看出父亲的脸色有点不好看，继续说："要不，人家怎么会晓得我们个体户有钱哩！"

刘锦扬听着女儿的话，有点气不顺地说："芸芸，那样你就不嫌俗气吗？"

"不，我觉得阔气。阔气，脸上就光彩。"刘芸芸越说越来劲儿，没有在意父亲脸上的表情。

"好，我就听听你的，你打算怎么一个阔气法？"刘锦扬在控制着自己的情绪。

"我要租上十几辆汽车，把我们的高档家具、各式各样的高档家用电器、衣服首饰等等全都放在车上。我和喜顺坐在彩车里，还请一个管乐队，热热闹闹地在县城的大街小巷转一圈。"刘芸芸两眼生辉，陶醉在未来喜庆日子的遐想里，觉得自己无比幸福。

人生有三大喜事，洞房花烛是其中之一。按理说女儿结婚举办个仪式，是天经地义的事，他做父亲的责无旁贷，何况女儿的婚事什么都不要他管，只要他在公众面前露露脸而已，他也有顾虑？刘锦扬左思右想后，仍然有些不同意地说："芸芸，果真那样，人家又将会怎么说你，又将会怎么说你爸？"

"人家会说我刘芸芸有钱。会说爸您有个有钱的女儿。"刘芸芸看出了父亲不同意她的婚礼大操大办，就一定要坚持。

刘锦扬似乎听出了女儿的话外之意，就真来气了，说："不。人家会说你这是一种不正常的宣泄，是钱多了没地方花销的一种反常心理。你是不是认为去年爸补征了你三万块钱的税，从此你就耿耿于怀。而今你这样做是对提高了你的税额的一种愤慨吧！"刘锦扬有些控制不住自己的情绪了。

"不，爸。您这样来看待女儿那是您不了解您的女儿。"刘芸芸提高了说话的声音。父亲不理解她，使她心里很难过。

"芸芸，你这样做，那也是你不了解你爸。"刘锦扬心里矛盾，女儿办婚事在理，可他是一名党员，不能违反纪律。

刘芸芸说："爸，您不同意我这么做？"

刘锦扬耐住性子，说："芸芸，我不能同意。"

刘芸芸很难过，说："您太不关心我了。"

"不同意你这么做，正是关心你。"刘锦扬不想跟女儿过多解释。他知道从小女儿性子刚，越跟她解释她越顶嘴。

"您这是推卸您当爸的责任。您不同意，我也要这么做。"刘芸芸发了脾气，把饭碗往桌上一推，"我自己的钱我自己做主。"

刘锦扬依然控制着自己的火气，说："那样，我们父女就会出现很大的分歧。"

"现在还分歧得不够吗？"刘芸芸眼眶里溢满了泪水，想想母亲在世的时候，他们一家人多开心啦，"我告诉您，小兵再也不愿意回到家里来了。您在妈面前答应了的话也不作数。妈妈，"刘芸芸对着母亲的遗像看着，"您要是还在的话，一定会支持女儿的。"说着，泪水流出眼眶。

"你妈她一贯勤劳节俭，她根本就不会答应你这么做。"对女儿的思想工作做不通，刘锦扬心里很难过，听女儿哭着喊妈妈，刘锦扬心里更难受。但他知道，要是朱九妹还活着，她是会理解他的。

刘芸芸不管父亲心里怎么想，她就是要给自己热热闹闹地办一场婚礼，好让在天之灵的母亲也看着她的幸福。刘芸芸倔强地说："好吧，我再也不回到这个家里来了……"说罢，她含泪开门匆匆而去。

"芸芸……"刘锦扬急忙起身，追到门口。

没有回音。门外已是一片漆黑。

第 七十一 章

也许是因为雨水的缘由，地气升腾，接连几天早晨都是灰蒙蒙、雾重重的雾霾天气，整个芦洲镇区域都是湿润的空气，风姿绰约的植物裹在缭绕、缥缈的雾气中显出几分神秘，似乎在窃窃私语，又仿佛它们是丰腴、成熟的少妇，要借了这个袅袅的雾霭恣意地显示自己的万种风情，带点放荡，带点妖艳。

大约上午十点钟，在芦洲镇政府的一间办公室里，由县纪委派来的两位干部与胡秀英面对面地坐着。四十岁左右的干部叫白松，中等个头，皮肤黝黑，县纪委干部监督室主任，比他年龄小一点的干部叫雷立强，瘦高个儿，戴着一副黑边眼镜，文文静静的模样。他们面部神情非常严肃，也许是与他们的职业习惯有关，两只眼睛咄咄逼人。

雷立强打开记录本，做好了谈话记录的准备。

白松见雷立强已做好记录的准备，就开门见山地说："胡秀英同志，我们代表组织对你各个方面的工作都做了认真而细致的了解，反映一致是很好的。只是对你在生活作风上还有一点疑义，不少人也有些议论。希望你能老老实实地向组织上说清楚。"

胡秀英猛吃一惊，但很快冷静下来。心想，自己没有做亏心事，不怕组织上调查，就说："我希望组织上说得更明白一点。对我生活作风上的疑义到底是指的什么？"

白松说："说具体点，就是你和财政局长刘锦扬的关系。再具体一点，就是前年芦苇滩上的那一夜。"

胡秀英心里一笑，说："我晓得有些人对那一夜有很多的议论和看法。"她和刘锦扬没有做什么见不得人的事情，不怕组织上调查，就实情实说，"那是个偶然机会造成的。那天，我和刘锦扬看了纸厂后临时动意要去芦苇滩上看看芦苇发展前景。临时找了一只小船，是我划上去的……"她脑海里出现了当时划船的情形。湖面上风浪微起，她一边划着船，一边和刘锦扬说着话，说的都是一些工作上的事。

胡秀英继续说："由于我们疏忽大意，船桩没有插稳，后来小船被风浪荡走了。我们考察完芦苇滩回到拴船的地方时，小船不见了。我们很着急，围着芦苇滩走了一圈都没有找到小船。我们嗓子都喊哑了，也没有人回应，也没有见到其他的船。当时，天已经黑了，又起大风。我们临走时又没有来得及告诉同志们。同志们也就不可能到芦苇滩上来找我们。我们完全失望了，只好在芦苇滩上过夜了……"

雷立强快速地在记录本上记录着。

白松认真听着，时不时地点点头。他仍然表情严肃地说："要你谈的就是怎么过的那一夜？"

白松又说："扯了些什么，说具体点。"

胡秀英说："现在记不太清楚了。反正没边没沿，工作上的生活上的什么都说。"

白松说："生活上的说了些什么？"

胡秀英说："也没有说什么，他好像说过他小时候过端午节上芦苇滩打苇叶包粽子，也迷失在芦苇滩上了，也在芦苇滩上过个夜。"

白松又说："在芦苇滩上过夜又怎么样？"

胡秀英又说："他好像说过，他奶奶曾经吓唬过他，说什么芦苇滩上有狐狸精媚人。"

白松说："好。把这个问题说详细点。狐狸精媚人他说过一些什么具体细节没有？"

胡秀英说："好像没有说什么具体细节。"

白松又说："你认为他在那样的情景之下说什么狐狸精媚人有什么用意没有？"

胡秀英说："我当时感觉到没有什么用意。"

白松又说："你当时听起来是不是感觉得有挑逗的意味？"

"我当时没有感觉到有挑逗的意味。"胡秀英早就有些不耐烦了，她脸色突变，很不悦地说，"你们把我当犯人审问吗？怎么抓着个话题穷追不舍问个细枝末节？！"

白松一下子也来了脾气，板着面孔，说："胡秀英同志，现在你面对的是组织。希望你能老老实实地把这个问题向组织说清楚。"

"我是实情实说的呀。"胡秀英突然冷静下来，心想，全当讲故事给他们听吧，她和刘锦扬又没有搂搂抱抱，又没有做爱，有什么大不了的事，"你们还想知道什么？问吧。"

白松也回到原来的严肃态度，说："好，你继续往下说。说了狐狸精媚人以后又怎么样？"

胡秀英说："……好像说着说着，我就听到有窸窸窣窣的响声。"

白松说："那是什么响？"

胡秀英耐着性子，说："我回头一看，好像有几团黑黝黝的东西向我走来……"

白松说："你怎么样？"

胡秀英回忆着当时的情景，说："我很害怕，就不由向他的胸前一扑。他为了保护我，也就一下把我抱住了。"

"他抱住你了又怎么样？"白松真的像听故事一样，神情专注。

胡秀英接着说："我们对那几团黑黝黝的东西一看，原来是几只猪獾、狗獾之类的小野物。"

白松又说："你们又怎么样？"

胡秀英说："我们就不怕了。他大喊一声'畜生'，那几只小野物就跑掉了。"她真的是在说故事，在编。她要让白松听得着迷。

"这时候你们又怎么样？"白松总用这种"怎么样"职业语言，也不觉得乏味。

胡秀英故意压低声音，假装神秘地说："这时候我才明白过来，我已经……"她故意停下来。

"你已经怎么样？"白松急切追问。

"我已经投进了他的怀里！但很不好意思，我就要挣脱他。"胡秀英有意下套，让白松钻。

白松睁大两眼，说："他又怎么样？"

胡秀英端杯喝茶，故意慢慢地喝，想了想，说："他一下就推开了我。并说了一句，'你好大的胆子'。"

记录员雷立强不停地记录着，但有时候胡秀英说得快，他完全记录不下来，也就干脆不记录。但他也觉得没有实质性的东西，根本就没必要记录下来。

"他真的就那么推开你了？"白松有些不相信。

胡秀英认真地说："真的就那么推开我了。"

在那个特别的环境下，一对孤男寡女难道没有发生那种事？白松还是不相信，就严肃认真地说："胡秀英同志，这是最为关键的地方，你要如实地向组织说清楚。"

"我这就是如实地说的。"胡秀英不把白松的"严肃"当回事，反而问他，"难道你要我瞎编乱说去害他？"

"我没那个意思。"白松略知一二胡秀英的脾气，软的不欺硬的不怕。他改换了语气，"请你接着说，那以后呢？"

胡秀英反感的情绪又上来了，她不想多说，比如夜寒露重，刘锦扬把衣服脱下来给她披上，比如他俩烧火取暖，刘锦扬的打火机没火了，他俩就身贴身地坐着，等等。她简单地说："以后我们就一直坐着闲扯，直到天亮。"

白松说："以后你们两个人再也没有接触过？"

胡秀英说："再也没有接触过。"

白松又说："你们就连瞌睡都没有打过？"

胡秀英想想，说他们一夜没睡，精神好，那是假话，哪个人都做不到。但她不想把自己靠在刘锦扬的肩膀上进而倒在他怀里睡着了说出来。她很自然地说："打过瞌睡，但不敢深睡，怕野物再来。"

白松想找出破绽，却一点没找到，只好说："胡秀英同志，那一夜的事，人家的议论很多。但真实的情况只有你和刘锦扬两个人清楚。"他停了停，又说，"我们已经问过刘锦扬同志了，他说的可与你的不完全一样啊。"

胡秀英很明白他是在激将自己，就说："刘锦扬怎么说那只有由他了。要我说我就只能这么说。事实就是如此，我问心无愧。"她充分相信刘锦扬的为人，"你们还有什么要问的？没有了，我就下村去了。"

白松和雷立强对视了一眼，说："好吧，我们暂时就问到这里吧。"

胡秀英起身，连招呼也不对他们打就走出了办公室。

一条野草丛生的小路，沿着田埂伸向远处的村道。草尖上缀满水珠，在月光的照射下，就像离人眼睫上的盈盈粉泪。

胡秀英下村返回家来时，月亮已过了树梢。那月却格外清寒。

第 七 十 二 章

七月流火，太阳耀武扬威地扫视着大地上的万物，掀起巨大的热浪，似火舌无所顾忌地野蛮地舔舐着县城的每一寸土地，每一个角落。

一支庞大的结婚队伍，在吹吹打打的管乐声中，头顶烈日在县城的大街上逶迤而过，在向人们显示着富有和气派。

一辆豪华的红色小轿车在队伍前面缓慢行驶，车头前贴着大大的"囍"字，车身两边用朵朵玫瑰和绿叶簇成一条鲜花带，格外惹人注目。车内坐着粉妆淡抹的刘芸芸和风流倜傥的黄喜顺，他们两个胸前别着一枝紫罗兰，脸上洋溢着甜蜜和幸福的微笑。刘芸芸虽然今年已三十岁出头，但经常做美容护理，保养得不错，细嫩、光滑、红润的脸面仍如一朵刚绽放的鲜花，娇艳欲滴。坐在她身边的黄喜顺看着自己的娇妻今天如此美艳，不由抓住了她的手搓柔和抚摸，心花怒放。

彩车的后面紧跟着几辆同样豪华的黑色小轿车，里面坐的是亲朋好友。再后面就是一辆装饰的大汽车，上面坐的是管乐队，每个人都起劲儿地吹奏着喜曲。在管乐队的后面还有三辆货车，上面放着新款家具、豪华电器和高档衣服被帐……车队缓缓行驶，蜿蜒而过，街道两边人行道上站满了看热闹的人们，都在议论和指点，脸上露着惊喜。

"好气派，听说是财政局长的女儿哩！"

"不是他们这样的人，哪里有这样的阔气呀！"

"听说这一对新人都是个体户哩。"

"财政局长的女儿还当个体户？！"

"个体户来钱嘛，当干部能有几个钱？而今的人哪，哪里有钱就往哪里钻。"

"那也是。"

"……"

对面开来一支车队，前面有几辆摩托车开道。摩托车上坐着几名身穿警服的公安干警，后面是一辆警车，里面也是坐着公安干警，不停地鸣着警笛。警车的后面跟着两辆大汽车做的刑车，前面的一辆刑车上站着两名死刑犯，都反绑着双手，背后插着高高的斩标。第二辆刑车上站着几名有期徒刑犯，也都反绑着双手，颈上挂着一块牌子。其中有石三宝，胸前的牌子上写着"贪污犯石三宝"。

见到警车开来，街边的行人急忙纷纷向人行道上退去。

两支车队在大街上相遇，婚礼车队只得停下来，靠在一边，让刑车队通过……

一对新人坐在彩车里喜眉笑脸，然而刘锦扬在家里却愁眉苦脸，他听到从大街上不断传来的喜乐声，就知道这是在干什么。女儿不听他的意见，偏要把婚礼办得张张扬扬，还说要他到新房等他们，一同去酒店接待客人。他去还是不去？如果不去，是他的亲生女儿哩！他有点烦躁地在客厅里走来走去。

忽然，门被敲响，他前去开门。门口站着纪委干部监督室主任白松，后面站着记录员雷立强。

白松微笑说："刘局长，对不起，打扰了。我们刚才去局里找你，他们说你在家里，我们就来这里找你了。"

刘锦扬对他们不认识，但不管是谁，来家里就是客。他微笑着说："是的。我女儿今天结婚，我请假了。请进来坐。"

白松把工作证递给刘锦扬，说："刘局长，我们是纪委的，这是我的工作证。"

刘锦扬接过工作证看后说："哦，是白主任啦，请坐请坐。"说完把工作证还给白松。

白松和雷立强准备换鞋进客厅。

刘锦扬忙说："不用不用。"

他们进了客厅，白松扫视了一眼，室内摆设简单，东西也陈旧，除了一套旧沙发和一个茶几、几把椅子，就只有一台老式的十四英寸黑白电视机了。白松收回目光，坐到沙发上，雷立强也坐了下来。

"你们找我有什么事吗？"刘锦扬给他们倒了一杯茶。

白松直接地说："我们来，是了解你和胡秀英在芦苇滩上过一夜的事。"

刘锦扬听了虽一惊，但不恼怒，说："你们是怀疑我们有什么问题吧。"

白松说："外面的议论很多，希望你能实事求是的向组织上说清楚。"他的表情比较随和，没有对胡秀英那样严肃。他知道刘锦扬在县里一些主要领导心中是有位置的，工作扎实过硬，是有功之臣。

刘锦扬说："叫我说，那一夜我们是清清白白的。"

白松说："可是胡秀英同志不是你这么说的。"

刘锦扬不信，但嘴上说："她要怎么说那只由得她。"

白松说："她不是曾经投进过你的怀里吗？"

"同志，请你注意措辞，什么'投进怀里'。"刘锦扬突然一下来了火，"那是因为出现了小野物，她害怕，向我胸前扑来。我作为一个大男人，不应该护卫她一下吗？"

雷立强在作记录。刘锦扬发现，就有气地说："同志，请你不要记，记下了也没用！"

雷立强看白松，意思是询问要不要记。

白松领会，就说："算了，不记了。"他注意措辞地又问刘锦扬，"她扑过来以后你又怎么样呢？"

"野物逃跑以后，我们就分开了。"刘锦扬很简单地回答。

"这样说令人可信吗？"白松略改问话方式，却仍然是那种程式化的追根刨底。

"不可信？那你说我们会怎么样？"刘锦扬真的有些气恼了，抬高声音，"你以为一男一女两个人到了一起就一定有性行为发生吗？否则就不可信了！同志，你要知道，人有感情也更有理智，怎么能两个人到了一起就非得有性行为不可呢？人是人，不是畜生，就是畜生也还有个发情期嘛！不是发情期它们也没有性行为嘛！"

"刘锦扬同志,你怎么……"白松听刘锦扬如此说话,就气不打一处来。但有些忲怕对峙,忍着没把话说完。

刘锦扬仍没有好态度,说:"你要我说我就这么说,其他的我没有了!"他看了看表,"还有要问的吗?如果没有了,我可要到我女儿婚礼场上去了。"

白松对刘锦扬看着,有点无可奈何!

很明显,刘锦扬这是在下逐客令。同时也是实情,女儿结婚,他当父亲的怎么可以不在场?

第 七十三 章

南方的冬天时常很晴朗,很湿润,阳光普照,让人忘记正值冬季,忘记冰雪。此时,正是太阳偏西,刘锦扬坐在办公桌前伏案工作,阳光从门口正射在他身上、腿上、鞋上,感觉暖融融的。对着门的草地上是一株枝繁叶茂的大叶榕树,此时像一把撑开的大伞,树叶在风中抖动,落下一些败叶散栖在草尖上,有几只小鸟不时地从枝隙间飞去又飞进,叽叽喳喳的几多欢快。刘锦扬吸吮着清洁又凉润的空气,感到全身心地妥帖、舒适,犹如一棵植物触摸到阳光、水、泥土。

工作让刘锦扬天天忙碌而充实,他时常忘记时间,有一种不知今夕是何年,今身在何处的恍惚感。

又一年快过去了,财政上的诸多工作都已经接近尾声。从预算股报上来的情况看,今年的财政形势与去年比又上了一个台阶,刘锦扬感到很欣慰!

付出的心血越多,对财政工作的感情也就越深,不知不觉,刘锦扬把财政局当成了家,家就是财政局。

今天稍有空,刘锦扬才能坐下来静心地写一写工作回顾。过段日子,财政局将召开全县财政干部年终大会,他将在会上全面总结财政工作。

一位年轻干部走向刘锦扬的办公室,他叫谷从亮,省财经学院毕业,分配到财政局工作已经有两年了，精明能干，工作务实，是前不久经局党组研究任命的信息中心主任。

谷从亮高兴地来到刘锦扬的办公室门口，微笑着说："刘局长，又捕捉到了一条好信息。"

刘锦扬抬起头来，说："一条什么好信息？"

谷从亮举起手中的一个小物件，说："就是这个东西。"

刘锦扬放下手里的笔，拿过谷从亮手中的小物件看，说："哟，打火机。"造型美观、透明的塑料壳里装满无色气体。他打了一下火，突然火舌直喷，"还蛮漂亮的啊！"

谷从亮解释说："这叫一次性打火机。一块钱一个，用完了就丢。这是新产品，蛮走俏。"

刘锦扬从香烟盒里抽出一支香烟，用它点燃，说："蛮好蛮好。"他有些爱不释手。

谷从亮见刘锦扬很喜欢，感兴趣，就又说："刘局长，我们县无线电元件厂的产品不是长期滞销吗？我看可以转产生产这种打火机，一定可以起死回生。"

刘锦扬拿着打火机又打了一下火，反复端详，认真思量后说："价廉物美，使用方便，社会上的需要量又大，我看可以考虑。你与经委联系，向他们建议建议。"

谷从亮见刘锦扬赞同他的建议，就很高兴地说："是，我这马上就与经委联系。"说罢，转身往外走。

刘锦扬急忙叫住他，用表扬的目光看着他，说："小谷，好好干吧，捕捉到一条好信息，就救活了一个企业呀，功劳不小呀！"

谷从亮笑笑，走出办公室。

刘锦扬又埋下头来写。这时，吴福正走进办公室来，见刘锦扬在，就说："老刘，你回来了。"

刘锦扬抬头，说："回来了。你也到外面去走了走？"

吴福正放下公文包，为自己倒上一杯茶水，说："去城关镇财政所

看了看。"

"怎么样？"刘锦扬一边写一边问。他估计吴福正下到财政所是了解征收情况的，今年乡镇财政创收也该拢妥了。

"还可以。"吴福正边饮茶边说，"今年的工商税收可是大大地增加了。去年的那次工商税收大检查和宽严兑现大会可是起了很大的作用呀！"

刘锦扬干脆停下笔来，和吴福正说起话来。他说："今年的财政形势和去年相比是有不少的起色啊！"

"的确是有很大起色！"吴福正给刘锦扬一支香烟，自己点燃一支。他突然想起刚才在门口碰到谷从亮，就想到"信息"，"老刘，我得到一条信息。"

"一条什么信息？"刘锦扬点燃香烟吸着。

吴福正说："这条信息也好也不好。"

"到底是什么，你说嘛。"刘锦扬想尽快知道，就催促着。

吴福正吸着香烟，慢慢地说："县里看到今年的财政形势有好转，议论好久了的县氮肥厂改建问题可能会上马。"

改建县氮肥厂之事已有所闻，但不知道县委县政府会这么快来动作。刘锦扬有些担忧地说："改建氮肥厂是好事，可是投入也实在是不少呀，没有好几百万恐怕不行吧？"

吴福正默想一下，说："起码上千万。"

刘锦扬点点头，说："这对财政又是一个很大的压力呀！"他相信吴福正的估算不会错。

吴福正喝着茶，有些淡然地说："我早就说过，你把粑粑做得再大，他们的胃口也就会跟着长大。粑粑的增加速度怎么也赶不上胃口的增大速度。"

"不管怎么说，改建氮肥厂总是好事。他们的胃口大，我们就把粑粑做得更大。"刘锦扬想了想，坚信县委县政府的决策是正确的，只有把工业搞上去了，财政形势才会好起来。

吴福正含糊地一笑，说："佩服，佩服。"

刘锦扬略知其意，也一笑，说："我们本来管的就是钱嘛。老吴，我们的那几笔沉淀资金未必就没有一点办法了？"

有压力就会有动力，就会想办法去破解压力。这，就是刘锦扬的工作精神。

但，吴福正对待工作却是另一种心态，遇到困难不乐观，很少有积极向上的心劲儿。

吴福正摇摇头，说："你是说白岩镇电机配件厂的那几笔钱吧？"

刘锦扬点点头，说："是呀，不能多少收回来一点？"

"你如果有兴趣可以去看看，我是失去了信心的。"提起白岩镇电机配件厂的那几笔企业周转金，吴福正就头痛。

刘锦扬不信那两百多万企业周转金就打水漂，就说："明天我们两个人去，你对情况熟悉。我就不相信一点收不回来！"

吴福正没有信心地说："你去看了就会知道的。"

这时，叶秋走了进来，打断了他们说话。叶秋开心地笑着，说："我有一条好信息。"有意对刘锦扬看一眼。

刘锦扬见她这般高兴，就说："是什么好信息让你这么高兴？"

叶秋压低声音，神秘地说："据可靠信息，芦洲镇的胡秀英镇长，已经内定为副县长候选人了。"

吴福正很淡然地说："女干部嘛，自然就显得格外吃香了。"

这是新中国成立以来江东县首次女干部候选副县长，的确是大新闻。

刘锦扬从心里替胡秀英高兴，但不露声色地嘴上说："说良心话，胡镇长的工作确实不错，像她这样的女干部确实难得，提拔一下应该。"

吴福正对叶秋开玩笑似的说："叶主任，你也努把力吧。"

叶秋笑着，说："我可不是那材料。我生成只会跑腿儿打杂儿。"眼光瞥一下刘锦扬。

刘锦扬无意地看一眼叶秋，含笑说："你还是当我们的外交部部长兼内务部部长吧。"

叶秋抱掌，笑说："过奖，过奖。"

三个人都笑了起来……

第二天，刘锦扬、吴福正和叶秋来到白岩镇电机配件厂，他们没有惊动白岩镇的书记和镇长。

白岩镇电机配件厂坐落在镇道东南角，二十世纪七十年代县钢锉厂的老房子，后因钢锉厂迁址进城，厂房就交给了白岩镇政府。二十世纪八十年代中期，响应中央号召发展乡镇企业，白岩镇党委政府就在原址开办电机配件厂，生产农用抽水机。可是改革开放大潮到来，一批有势力的企业风起云涌，市场竞争激烈，电机配件厂这个小小的镇办企业终因资金短缺和技术落后，失去市场竞争能力而倒闭了。

刘锦扬、吴福正和叶秋来到电机配件厂的大门口，只见厂牌尚未摘除，大门敞开着。他们走了进去。

厂内空无一人，枯草连连，几只麻雀在草地上啄虫子吃。他们径直走进车间，里面设备闲置、生锈，鸟儿在房顶上做着巢。他们一边走一边看，摇头叹息。

他们走出车间，到了一间好像办公室的房门口，对里面一看，一张办公桌、几把椅子，靠门口墙角的一把条椅上有两兜白菜、一块猪肉和几个碗，旁边放着一只藕煤炉子，里面正燃着火。有个人正在床上睡大觉。

刘锦扬走到床边，说："呃，同志，醒一醒，醒一醒。"用手轻推一下床上的人。

睡觉人有五十多岁了，看上去是一个老实本分的农民。他擦擦眼，抬起头，睡眼惺忪地说："你们……"

叶秋连忙上前，说："我们是县财政局的。"指着身边的刘锦扬和吴福正介绍，"这位是刘局长，这位是吴局长。"

睡觉人掀开被子下了床，说："有什么事呀？"

刘锦扬和颜悦色地说："你们厂的负责人呢？"

睡觉人说："我就是呀。"

刘锦扬有些不相信，说："你就是厂长？"

睡觉人说："镇里临时指派的嘛。就是要我来看厂。"睡觉人自认为

"看厂人"就是"厂长"了。

吴福正看着睡觉人，觉得面生，忙插话说："以前好像不是你呀！"

睡觉人忙解释说："以前是赵老三，他依然回村里当支部书记去了。临时抓我抵差嘛。"

这下，他们三个人全明白了。

要想了解深情况也是白搭。但他们来了，还是想多了解一些，也许眼前的睡觉人知道一些。刘锦扬这样想，就说："你们的厂就这么闲置起来？"

睡觉人耸耸肩，无奈地一笑，说："有什么办法。产品销不掉，不生产不亏本，越生产越亏本。"

刘锦扬说："你以前是干什么的？"

睡觉人说："我是镇经管站的。"

刘锦扬说："你们这个厂的工人呢？"

睡觉人说："都回家种田去了。"

刘锦扬点点头，没再问睡觉人什么。他转身走出门来，自言自语，说："为了办这个厂，县里可是投入了两百多万啊！"

睡觉人跟着他们三个人出门来，边走边说："就是吃亏你们投入了两百多万。你们不投入这笔钱，镇里就不得办这个厂，也免得搞个包袱背在身上。而今是镇里、村里都欠了一屁股两肋巴骨的账。"

农村人说话虽然难听，但诚实而耿直。想一想，睡觉人说的话也不无道理。刘锦扬感慨地说："教训，教训。"他侧身对吴福正说，"当初决定办这个厂就没有进行过可行性考察？"

吴福正满嘴牢骚地说："考察什么？！个别人一句话就拍了板。"他是指前任的财政局长，"当时是大办乡镇企业一股风嘛。只要是办乡镇企业，县财政就得支持。"

刘锦扬不禁摇了摇头，说："走，找他们镇里的负责人去。"

睡觉人忙说："镇里的负责人都下村去了，你们找他们不到。"

刘锦扬说："你怎么知道？"

227

"上午我在镇里参加大会……"睡觉人紧跟他们三个人快走到厂大门口，"你们要收回县里的周转资金是不是？钱，肯定没有。要不，你们就把这些厂房和机器收了回去。也免得我在这里看厂了。"睡觉人有话直说。

刘锦扬只有摇头、叹气，说："像这样败家，一个县的财政经得几败啊！"

"怎么样，亲眼看见了吧？"吴福正也叹气。

他们三个人都愁眉叹气着走出厂大门。睡觉人连一句"慢走"的话也不说，呵欠直扯，转身回房。

第 七十四 章

冬日里，气温虽然有些偏低，但是太阳依然灿烂，金色的阳光照在人的脸上明亮生辉。

午前十点钟，县经委办公楼门前站了好多人。人群里有经委机关干部、各科局主要负责人、县级领导等，江副县长、新上任的分管工业的副县长胡秀英和经委主任田浩站在最中间。刘锦扬、吴福正也在人群中。每个人的脸上现出喜悦之色，都朝着经委院子的大门口观望着。

一会儿，传来了锣鼓声和鞭炮声，一辆敞篷彩车缓缓地朝着经委办公楼方向开过来。车头顶上立着一块牌子，上面写着"报喜"两个大红字，车厢前两边各站一人双手将牌子抓住。在彩车的前面有两人举着一条横幅，上面写着：热烈祝贺芦洲镇纸厂××纸与江东县印刷厂四色胶印机试印成功。

彩车开到经委办公楼前面停下，芦洲镇纸厂厂长和县印刷厂厂长相继下车，一人手里捧着喜报，一人手里端着一叠彩色图片，兴奋而激动地走到江副县长和胡副县长等人面前。手捧喜报的芦洲镇纸厂厂长向江副县长等人朗读喜报的内容，由于鞭炮声不断，又加上人声嘈杂，只见他的口唇启动，但词儿一句也听不到。朗读完毕，纸厂厂长慎重地把喜报交给江副县长，江副县长交给身边的胡副县长，胡副县长又把喜报交给经委主任田浩⋯⋯接着，手里端着一叠彩色图片的县印刷厂厂长把彩色图片交给江副县长，江副县长又交给胡副县长⋯⋯依次交了下去⋯⋯

与此同时，车厢上的两个人下来把一张张同样的彩色图片发给在场的人观赏。大家都拿着彩色图片仔细品评。彩色图片非常好看，色彩清晰，纸质光滑。

又一会儿，又有管乐声和鞭炮声响起，又一辆敞篷彩车开到了经委办公楼前面，车头顶上仍立着写有"报喜"大红字的牌子，彩车前面也有两个人扯着一条横幅，上面写着：热烈祝贺石煤烧制白水泥成功。

接着，又来了一辆彩车。同样，横幅上写着：热烈祝贺猕猴桃酒出口创汇。县酒厂高厂长下了车，急步走到江副县长面前，脸上乐开花地把红色"喜状"和一瓶精包装猕猴桃酒交给江副县长。

一阵长长的鞭炮声之后，江副县长、胡副县长等人走进早已布置得一派喜气的经委大会议室。

会议室里座无虚席，前排坐着纸厂、酒厂、印刷厂、水泥厂四厂厂长和技术员。第二排坐着县直各科局主要负责人。主席台的正中间坐的江副县长和胡秀英副县长，他们的两边坐着经委主任田浩和财政局长刘锦扬等人。几块"喜报"牌和新产品样品放在主席台前正中最显目的地方，两边摆满鲜花，芬芳四溢。

会议已经进行一段时间了。江副县长的讲话已经到了尾声。他说："⋯⋯我就讲这些吧。现在请我们新上任的副县长胡秀英同志讲话。"

江副县长带头鼓掌。顿时，会场上一片掌声响起⋯⋯

胡秀英坐正身子，将话筒拉近一点，说："同志们，今天我非常激动⋯⋯我也没有多的话好讲。要讲的，江县长刚才都已经讲了。在这里，我只想讲一点，我们县今年的经济形势是比较好的。农业是个大丰收，早稻晚稻都已经丰收了。工业形势也很好，原来几个濒临倒闭或半倒闭的厂子现在都起死回生，不仅重新投产，而且还能出口创汇，这是了不起的成绩。再加上去年我们在工商税收方面做了一次认真的检查，

合理地提高了税率，增加了收入。这样一来，我们县今年的经济形势与往年相比有很大的提高。省里向全省的县级财政提了个'三五八一'规划，我们县财政提出在两三年内把原来每年五千万收入的县财政提高到八千万，我看今年是有可能达到的。这中间，财政局的同志做了很多很有成效的工作。别的我不太清楚，只说芦洲镇的芦苇生产、纸厂的扩改以及大面积的香糯稻的种植等等，都是在财政局的倡导和大力支持下实现的。在我们今天庆贺很多新产品试制成功的时候，是不能忘记他们的功劳的……"

胡秀英说到这里，台上台下，大家自发地向在座的刘锦扬、吴福正报以热烈的掌声。他们两个人多少也显得有些局促，特别是坐在台下的吴福正尤甚一些。

胡秀英有些激动，悄悄地用眼斜视了一下坐在她身边的刘锦扬，只见他微微含笑着，以示对大家鼓掌的回应吧。胡秀英个人真的很感谢刘锦扬对她在芦洲镇担任镇长时期工作上的大力支持和帮助，要是没有刘锦扬在财力上的鼎力相助，她就是有天大的本事也挽救不了镇纸厂濒临倒闭的命运，以及栽种香糯稻让百姓过上好日子……她将会永远记住这一些！她的成绩簿上有刘锦扬的功劳！胡秀英想到这里，眼里溢着不被人知晓的感激的泪水，心中有万语千言想对身边的刘锦扬说，可是此时此地不便于她表白。

第 七十五 章

又是一个彩霞满天的日子。

芦洲镇粮管站的大门前，停着几辆大卡车，上面满满装着印有"香糯稻"字样的大麻袋，只等粮管站负责人一声令下，司机就开往县城。

在粮管站门口和大卡车旁边站了不少人，有粮管站职员，有开车司机，有装卸人员，还有当地百姓，等等。有人说："怎么把香糯稻都调走了，留点我们自己吃吧。"又有人说："明年我们多种一些，让它运也运不完。"

这时，粮管站负责人和一位青年小伙各提着一袋香糯米来到领头的一位卡车司机面前。粮管站负责人说："小汤，请你把这两袋香糯米送给胡秀英县长和财政局刘锦扬局长，就说是我们感谢他们以往的支持，略表心意！"将两袋香糯米递到卡车司机手里。

卡车司机点点头，将两袋香糯米放到驾驶室里，准备启动卡车。

粮管站负责人又叮嘱说："小汤，你一定要亲自送到他们手里。"说着，他手一挥，"出发吧。"

同一天，酒厂的周跃武等三五个退休工人，手里捧着几瓶装潢新颖别致的猕猴桃酒和一封感谢信，在财政局办公楼四楼的走廊上走着。他们来到局长室门口，对里面一看，刘锦扬、吴福正正和叶秋谈工作。几个老头怕打扰他们说话，就对里面看了一眼后，站在门口，你推我搡，都想进去，却都不迈第一步。

刘锦扬看到了周跃武及另几位老工人，就笑着脸说："周师傅，有什么事？请进吧。到了门口还不进来？"

周跃武不好意思地说："怕打扰你们谈工作。"

刘锦扬说："我们没谈什么，进来，进来。"站了起来，迎候他们。

吴福正和叶秋也笑着脸，也邀请他们进来。

周跃武等几位老工人慢慢走了进来，仍然很不好意思。

周跃武说："刘局长，吴局长，叶主任，我们几个老家伙是来给你们送感谢信的。感谢财政局对我们酒厂的大力支持，把我们的厂子搞活了。"说着，把手中的感谢信郑重地交给刘锦扬。

刘锦扬微笑，说："周师傅呀，感谢信我们不敢收呀！帮助酒厂搞活，这是我们的责任嘛！"

这时，叶秋已给几位老工人倒了一杯茶水。

周跃武真诚地说："对你们表示感谢，这是我们的一份情意嘛！"

站在周跃武身边的杨师傅又送上几瓶猕猴桃酒，说："这几瓶酒是我们厂的产品，也是我们几个老家伙的心意，请局里的同志品尝品尝。"说着，把猕猴桃酒放在办公桌上。

　　刘锦扬依然微笑，说："这个我们就更不敢收了，你们这是要用'手榴弹'炸我们吧！"

　　周跃武连忙辩解说："刘局长，看您说到哪里去了。这可不是'手榴弹'啊，这是我们几个老家伙一颗心。"

　　刘锦扬笑着说："这就更加说得严重了。这样吧，酒我们收下，但是要照价付钱。"

　　周跃武连忙摆手，急了，说："刘局长，要不得要不得。您这么做就伤了我们几个老家伙的心呀！"

　　刘锦扬收敛笑容，听似玩笑却是认真地说："周师傅，这是我们财政局的制度。要是每个厂有了新产品都给我们送一点，那我们财政局不就成了新产品展览馆了。"

　　周师傅连忙解释，说："这不是厂里送的，这是我们几个老家伙的心意。你们要是不收下，我们会很难过的！"

　　另几位老工人都说："是呀，这是我们的心意！"

　　刘锦扬看了看吴福正和叶秋，又看了看几位老工人，想了想，说："好，我们收下。"并对叶秋说，"叶主任，请你通知食堂，说中午我自己加几个菜，我们陪周师傅他们好好品尝品尝猕猴桃酒。"

　　"好。"叶秋走出办公室。

　　周跃武又连忙摆手，说："不不不，刘局长，这不又叫你们花钱了。我们今天来，一是来向你们表示感谢；二嘛，我们还是来赔情的。"说着，对身边的另几位老工人看看，意思是他代表大伙的意见，"前年这两天，我们几个老家伙坐在这间办公室里逼着问你们要退休工资，后来又拦住您的车不让走，现在想起来心里还蛮难过哩。"

　　刘锦扬一笑，说："周师傅，看您说的哪里话。你们拿不到退休工资你们厂里有责任，我们财政局的工作也没有做好嘛！"

　　吴福正点头，插话说："是呀，周师傅，你们拿不到退休工资，我们也有责任呀！"

　　刘锦扬给他们的茶杯里添水，又接着说："事情已经过去了，你们就再也不要放在心里了。你们先休息休息，到了吃中饭的时候，我再请你们。"

这时，叶秋走进局长室来，对刘锦扬说："食堂里我都交代好了。"

刘锦扬对叶秋说："叶主任，你安排周师傅他们先休息休息。"

叶秋点头，领着周跃武等几个老头走出局长室。

周跃武说："好，我们先休息休息。你们忙吧。叶主任，不用安排，我们到外面走走。"说着，就领头往外走。

刘锦扬忙说："周师傅，你们可不能走远啊，到吃饭的时候，一定要来啊。要不，酒和菜我们三个人可喝不完吃不完啊。"

周跃武回头，感动地说："好，我们一定来，一定来。"

刘锦扬像小孩子似的，说："不不不，我们打个金钩。"说罢，走上前，伸出了小手指，弯曲着。

周跃武也快乐地笑了，就转身过来，说："好吧，打金钩就打金钩吧。我们可真是变成老娃娃了。"说罢，也伸出弯曲着的小手指，与刘锦扬的小手指紧紧钩着。他们共同念道："打金钩，打金钩，失信了的就不是好朋友。"

说完，他们两个人都大笑了。吴福正和叶秋也跟着他们笑了。

等周跃武他们走出了局长室，刘锦扬坐下来，喝口茶，对叶秋说："好，你接着说吧。"

叶秋正要继续说下去，老干局的陈局长笑盈盈地走了进来。她毫不客气地一屁股坐到沙发上，稍歇一口气，说："无事不登三宝殿，我又来找你们了。"

刘锦扬也笑着，半开玩笑地说："好呀，你不来，我们这里就不热闹了。"

对于陈局长的出现，叶秋的态度是不浓不淡，因为一年到头，陈局长要来财政局要钱四五次，这次肯定又是一样，叶秋也就没有热情接待的客套话了。另一层意识，陈局长自称自己是女中豪杰，以担任科局长正职多年为傲，一般人她看不上眼，叶秋却有些瞧不起她，并不像女人

见了女人那样热乎。尽管如此，叶秋是搞办公室工作的，接待来访者是基本礼仪，她还是给陈局长倒了一杯茶水。

叶秋把茶杯放在陈局长面前的茶几上，说："请喝茶。"

陈局长不看她，说："谢谢！"却把脸对着刘锦扬，"我一找你们呀就没有好事。"

刘锦扬假装夸奖她，面带微笑，说："哪里，哪里，为老干部谋福利，件件都是好事。"

陈局长顺水推舟，说："既然是好事，那你就把这个给我批了吧。"说着，她起身把一份要钱的报告放在了刘锦扬的办公桌上。

刘锦扬没拿，眼睛看着报告，说："又是老干部的钓鱼款。口开得不小呀，八千块。这都什么时候了，还钓鱼啊，他们也不怕冷。"

"他们说钓鱼是一种刺激，冬天钓鱼更是另一种滋味。"陈局长接着像背书一样地说，"全县五百多位老干部，我们只组织两百人参加钓鱼比赛……"

刘锦扬一笑，为她续上，也像背书一样地说："每人四十块，包括买钓鱼票、租车费、伙食费，一点也不为多。一人四十，十人四百，一百人四千，二百人八千，一分也不能少。"

陈局长也被刘锦扬逗笑了，说："你比我都背得熟悉了。"她知道刘锦扬是什么意思，但不便生气，"既然如此，那你就批吧。"

"我还做不了这个主。"刘锦扬看着陈局长，假装实话实说的样子。

陈局长说："你不对我卖关子。我知道，今年财政形势好转了。我们也应该水涨船高。"她见刘锦扬摆谱，也就来了硬话。

刘锦扬给她面子，但仍不彻底松口，想了想，说："我个人的意见，今年不给你八千，也不是前年的四千。今年给你一个六千。"他看吴福正，"即便如此，我还要和吴局长及党组其他成员商量，也还要请示县长批准。吴局长，你看怎么样？"

吴福正笑笑，点点头。

不就是几千块钱嘛，而且也是正常需要，还要开会研究，是不是有些小题大做？听了刘锦扬的话，陈局长有些心里不高兴。陈局长的霸气上来了，急躁地说："今年八千一分也不能少。要不，我们又把官司打到县长那里去。"

叶秋一直在一边听着，见陈局长的那种神气样子，她心里早就窝着火。你有什么了不起，无非县长是你堂兄，只怕是八竿子打不着的亲戚。县长就是你的亲爹，他也是全县人民的县长，共产党的官，不是你家族的，县财政的钱也不是你家族的钱，你说要多少就要多少？天下哪有你这样不讲理的女人？

刘锦扬也笑笑，但心里不示弱，说："好，我心甘情愿当被告。那就凭县长来断吧。"

陈局长很想发火，很想大声吼，很想摆出以往的架势——脸无笑容！但想到堂兄县长曾经对她说的话，她只好把火压了下来，带点笑容，声音不大不小地说："我要是不告状呢？"

刘锦扬经常和县长接触汇报工作，也了解县长的为人，他光明磊落，办事认真，顾全大局，不以权谋私，曾经有人讨好他举荐陈局长进县级班子，也被他一口打回。现在陈局长如果把事说到县长那里去，刘锦扬并不惧怕，相信县长会调查了解，不会听信谗言而武断处事。

刘锦扬心想，你陈局长硬我就硬，你陈局长软我也就软。现在你软下来，我就给梯子你下。刘锦扬笑着说："那就两天以后来听信。"

陈局长起身，压着火，但仍有点嘴硬，说："好，暂时先不告状，到时候再说。少陪了。"

刘锦扬说："叶主任，送客。"他知道叶秋不喜欢她，就眨眨眼暗示，"女同胞送女同胞也好趁机会说说知心话。"

叶秋领会刘锦扬的意思，就说："好，我送客。"

叶秋邀着陈局长的肩膀走出局长室，假装好亲密的样子。

等陈局长离开以后，刘锦扬摇了摇头，无奈一笑，对吴福正说："她可真是个厉害角色。"

吴福正也笑笑，有点轻视陈局长地说："女人得势嘛，有个喊得亲

的堂兄罩着她。"

果真县里的老干部们搞活动，财政上还是要支持的，多多少少要安排一点经费，刘锦扬这样想，就征求吴福正的意见，说："你看给她好大一个数？"

吴福正略思一下，说："你说的那个数比较合适。"

刘锦扬点点头，就把报告递给吴福正，说："你先在上面签吧。"

吴福正说："你在上面签了就行了。"

刘锦扬说："老规矩。一人为私二人为公。这也是我们统一思想后的结果。"

吴福正笑笑，说："好，签。"就拿起笔在报告上面签字，然后把报告递回刘锦扬。

刘锦扬在报告上面签了"同意"二字。

这时，叶秋送走陈局长走了进来，一张苦脸，心里有点不高兴。

刘锦扬说："送走了？"

叶秋一脸不高兴地说："她是个什么人物，还要我送她。"有点责怪刘锦扬。

刘锦扬笑笑，说："这不是缓和关系嘛。你是外交部部长嘛。"

"我是外交部部长，我交她？我会倒八辈子霉！拿着鸡毛当令箭。"叶秋不高兴地一屁股坐在沙发上。

"好好好，下次不要你送了。"刘锦扬仍笑笑，安抚叶秋，"你再接着说吧。"

叶秋收回情绪，说："好。财政厅来电话，知道我们县今年财政形势好转，有可能登上一个新台阶。杨处长说，我们是省厅提出'三五八一'规划后，第一个上新台阶的县，他们要来看看。可能还是彭厅长和杨处长来……"

刘锦扬听完叶秋的汇报，说："好吧，我们热烈欢迎。你还是我们的全权外交部部长和内务大臣。"他转对吴福正说，"老吴，你看呢？"

吴福正说："行啦！"

叶秋睁大两只眼睛，惊愕地说："还要我当外交部部长和内务大臣呀？"

刘锦扬说："不愿意？你是最恰当的人选嘛！"

叶秋看了看他们，说："行。你和吴局长的安排我都执行。"

三个人都同时笑了。

第 七十六 章

好大一场雪，一夜之间，江东县城变得白茫茫一片，白色的房屋，白色的树木，白色的路面……大街小巷无一处不是积雪。

气温陡降，出行人裹着棉大衣，紧缩着脖子，仍然感觉到寒冷袭身。雪花在漫天飞舞，凛冽的北风劲吹，雪花扎在人的脸上立刻融化成水。街道上行人稀少，显得冷清而空寂。然而，在财政局的小会议室里却是另一番景象，鲜花盛开，温暖如春，气氛热烈。这里正在召开财政工作座谈会。参加会议的有省财政厅的彭副厅长、预算处的杨处长和省厅办公室的文副主任。陪同他们的有江副县长、胡副县长、刘锦扬、吴福正、叶秋等人。

会议已经进入尾声。

杨处长在讲话，他说："……你们县是我们省里第一个用两年的时间把县级财政收入登上新台阶的县，工作是扎实的，经验也是可取的。我们希望你们再接再厉，再用一个两年的时间，把县财政收入再上一个新台阶，由今年有可能实现的八千万登上一亿。"

彭副厅长接上杨处长的话，说："那时候，我们再来向你们热烈祝贺。"

彭副厅长带头鼓起掌来。大家也都跟着他鼓起掌来。人人脸上都带着微笑！

和上次一样，大会议室改做临时舞厅早已安排妥当。晚饭之后，大会议室里灯光闪烁，乐队伴奏，男男女女在翩翩起舞。

彭副厅长、杨处长、文副主任在分别和财政局的三位女同志跳舞。

叶秋和刘锦扬一起在跳舞，看来刘锦扬已经学会了跳舞，而且双脚能够跟着音乐节奏迈动，舞步比较熟练。

一首舞曲结束，大家散开休息，闲谈。

一会儿，乐队又把乐曲奏响，大家又纷纷邀伴起舞。

叶秋把胡秀英带到刘锦扬面前，说："刘局长，胡县长邀请你跳舞，能奉陪吗？"

刘锦扬显得很尴尬，稍一愣怔，但还是很有礼貌地站了起来，说："我跳得很不好，只怕奉陪不上。"

胡秀英对刘锦扬看了一眼，未说话，就和他很大方地跳起舞来……

这时，杨处长走到叶秋面前，伸出手来邀请，说："叶美女，能赏个脸吗？"

叶秋欣然同意，伸出手来，与杨处长跳了起来。叶秋动作娴熟，舞姿优美，她越跳越来劲，越跳越欢畅。

叶秋一听到音乐就有些心旌摇荡，她觉得全身上下都有了劲儿，她身上每一个细胞都伴着音乐节奏在跳跃、飞舞，她对于音乐的敏感与迷恋，仿佛一个考古工作者对历史文物和古董的本能反应。

叶秋曾经受过专业舞蹈训练，每个舞蹈她只要看老师示范一次，整个舞蹈她就会了。这是天分，是与生俱来的。她险些走上了舞蹈演员的道路，要不是父亲去世，母亲改嫁，她一定是一个优秀的舞者。

很多人的眼球一下子转移到叶秋的身上来了。叶秋不只舞姿十分优美，更重要的是她脸上的表情非常生动，她脸上挂着甜美的微笑，她眼中的神采随着音乐的变化而变化。

杨处长很是受叶秋轻盈柔美舞姿的感染，加上他也是跳舞高手，动作老道娴熟，配合默契，可谓绿叶托红花。

叶秋一边和杨处长跳着舞，一边不停地看着刘锦扬和胡秀英，只见刘锦扬显得非常局促，很不自然，把脸偏到了一边，不敢正视胡秀英。

叶秋暗笑：真是正人君子！

舞池里也有不少人看着刘锦扬和胡秀英，还有人悄悄说话。

刘锦扬和胡秀英很不协调地舞动着……

第 七十七 章

一棵柳树歪着脖子，斜斜地躺在池塘上面，柳枝儿几乎覆盖了半个池塘。春天来了，杨柳枝头绽出淡绿色的茸茸新芽，直接舔着池塘里刚刚露出尖尖角的小荷，上有蜻蜓倒立，下有群鱼嬉戏。好一派城郊勃勃生机。

刘锦扬站在城郊的一条小路一头，等待叶秋的出现。他身穿平时上班时候的着装，朴实而简便。叶秋神神秘秘地约他在这里见面，不知要对他说些什么。叶秋是他工作中的好助手，每次遇到难处理的事，她都主动去帮他协调。这次他要是不来，有些对不起她；可他来了，心里又有些忐忑不安，生怕遇见熟人。刘锦扬四处张望着，心想，一旦看见熟人，他就立马躲开，免得生是非。

叶秋哼着歌，轻松自在地朝这边走来了。她穿着一套高级的休闲装，显示出女性的另一种奢靡的、妩媚的、古雅的、新锐的美，同时显出美丽大方和精致闲散。

刘锦扬看见了她，就把自己隐身在浓密的树林下，站着。

叶秋来到小路边，没有看见刘锦扬，就把个眼睛四处观望。刘锦扬见叶秋在找自己，就从树林里走了出来。叶秋见到了他，一笑，说："我还以为你不会来哩！"

刘锦扬笑笑，说："我早就来了。你叶主任的指令谁敢不从。"他左右观察，看有没有熟人，确信没有，就先走进一条人迹稀疏的林荫小道。

刘锦扬和叶秋在漫步。从远处看去，好像是一对情侣。走近了，却听到了他俩的对话。

叶秋说："刘局长，你一个人这么孤孤单单地生活不好，我给你介绍一位伴侣，你们可合适了！"

刘锦扬已经猜到几分叶秋说的是谁了，但还是问她，说："你说的

是哪个？"

叶秋说："还能是哪个，胡县长胡秀英嘛！"

刘锦扬听了，一点也不感到突然。但是，他沉默了，没有马上回答。

叶秋又说："刘局长，怎么样？虽说你们的年龄相差十来岁，但中年夫妻，十来岁算不了什么。"

刘锦扬说："你这样做是出于好心还是奉命？"

他俩走走停停。

叶秋真诚地说："主要是出于我的一番好心，想为你们之间牵个线搭个桥。不过，在胡县长那里，她已经隐隐约约地向我透露了这点意思。只要你同意，我想是不会成问题的。"

刘锦扬继续往前走去，也就继续在思考。一会儿后，他说："这个问题我也不是完全没有想过。以前我确实还有这个意思。现在，这点意思却打消了。"

叶秋看了刘锦扬一眼，有些疑惑地说："那是为什么呢？"

刘锦扬坦言地说："很简单，我要的是一个妻子而不是一个上级。"

叶秋有些明白了，说："哦，你是说胡县长是你的上级，将来这个关系很不好处理？"

刘锦扬停下步来，说："你想想，在外面是你的上级；回到家里还是你的上级，那日子过得了吗？"

刘锦扬的这种想法，叶秋不认同。叶秋反对地说："虽说在外面是你的上级，回到家里还是你的妻子嘛。"

刘锦扬又继续往前走去。他边走边说："她那个性格，你我又不是不知道，能吗？"他把叶秋不当下级而当知己，真话实说。

胡秀英的性格，叶秋是知道的，她事业心强，女强人一个。但也未必不是一个好妻子。叶秋想了想，还是不同意刘锦扬的想法，就说："那为什么在家里妻子就不能管管丈夫呢？你也太大男子主义了。"

刘锦扬说："我不认为这是缺点。"叶秋说他大男子主义，他不承认。

俗话说，男主外女主内。为人妻得以家庭为重，至少得一半事业一半家庭，如果把全部心思投入到事业中了，那丈夫回来能找到家的感觉吗？

刘锦扬想了想，对叶秋说："我觉得还是不适合。你想想，如果我和她结合了，我们都在忙工作，都整天不着家，那家里会成一个旅馆，跟我现在一个人又有什么区别？当然，我不否认她是一个好女人。"

男人有男人的世界，女人有女人的归宿。刘锦扬的话虽然有些道理，但叶秋仍不完全赞同。叶秋指责刘锦扬说："你呀，还有如此怪思想，还是我敬重的上级呢！哪个说当官的女人就不会管家里，就不会疼爱自己的丈夫？还有，你们曾经在芦苇滩上过个一夜，人家有不少猜疑、闲话。你们要是结合了，这些猜疑和闲话不也就打消了？"

说到他曾和胡秀英在芦苇滩上过了一夜，人家议论、猜疑，还搞得纪委调查，刘锦扬就更加拒绝地说："不。如果我们结合了，那正好用实际行动说明那一夜我们是不干净的，早让人家猜着了。"

这根红线看来牵不了了，叶秋觉得自己失败。叶秋惋惜地说："刘局长，我劝你还是好好考虑考虑吧。我觉得你们是很好的一对，要是不能结合的话，真是叫人太遗憾了。我都为你们可惜。"

刘锦扬真诚地一笑，说："我只好感谢你的一番盛情和好意了……"

他俩走进更为浓密的树荫之中，连人影也看不到了……

第 七十八 章

不知不觉，夏天狂热的嚣张气焰渐行渐远，秋天温文尔雅地姗姗来临。偶尔，几朵白云在天空懒洋洋地飘浮着，仿佛没人理睬一般。时不时地下雨，潮湿的空气里挂起轻烟一般的雾，显示着迷离的清凉。

县政府大院里的玫瑰花、月季花、紫罗兰、美人蕉、一串红、鸡冠花、箭杜鹃等每天都会有新的花朵娇艳开放，那些青翠的竹、高大而且枝繁叶茂的榕树，还有那些说不出名的多种植物每天都在悄悄变化着，也许是长高了一点点，也许是新长了一片叶子或者落下一片叶子，也许是喝

过水后抖了抖身子，继续生长。

江副县长的办公室里坐着胡副县长、刘锦扬和吴福正，还有一位作记录的秘书。办公室里的气氛非常活跃，他们在商讨县氮肥厂的扩建改造工作。

江副县长满面含笑，对刘锦扬和吴福正说："今天把你们两位请来，主要是想同你们两位商量一下县氮肥厂的改建、扩建问题。我们县氮肥厂是二十世纪五十年代的设备，现在一是老化；二是落后，已经远远跟不上形势的发展。我们县是全国的重点商品粮县之一。氮肥生产对粮食增产又是很重要的一环。氮、磷、钾，氮摆在第一位嘛。现在是非改建、扩建不可了。今年我们县的财政形势在去年的基础上又有新的起色，县委和政府决定改建和扩建氮肥厂，大概要投资近两千万。省里支援我们五六百万，我们自己要筹集一千三四百万。今天把你们两位请来，主要就是商量这件事，想听听你们两位的意见。我要说的就是这些，下面看胡县长还有什么要说的没有？"

胡秀英很亲和地看了刘锦扬和吴福正一眼，很谦虚地说："我没有新的意见了，就是江县长刚才说的这个意见……"

刘锦扬认真听着江副县长、胡副县长的讲话，一直在思考。

江副县长问刘锦扬和吴福正，说："刘局长，吴局长，你们两位呢？"

刘锦扬、吴福正相互看了看。刘锦扬先说了，他说："今年的财政形势与去年比是有些起色，预计有可能达到一个亿。但是，这还只是一个预计，还没有最终实现。最终实现要等到今年年底。现在隔年底还有两三个月，我们会抓紧做好这两三个月的工作，争取达到一个亿或者还稍有突破。原来想，今年能够达到一个亿，我们以后的日子就好过了。现在看来，我们又要吃紧了。各行各业、各个部门看到今年财政形势好，都纷纷增加预算，伸手要钱。明年县氮肥厂这一改建、扩建，一下就去了一千多万，我们的日子又开始要吃紧了啊……"

刘锦扬没有就如何改建、扩建县氮肥厂说出自己的想法。这不是他管的工作，而是在改建、扩建县氮肥厂要一大笔资金上有些舍不得！可是，江东县是全国的商品粮基地，是种粮大县，改建、扩建氮肥厂实在必行。

吴福正也对那些增加预算要钱的单位有看法，就有情绪地说："我早就料到会有这种形势出现的。"

江副县长笑笑，说："这恐怕是我们财政工作的普遍规律吧。哪个有了钱，也不会把钱闲置起来，总是要争取多搞些事嘛，有一个钱就搞一个钱的事，这是最起码的要求。最好的效益应该是有一个钱搞两个钱的事。"他对在座的看了看，"你们说是不是？"

刘锦扬和吴福正都笑笑。他们知道江副县长在做解释工作。县委、县政府的决定是正确的，他们不能只想着如何落实省厅的"三五八一"规划，只把钱收拢来而不搞发展，要顾整体，想全面。

刘锦扬愉快地说："我们坚决执行县委、县政府的决定，再抖擞精神把财政收入登上新的一个台阶……"

吴福正轻叹一声，说："我们做财政工作的恐怕永远是这个命吧，老是被动，老是当被告……"他有点灰心思想。

江副县长说："不，你们也有主动的时候。你们把我们县的财政收入由五千万增加到了八千万，现在又迈向一个亿，不就是一次接一次的主动吗？可是我们不让我们老是主动，把用钱计划又增加了，你们就又显得被动了。可是你们如果再把县财政收入完成一个亿，两个亿，甚至更多，这不又是一次一次的主动吗？我们的财政恐怕就是永远这么被动、主动；又被动、又主动的循环往复，每一次循环往复就是一次前进。循环往复多了，我们县的财政也就富足起来了。你们说是不是？"

江副县长耐心的思想工作，使刘锦扬和吴福正也不由地笑了起来。

刘锦扬不得不敬佩江副县长的理论水平，把哲学中的辩证法学得如此深刻，叫他没话可说了。刘锦扬表态说："那好吧，我们就再抓紧今年最后三个月时间，把县财政收入搞到一亿吧。"

江副县长高兴地笑着，说："到时候，我们县在全省来说就可算得是比较富裕的县了啊。我提前代表全县人民向你们这两位财神爷表示感谢吧。"

吴福正很谦恭地说："感谢江县长对我们的鼓励。"

时间短，任务重。刘锦扬虽然表了态，但心里仍有些压力。但他相信有了压力就会有动力，就有紧迫感。刘锦扬笑笑，毫无畏惧地说："好，我们就再拼它三个月，一定完成一个亿。"

"好。我要的就是你们的这种敢想、敢干、敢拼的精神！"江副县长赞扬说，转而又问，"那改建、扩建县氮肥厂的事呢？你们两位还没有明确表示呢。"

刘锦扬和吴福正又相互看看。刘锦扬就代表吴福正表态说："县委和政府已经决定了，我们就积极准备资金吧！"

江副县长高兴地说："好，那就算这么定了。"侧头问胡秀英，"胡县长，你有什么要强调的吗？"

胡秀英说："我没有什么要说的。"又看看刘锦扬和吴福正，"向我们的财神爷表示感谢。明天就是中秋节了，我提前给你们二位拜节了！"

……

第 七十九 章

阳光明媚。财政局的办公楼前，几株高大挺拔的松柏仿佛用水洗刷过一般，青翠欲滴。时有阵阵暖风从窗外送来，窗台上几盆秋菊吐着淡淡的清香。

窗明几净的局长室里，刘锦扬和吴福正正在研究工作，叶秋走了进来。

叶秋看着他们，说："两位局长，今天是中秋节，今年的月饼怎么买？"

刘锦扬稍微考虑了一下，说："今年的财政形势比较好，大家都辛苦了，月饼就买大一点吧。"并征求吴福正的意见，"老吴，你看呢？"

吴福正爽心地同意，说："行，今年就买大一点。我还觉得应该加一盒，每个干部发两盒，怎么样？"

刘锦扬想了想，觉得吴福正的建议也可行，大家从年头忙到年尾，的确工作辛苦，多发一盒月饼慰劳也不会有什么问题，就对叶秋说："好吧，就照吴局长说的搞吧。叶主任，你去安排吧！"

叶秋说："好，那我就去搞了。"说着，转身走出局长室。

一轮圆圆的明月，高高地挂在天上。满天星斗闪烁又明亮。

刘锦扬手里提着两盒月饼走进自己的家里来，环视室内，冷冷清清，空无一人。有两盒月饼静静地躺在茶几上。他放下手里的月饼，走了过去，发现茶几上留有一张纸条。他拿起纸条看，是女儿留给他的。

"爸，今天中午到家里来，您不在家，我们只好把送给您的礼物放在茶几上了。晚上因为有事，我们就不回来陪您过节了。小兵也给您送来了礼物，因为您一直没把他调上来，他对您有意见，他不回来了。爸，您就一个人好好过节吧！"

刘锦扬读着纸条上的留言，想象着女儿当时的心情，他心里有些不好受。他把纸条仍然放在茶几上，一屁股坐在沙发上，再次环顾室内，空空如也，难免有些伤感、冷清，自言自语地说："……一个人好好过节吧，好好过节吧！"

突然，靠墙角桌上的电话响了。刘锦扬急忙起身去接电话，心想不是女儿女婿来的电话，就是儿子打来的电话。可是，当他拿起电话筒接听，却是叶秋打来的电话，问候他中秋节快乐等之类的话。

刘锦扬放下电话，来到阳台上，抬头看窗外，一轮皎洁的圆月穿行于云彩之上，月光如水，把整个住宅小区的植物照得通体明了。他站了一会儿后，又从客厅里搬来一只小方桌，放在阳台上，拿来两个月饼放在小方桌上，给自己倒了一杯茶水。他喝着茶，吃着月饼。他觉得不过瘾，就起身拿来了一瓶猕猴桃酒，盛了一小碟油炸花生米，一人独酌独饮起来。喝了几口闷酒之后，他再也坐不下去了，站了起来，又对那一轮圆月呆呆地望着，不自觉地随口吟起诗来："月下一壶酒，独酌无乡亲，举杯邀明月，对影成三人……"他把李白的"花间一壶酒"改成了"月下一壶酒"。他继续吟道，"月既不解影，影徒随我身……"

刘锦扬吟诗的声音越来越小。他感觉到自己的心好像飞走了，眼前一片虚幻，自己的形影也越来越淡，直至看不见了……他的心思游向那座高山去了。

的确，在那座高山之巅，此时此刻，有一个人面对一轮明月站着。她身后的尼姑庵正在修缮，为修缮而扎下的脚手架在月光下清晰可见。这个女人就是尼姑秦可可，法号明影。

秦可可独自一人静静地站在庵前，举头看着那轮明月，思绪万千，她也轻轻吟起诗来："独在异乡为异客，每逢佳节倍思亲，遥知兄弟登高处，遍插茱萸少一人。"吟罢，她不禁泪水涔涔……

小尼姑来到她的身边，说："师傅，外面很凉，进庵去吧。"

秦可可擦抹泪水，低声说："徒儿，你进去吧，我还站一会儿。"

小尼姑也只好陪她站着……

刘锦扬仍然站在阳台上，思潮滚滚。他举着满杯酒，但未喝。他手未端稳，酒液沿着手腕流了下来。

正好这时，客厅里的门被敲响。刘锦扬不禁一怔，似乎又一喜，以为是女儿来了。迟疑了一下之后，他还是走过去开门了。门推开，刘锦扬万万没有想到来者是胡秀英。他不禁又一怔一惊，但随之平静下来。

胡秀英手里提着水果、月饼，面带微笑，说："听叶秋说，今天你的儿女都不回来过节，我特意来看看你！"

来者是客。刘锦扬惊讶之后平静地笑着，说："请进吧。"

胡秀英打算换鞋。

刘锦扬连忙说："不用不用。我都好长时间没拖地了。"

胡秀英有些腼腆，但很快落落大方地进来了。环视客厅，的确有些乱。心想，没有女人的家，的确不像一个家。她想帮刘锦扬清理内务，但又觉得冒昧，就没有去做。

刘锦扬把胡秀英带到了阳台上。

月光融融。胡秀英看着小方桌上的月饼和一杯已酌上的酒，就笑着，说："你今晚是月下独饮呀！"

刘锦扬凄苦地笑了笑。他转身搬来了一把椅子，让胡秀英坐。

胡秀英没有坐，继续站着，说："我来一是看看你，感谢你多年对我在工作上的帮助。二是哩，也顺便和你通个情报，你的工作可能有调动。"

刘锦扬听了，多少有些惊讶，说："搞什么？"

胡秀英看着刘锦扬，说："可能是提拔你当财经委主任吧。"

提拔？不就是扑克牌里面的"主七"与"副七"的区别吗？刘锦扬听了，不禁笑了笑，说："提拔，提拔，我知道这是提拔！我知道，我在工作中的'过失'太多了！我本想把县财政收入搞到两三个亿以后再退下来的，现在只好提前退役喽！"他感觉自己有些失态，就冷静情绪问，"哪个来搞财政局长？"

人都快要调走了，他仍还关心谁来当财政局的领头人。胡秀英真觉得他是一个好同志。她说："可能是吴福正同志吧。"

刘锦扬和吴福正共事三四年，了解吴福正的处事方式，前怕狼后怕虎，遇事总是左右不得罪人，和事佬一个。刘锦扬一笑，说："好呀，我等着给吴福正同志送喜报吧。"

胡秀英知道他有些情绪，有些委屈，但有些不理解地说："不是提升你了吗？"

刘锦扬又笑了，说："提升，提升，提升啊，哈哈哈！"

胡秀英说："你不要有什么思想情绪，虽然提升你当财经委主任，没有你当财政局长能抓具体工作，但是对你抓财政工作做出成绩的肯定呀！财经委主任在工作上过问的面宽了，粮食、商业等部门都有联系，往后财政工作同样与你有联系！"

刘锦扬知道胡秀英在安慰他，他并不是闹思想情绪，只是觉得突然让他离开财政局，他有些舍不得，但组织的安排他必须无条件服从，他说："我知道是组织对我工作的认可，但就不能让我把财政收入搞到两三个亿之后再走嘛？"

胡秀英继续安慰他说："我知道你的心情，舍不得离开财政。把你

调到财经委，是要让你在工作上发挥更大的作用，这也是组织对你的重视！"

听了胡秀英一席话，刘锦扬思想通了，他平静地说："我服从组织！"

月亮穿出云层，突然，阳台上一片光明！